中国少数民族经典民间故事

羌族民间故事

林继富　主编

彭书跃　选编

四川党建期刊集团　四川民族出版社

图书在版编目（CIP）数据

羌族民间故事/林继富主编. — 成都:四川民族出版社,2016.3（2019.9重印）
（中国少数民族经典民间故事）
ISBN 978-7-5409-6175-6

Ⅰ.①羌… Ⅱ.①林… Ⅲ.①羌族—民间故事—作品集—中国
Ⅳ.①I277.3

中国版本图书馆CIP数据核字（2016）第001675号

中国少数民族经典民间故事

羌 族 民 间 故 事

QIANGZU MINJIAN GUSHI

林继富　主编
彭书跃　选编

责任编辑　王　英　段　弘
校对编辑　吕　海
装帧设计　李　娟
责任印制　袁　祥
出版发行　四川党建期刊集团　四川民族出版社
邮　　编　610031（成都市三洞桥路12号）
照　　排　四川胜翔数码印务设计有限公司
印　　刷　香河利华文化发展有限公司
成品尺寸　160mm×230mm
印　　张　18.25
字　　数　260千
版　　次　2016年3月第1版
印　　次　2019年9月第3次印刷
书　　号　ISBN 978-7-5409-6175-6
定　　价　36.50元

中国少数民族经典民间故事
编委会

顾 问

刘魁立　刘守华　梁庭望　满都呼　毕　桪

主 编

林继富

编委会成员
（按姓氏拼音排序）

姑丽娜尔·吾甫力（维吾尔）	胡　华（彝）	黄龙光（彝）
黄　雯（哈尼）	林继富（汉）	刘　薇（汉）	刘兴禄（土家）
马翀炜（汉）	穆朝阳（汉）	彭书跃（土家）	朴承权（朝鲜）
漆凌云（汉）	覃德清（壮）	唐仲山（藏）	王　丹（汉）
王曼利（汉）	文忠祥（土家）	肖远平（彝）	央吉卓玛（藏）
詹　娜（满）	张远满（土家）	朱雄全（瑶）	

总 序

林继富

一

民间故事是民众喜爱的传统文化，讲故事是民众日常生活的组成部分，亦称"讲经""说古""讲古话""讲瞎话""粉白（话）""讲大头天话""摆龙门阵"等，各地说法不一样，反映了民众对民间故事的不同认知方式和使用状况。

讲故事是中国各民族重要的精神活动之一，优美动听的故事陪伴人们度过无数美好的时光。"冬季是农闲季节，寒夜又那样漫长，于是，躺在温暖的炕头上，或围坐在火盆边，嘴里吧嗒着旱烟袋，也许手里还纳着鞋底，手不闲、嘴也不闲地讲述着。夏季挂锄季节，夜晚坐在大树底下，或在庭院里讲故事、听故事，以此来抵御夏天的酷热。秋后扒苞谷米或扒蚕茧，需要人手多，讲故事会吸引来劳动帮手，还会让人忘记疲劳。"①这是我国北方民众以讲故事打发农闲时间、消除劳动疲倦的典型场面。

讲故事是中国民众表现生活、表达情感、记忆历史、描绘现实、倾吐心

---

① 张其卓：《这里是"泉眼"——搜集采录三位满族民间故事讲述家的报告》，见《满族三老人故事集》，沈阳：春风文艺出版社，1984年，第589页。

声的主要方式，是他们感受社会生活、传递民族文化传统最灵活、最便捷、最普及的手段。尽管讲述人年复一年地讲述着似曾相识的故事，但是，他们的每一次讲述就是对历史的一次记录和回味，是将古老文化与现代生活相连接、相融通，以彰显其对社会的认识和人生的理解。也正是这样，流传千百年的故事因在讲述人那里得到别样景致的重现而摄人心魄。

中华民族"由许许多多分散孤立存在的民族单位，经过接触、混杂、联结和融合，同时也有分裂和消亡，形成一个你来我往，我来你去，我中有你、你中有我，而又各具个性的多元统一体"①。这种多元一体的民族结构决定了中国民间故事多元一体的格局。各个民族的民间故事在多姿多彩的地域景观和人文传统作用下，既具有民族、地域个性，又呈现出相互交流、彼此借鉴的局面。一方面，汉族的很多民间故事在我国少数民族地区家喻户晓，代代相传，比如《水浒传》《杨家将》《包公案》等。少数民族民间故事对汉族民间故事的影响，亦是中国各民族民间故事交流与整合的重要表现。另一方面，各少数民族之间的民间故事交流和影响的历史也很久远。在许多少数民族中，流传着内容和情节极为相似的民间故事。比如，西南、中南地区各民族都有"狗耕田"型故事、"百鸟衣"型故事、"灰姑娘"型故事以及"找幸福"型故事等，这些不同类型的民间故事在各民族交往过程中均存在着不同程度的借鉴和融合。

中国民间故事在漫长的历史年代里，通过多种渠道与世界许多国家进行着广泛而深入的交流和互鉴。佛教传入中国，带来了大量印度故事；中日频繁交往将中国民间故事传播到日本；"丝绸之路"沿线民族和国家的民间故事彼此交流、借鉴的现象更为突出，这种吸纳与输送、交流与碰撞使得中国民间故事具有浓厚的民族根性和兼容并蓄的世界品格，不仅丰富了我国民众的生产生活，而且丰富了世界民间故事的文化宝库。

---

① 费孝通：《中华民族的多元一体格局》，载《北京大学学报》（哲学社会科学版）1989年第4期。

中华民族是一个重视传统的民族，民间故事的讲述往往被拉进历史文化体系，这种特点突出地体现在中国古代笔记小说、"野史"乃至"正史"对民间故事的记录方面。这些故事的记录者往往在原本虚幻的故事开头或末尾，以真实的口吻添加一些可信成分，由此增强民间故事的历史感和现实精神。

二

在中国，讲故事的活动在两千多年前就已经被文字记录下来了，然而，要推算最早的民间故事讲述，恐怕要追溯到无文字的原始社会。

先秦时期的史官和文人就有以简单的文字记述民间故事的风尚，特别是在《尚书》《周易》《楚辞》《山海经》《穆天子传》《淮南子》和《史记》等书中保留了丰富的民间故事。春秋战国时期，利用民间故事进行政治游说和思想表达的例子更是数不胜数，《庄子》《战国策》《孟子》《韩非子》《论语》等就是用故事进行说理的极好范例。加上一些君主有听故事的喜好，如齐宣王、楚庄王等为了能够及时听到诙谐幽默的故事，便在身边豢养了专门说隐语的倡优，这大大助长了民间通过改编故事以隐语寄寓道理的社会风气。

三国时期邯郸淳的《笑林》第一次汇总了当时流传的笑话。南北朝时期的《搜神记》《搜神后记》《博物志》《述异记》和《续齐谐记》等成为我国许多民间经典故事的最早渊薮，诸如"白水素女"故事、"东海孝妇"故事、"飞升星球"故事等在这个时候就已经相当成熟。至于佛经故事《经律异相》的出现，则说明古代印度故事借助佛教传播深入中国民间社会的事实，自此以后，中国民间故事交互影响的现象越来越深入，越来越全面。

隋唐时代，市井生活不断繁荣，城市经济空前发展，故事讲述活动变得十分频繁，尤其是脱胎于佛教的"俗讲"，逐渐发展成唐代市民文艺最具影响力的"说话"艺术。这种具有职业素养的"说话"与街头巷尾的日常故事讲述成为当时都市民间文化的亮丽风景，极大地推动和催化了乡村民间故事的创作与传播，也使文人更加重视民间故事。

"变文"的讲唱不仅保留了大量的佛经故事，而且加快了这类故事深入民心的速度，如《目连变文》《太子成道变文》《伍子胥变文》《王昭君变文》《张义潮变文》《舜子变文》《孟姜女变文》《董永变文》等至今还活跃在老百姓的口耳之间。在唐代，记录民间故事最为丰富的还有笔记小说，诸如段成式的《酉阳杂俎》、戴孚的《广异记》和句道兴的《搜神记》，以及牛僧孺的《玄怪录》、李复言的《续玄怪录》、玄奘的《大唐西域记》等。这些笔记小说、野史杂录和游记漫笔保存了丰富而生动的故事资料，像"叶限""吴堪""田章""月下老人""鼠壤坟"等故事均有完整详尽的书面记录，构成了中国民间故事发展的重要阶段。

宋代城市建设较唐代有了更大发展，市民生活富足，工商业兴盛，城市里的"勾栏瓦肆"培育了大量的说话艺人，形成了风格各异的说话流派。宋代有关民间故事的记录可以说是中国民间故事发展史上最丰富、最夺目辉煌的，尤以《太平广记》《夷坚志》等为代表。这些卷帙浩繁的文献将历代故事加以分类汇编，成为中国民间故事辑录的里程碑。比如，收集精怪故事最全的北宋太宗太平兴国年间编纂的《太平广记》卷368—373专门列出"精怪"一类，所收为器物精怪，其他各类则分别附收精怪故事，如"草木"类末附"木怪""花卉怪""药怪""菌怪"等。

明清时期农民文化生活仍然以民间说唱、民间游戏和民间讲述为主，此时的内容除了承继先前的鬼狐精怪故事以外，还出现了大量生活故事和民间笑话。民间故事讲述引起越来越多人士的注意和重视，如晚清文人许奉恩曾对家乡安徽桐城一带的民间故事讲述情形做了这样的描述：

> 其或农工之暇，二三野老，晚饭杯酒，暑则豆棚瓜架，寒则地炉活火，促膝言欢，论今评古，穷原竟委，影响傅会，邪正善恶、是非曲直，居然凿凿可据，一时妇孺环听，不自知其手舞足蹈。言者有褒有贬，闻者忽喜忽怒。事之有无姑不具论，而藉此以寓劝

憨，谁日不宜？①

　　当时，文人和乡村知识分子常聚集在一起，言今论古，谈精说怪，遂留心
辑录。

　　　　予今年四十有四矣，未尝遇怪，而每喜与二三酒朋，酒觞茶榻
　　　间，灭烛谈鬼，坐月说狐，稍涉匪夷，辄为记载，日久成帙，聊以
　　　自娱。②

　　文人以笔记小说的方式记录了不少民间流传的故事，像王同轨的《耳
谈》、蒲松龄的《聊斋志异》、纪昀的《阅微草堂笔记》就是清代此类作品
的代表。他们喜爱民间故事，通过各种途径搜集故事文本，并对其进行加
工、改造。譬如，蒲松龄就利用民间故事进行创作，在中国文学史上树立了
典范。

　　　　情类黄州，喜人谈鬼。闻则命笔，遂以成编。久之，四方同人
　　　又以邮筒相寄，因而物以好聚，所积益夥。③

　　　　每当授徒乡间，长昼多暇，独舒蒲席于大树下，左茗右烟，手
　　　握葵扇，偃蹇终日。遇行客渔樵，必遮邀烟茗，谈谑间作。虽床第
　　　鄙亵之语，市井荒伧之言，亦倾听无倦容。……晚归籇灯，组织所
　　　闻，或合数人之话言为一事，或合数事之曲折为一传，但冀首尾完
　　　具，以悦观听。④

　　────────────────

① （清）许奉恩：《兰苕馆外史》，合肥：黄山书社，1996年，第16页。
② （清）和邦额：《夜谭随录》，郑州：中州古籍出版社，1993年，第15页。
③ 朱一玄：《明清小说资料汇编》（下册），济南：齐鲁书社，1989年，第1164页。
④ 朱一玄：《明清小说资料汇编》（下册），济南：齐鲁书社，1989年，第1215页。

蒲松龄尤爱鬼狐精怪故事，他将所见所闻与自己的丰富幻想融汇在作品里，从而为保留他所在的那个时代的民间故事做出了突出贡献。

我国文人通过创作辑录民间故事是一贯的传统。采录笑话、汇编专集在明清时代成为民间故事的重要活动与特征，如明代冯梦龙的《笑府》《广笑府》《古今笑》、赵南星的《笑赞》、李贽的《山中一夕话》、刘元乡的《应谐录》、浮白斋主人的《雅谑》、江盈科的《雪涛谐史》、陈继儒的《时兴笑话》、乐天笑笑生的《解愠编》、潘游龙的《笑禅录》，清代石成金的《笑得好》、独逸窝退士的《笑笑录》、小石道人的《嘻谈录》、陈皋谟的《笑倒》、游戏主人的《笑林广记》、程世爵的《笑林广记》等。

中国民间故事的采录到明清之际运用了多种手段，采取了多种方式，故事内容也从神灵鬼怪、精魈妖魅深入实际生活，故事世界呈现出虚幻与现实、灵域与人域胶合一体的格局。生活故事、民间笑话等从前较少出现的故事种类开始受到了人们的关注，成为采录的主要对象。

三

进入20世纪，中国社会发生了巨大变化，新科技革命带来民众生活质量的提高，新思想运动从城市蔓延到农村，进而引发中国农民从根本上动摇了原有的神权与族权观念，人们追求自由、提倡民主的呼声越来越高，他们期望从本质上改变自己的生活。然而，文化的变迁并非一蹴而就，必须经过长时间的浸染与渗透。因此，在20世纪初期的中国农村，农民的文化生活仍以传统的民间文艺活动为主。

1942年，毛泽东发表了《在延安文艺座谈会上的讲话》，号召广大文艺工作者学习"萌芽状态"的文艺，鼓励他们到基层、到老百姓的生活中去学习民间文艺，搜集民间文艺。于是，在20世纪40年代，解放区形成了采录民间故事的热潮。"晋绥文艺工作者深入到农村，在农村工作中，逐渐地接近了民间故事，采集与整理工作认真地搞起来。在1945年以后，就接续地出版了《水推长城》《天下第一家》《地主与长工》三个民间故事集子。"①同时期，我国西南地区的文化建设和研究则是另外一番景象。"卢沟桥事变"爆发后，华北和东南沿海的大批高等学府和一些科研院所纷纷西迁。尽管战乱不已，但仍然有一大批知识分子进入西南的彝族、白族等地区调查，在此过程中采录了大量的少数民族民间故事。比如，凌纯声、芮逸夫的《湘西苗族调查报告》就收录了他们采集的神话、传说、故事、寓言等63篇。当时采集这些内容的目标并非采录口传叙事，而是学者们在做民族生活、历史和文化的调查时将民间故事视为民族文化传统而纳入记录范围。

1949年以后，新中国政府十分重视民间文艺。1950年成立的中国民间文艺研究会（1985年改为中国民间文艺家协会），负责组织、协调全国的民间文学工作。采录民间故事成为文化工作的一项重要内容，特别是自1954年开展的全国民族识别和"民族五种丛书"的写作经历了较为深入的田野调查，在此过程中，大量的少数民族民间故事被采录，为新中国民间故事的理论建设积累了宝贵的第一手材料。诚如一位学者发表于1964年的一篇文章中指出的那样：

> 据不完全统计，十五年来省市以上出版的民间故事集就有五百多种。全国五十多个民族，都发掘了数量不等，各有特色的民间故事。已经出版了单行本的就有蒙古族、藏族、维吾尔族、苗族、彝族、壮族、朝鲜族、白族、黎族、纳西族、高山族、鄂伦春族、土家族等十几个民族。绝大部分民族都是第一次把他们祖先长期以来精心创造的民间故事呈现在全国人民的面前。②

---

① 李束为：《民间故事的采集与整理》，见《中华全国文学艺术工作者代表大会纪念文集》，北京：新华书店，1950年。
②《绚丽多姿的百花园——建国十五年来民间文学作品巡礼》，载《民间文学》1964年第5期。

这些被采录的民间故事成果集中体现在1989年出版的《中国少数民族民间文学丛书·故事大系》中。1995年又在此基础上调整编辑出版了《中华民族故事大系》，全书共分16卷，精选了全国56个民族的神话、传说、故事共计2 500篇，参与讲述、搜集、整理和翻译的人员达到7 000余人。

1985年大规模启动的《中国民间故事集成》的搜集和编纂工作历经十余年，动员人力数以万计。除大量的手稿、录音等资料散存于各地组织和个人手中之外，还出版了为数不少的县市卷本，据不完全统计，共有2 000余卷。据1990年全国民间文学集成办公室统计，采录的民间故事达183万余篇。

在这个时代，民间故事讲述人受到前所未有的重视，一大批不同民族、不同地域、不同性别的杰出民间故事讲述人纷纷登台亮相。在1984年至1990年民间故事的搜集过程中，我国已发现的能够讲50则以上故事的传承人就达9 901人。[1] 如内蒙古的秦地女，辽宁的谭振山、李明，山东的胡怀梅、尹宝兰、王玉兰、宋宗科，山西的尹泽、梁力，河北的纪文道、靳正新，河南的曹衍玉，湖北的刘德培、孙家香、罗成双、刘德方，湖南的孙明斗、易法松，四川的魏贤德，江苏的陈理言以及鄂伦春族的李水花，蒙古族的金荣，朝鲜族的金德顺，满族的傅英仁、马亚川、李成明、佟凤乙，藏族的黑尔甲、七尖初，侗族的杨雄新等，不仅能够讲述几百则民间故事，而且讲述质量也属一流。在他们周围活跃着一大批知名的民间故事讲述人，他们讲述的故事不仅多，而且讲述技艺高超。这些故事具有强烈的民族特色和地域特色，受到广大民众的普遍欢迎和认同，并被听众广泛传讲。

在中国，民间故事讲述成为地方的一种重要文化传统，民间故事作为中国非物质文化遗产得到了很好的保护，诸如湖北省的伍家沟、都镇湾、下堡坪，重庆市的走马镇，河北省藁城县的耿村，辽宁省大洼县的古渔雁、喀左东蒙、北票，西藏嘉黎等地的民间故事，内蒙古通辽市的巴拉根仓故事，山

---

① 贺嘉：《中国民间文学集成的普查与耿村故事家群的发掘》，载《民间文学论坛》1991年第6期。

西万荣的笑话等均被列为国家级非物质文化遗产代表性项目，得到了政府的高度重视。这为这些地区民间故事的传承发展带来了新的契机，也为中国民间故事遗产保护和传承提供了可资借鉴的经验。

然而，今天的中国社会变迁速度比以往任何时候都要迅猛，现代化的生产方式和生活方式全方位地影响着农村文化生活的变革，现代传播媒介对民间故事讲述、传承产生的重大影响更是不言而喻的。在这样的时代背景下，群众性的文化娱乐活动不可逆转地发生着变化，文化的多样化、娱乐的现代化特点越来越突出。中国乡村社会树荫下簇簇人群听故事的专注神情，火塘边兴奋地讲故事、听故事的一张张被火光映红的脸庞……这些动人的场景已经离我们越来越远了。讲故事活动的传统熟人社会结构被打破，讲故事的热闹场面逐渐在消失。在世界各国政府加紧采取措施保护自己的民族文化的时代，保护和传承我国丰厚的民间故事资源显得更加紧要和迫切。

四

少数民族民间故事是中华民族传统文化的重要载体之一，是中国各民族民众生活的重要组成部分。新中国成立以来，我国各级部门、各类人员采集和整理了数量众多的少数民族民间故事，2014年至2015年，我带领学生对上个世纪被采集翻译为汉文的中国少数民族民间故事进行了一次全面、系统的信息采集，其数量之惊人、成绩之斐然，让我兴奋了很久。但是非常遗憾，中国不同时期采录、整理的少数民族民间故事资料大多被束之高阁，或者仅仅供学者研究使用，并没有真正发挥少数民族民间故事应有的社会文化功能，并没有很好地利用各民族民间故事在教育和知识传播上的优长。为了全面、系统地凸显中国少数民族民间故事的"经典性"，我们组织编选了"中国少数民族经典民间故事"系列丛书，在包括神话、传说，还有动物故事、幻想故事、生活故事、笑话、寓言，以及民族或地区特有的口头散文叙事文学体裁的基础上，尝试着从"经典"的视角推介和传承少数民族民间故事，提升中国少数民族民间故事的价值和社会影响力。

中国少数民族民间故事经历了不同的发展道路，这些民间故事不仅承载着中华民族的传统文化，而且在各民族共同生活、相互学习的过程中，民间故事在交流中融合，在融合中创新，构筑成中华民族千百年来共有的精神家园。

中国少数民族民间故事种类繁多，同一种民间故事在不同民族之间有不同的演变形态，对中国少数民族民间故事"经典"进行系统汇纳，有利于加强民族乃至地域之间的文化交流和文化理解，彰显中国各民族民间故事的文化认同功能，也有利于培养民众的道德情操，传递生活知识。

中国少数民族民间故事包含民众的生活情感、价值观念和审美期待，人们习惯地认为民间故事属于"草根"文化，"中国少数民族经典民间故事"打破人们对"经典"认识的藩篱，将少数民族民间故事视为"经典文化"，在每个民族丰富的民间故事中精选100则民间故事编辑成册，采取经典化的选编方法、经典化的传播方式，让这些世代流传的经典民间故事走进中华多民族民众生活之中，为中国少数民族民间故事的传承、创新而开辟"经典化"的路径。

"中国少数民族经典民间故事"既是抢救中国少数民族民间故事，又是在现代化背景下，以"经典"为视角系统总结中国少数民族民间故事，推进文化多样性建设，让少数民族传统的经典故事走向更为广大的民间，从深度和广度上影响更多的读者，在传承和保护中国少数民族民间故事方面做出特殊的贡献。这是我们希望的，也是我们愿意做的。

导读语

彭书跃

羌族，中国西部的一个古老民族，最早是在商代的甲骨文中出现了"羌"，这里是指生活于华夏西边的一部分非汉族人群。在先秦的文献中对于"羌"这个群体的记载很少，并且含义模糊。此后，在与汉族的互动过程中"羌"的含义逐渐由模糊变得明晰，这种互动是多方面的：其中既有战争，如在汉代时期，长期血腥的战争使得这个群体一再出现在历史文献中，他们作为汉帝国的对手被称为"羌"；也有和平的交流融合，大概从春秋、战国时期开始，"羌"人因各种原因开始向外迁徙，其中的一支最后到了岷江上游一代，他们在此生存繁衍，与当地的人们交流融合，逐渐形成现在意义上的羌族。

与大多数民族的历史一样，羌族的历史开始于开天辟地、创造人类的神话传说。接下来，羌族的祖先和民族英雄开始登场，而治水的英雄——大禹，则是这些民族英雄里面被讲述的最多的，也是最著名的一位。战争是羌民族最为深刻的记忆，它贯穿着民族的整个形成过程，通过战争，羌民族一方面获得赖以生存的土地、资源，一方面把自己与其他民族区分开来，获得对本民族的认同，这些战争里面比较早而又影响深远的一次应该是发生在羌人与戈基人之间的战争，它在《羌戈大战》故事中被反复讲述。经过一次次大大小小的战争，羌民族终于站稳了脚跟。

羌族的民间故事传说作为口头传统中的重要的一类，一方面它讲述着关于羌人的历史，而另一方面他又有自己的历史即故事的讲述历史。在故事传说的阅读中，我们可以清晰地描绘出与整个族群产生、发展相关的故事讲述历史线索。首先被讲述的是神话，这里讲述了世界的产生；然后被讲述的是传说，这些传说有的围绕着与羌族有关的历史英雄人物展开，有的记录了羌民族历史上的重大事件，有的依附在了羌族民众赖以生存的周遭环境，也有的是对民众生活的直接解释；与传说一起被讲述的则是反映了羌族民众的生活理想、美好愿望、道德伦理紧密结合在一起的各种童话故事；而笑话的讲述则反映了生活于恶劣环境中的羌族民众的积极乐观的人生观。

民间故事主要是指反映民众生活现实及其理想、情感的散文体叙事作品。因此故事的主题应该是与民众的生活现实、理想诉求和情感需要紧密联系在一起的。羌族是一个历史悠久的民族，但是从古至今，相对周边的汉族、藏族而言却一直是一个较小的民族。处于汉藏之间的羌民族，一直经受着两个大民族的政治、经济、军事和文化等方方面面的冲击。所以，如何在不断被边缘化、被同化的同时而又保持自己民族的根基，这是羌民族作为一个民族一直以来面对的的一个重要而又严峻的问题。因此，不断加强民族的文化认同，保持维系民族整体的文化纽带，也是羌民族重要的生活现实、理想诉求和情感需要。这种"民族认同"被表现在羌族文化传统的方方面面，自然这也成为羌族民间故事讲述的一个重要主题。

羌族主要聚居地在四川省西北阿坝藏族羌族自治州的东南，也就是岷江上游及其支流两岸的茂县、汶川、理县。另外，与岷江上游一山之隔的北川，也有部分乡镇人口被识别为羌族。其余散居在阿坝州松潘、黑水、九寨沟等县。现有人口约309,576人，本地自然环境上的特色是，一方面，垂直分布的山田、森林、草场是丰富的经济资源，为当地民众的多元化生活提供了物质基础，使得"沟"成为一个个自足的生态区。另一方面，民众生活的"沟"之间往往为高山险阻，交通困难，这在一定程度上阻碍了沟中村寨民众的交往，使得他们成为相对孤立的人群。新中国成立以来，由于沿河谷公路的开发建设，各地羌族民众的往来逐渐密切。农林产品的贸易经济也逐渐发展起来。依附于这样的生态环境，羌族民众有着自己一套独特的生计模式。在这种独特生计模式的基础上形成了颇具民族特色的文化传统，建筑中的"碉楼"，歌舞中以羌族锅庄"跳沙朗"最流行，传统的祭祀风俗舞"跳盔甲"极富浓郁的民俗风格，"跳皮鼓""兰干寿"、山歌（羌语称"拉那"或"拉索"），则多在劳动场合或山间田野中唱，祭祀场合下唱的巫师歌则更是保存了大量的民间故事传说。这些与羌族民众生活息息相关的独特的生活方式以及丰富多彩的民俗文化都成为了羌族民间故事传说的源头，甚至直接保存了一些民间故事传说。民间故事传说一方面反映着当地羌族民众的生活理想和民族情感，传承民族文化；另一方面又作为指导着人们的生活实践，与民众当下的生活形成紧密联系。

本选本故事的采集是以已经出版的汉语言文字资料文献为基础的，其中不乏《中国民间故事集成·四川卷》《羌族口头遗产继承》等国家及重大项目的权威资料，同时也十分注意收集羌族地区政府或民间组织采集和整理的各种故事选集，如《羌族民间故事》（第一、二、三集）、《羌族民间文学资料集》（第一集）、《羌族藏族民间故事集》等等。对于以个人为主的编选的羌族民间故事除了作为参考的文献资料以外，还特别注意对这些故事选本的编选规则进行阅读和理解，汲取其中的思想精华。除此以外，本选本还特别注意到了近年来出现的一些来自民间文学学者的故事选本，这些选本都是以田野调查为第一手资料，其中出现了相当多的新故事，这不仅弥补了之前选本的缺失，更重要的是这些新近出现的选本由于直接来源于羌族民众的当下的生活，所以它们一方面能反映古老的故事在当下生活中的接受状况、另一方面就是直接反映了羌族民众的当下生活。

作为羌族经典故事编选者我们还考虑到21世纪发生的一次重大事件——2008年的"5.12汶川大地震"，这次自然灾难刚好发生在羌族民众的生活地区，同时也是羌族文化的中心地带。所以从某种意义上讲，这不仅是一次自然界的大灾难，同时也是一次文化大灾难。灾后重建最首要的当然是恢复当地民众的经济和生产，保证民众的正常生活。国家政府的领导和社会各界的积极参与，取得的效果是显著的。但是灾后文化重建却是一项更加艰巨和漫长的工作，如冯骥才先生在《羌族口头遗产集成》的前言里所言"羌往何处去？"这又是一项关于民族文化保存的紧急任务。本故事选集也是带着这样一些问题和对问题的思考进入选编工作的。

目 录

CONTENTS

阿补曲格创世

造天造地

自古嘛，地是一个黑鸡蛋，天是一个白鹅蛋。一团黑糊糊，一团白生生，都是圆滚滚的，分不出上头下头，也分不出前头后头。阿补曲格（天爷）说："要造天喃，要造地喃，有天有地才能有万物哩！"阿补曲格和红满西（天母）商量说："我来造天，你去搭地。你先动手，有地才能撑起天哪。"红满西不同意，说："咋能先有地呢，上面有天罩着，下面的地才能搭得起来呀！"争得下不了台，争了好久好久，才商量好，两人一齐动手造天搭地。

红满西打开黑鸡蛋，哎唷，里头钻出个大鳌鱼来，阿补曲格打开白鹅蛋，轰隆一声，里头钻出块大青石板来。阿补曲格用青石板造天，立起又倒，倒了又立，紧忙也造不好，累得大汗煞不住，也立不起来。红满西赶忙把大鳌鱼弄来搭起了地，把鳌鱼的四条脚扳起当顶柱，才把天撑起。这样，天地才造好了。

可是喃，这大鳌鱼要动弹，一动天就要摇晃，地就要震动。咋个办呢？红满西把家里的玉狗喊来，放在大鳌鱼的耳朵里，对大鳌鱼说："你不准动哟。我把你的母舅叫来，给你搭打个伴，空了给你摆条①，免得你心焦。你要听母

---

①摆条：方言，聊天。

舅的话，你一动，它就要咬你。"这下子鳌鱼不敢动了，天地才稳当了。

红满西把地搭得平坦坦、光滑滑的，正在歇气，她的女娃娃给她送饭来了。这个女娃娃是癞疙宝①变的。红满西看到天地已造成，就把女娃娃的癞疙宝皮拿来烧了烤火。这下拐了②，鳌鱼闻到了癞疙宝皮的焦味，动了起来，就发生了大地震。母女俩搞慌了，一面喊玉狗咬鳌鱼，一面用棒槌砸地，把大地砸得高一梗低一梗的，高处就成了地上的山。女娃娃用哈迷③在地上乱砍，现出一条条深沟，就成了地上的河沟。

打从这时候起，天地才算造成了，上头是青的天罩着，下头是高低不平的山、平地和河流。

造人种

天地造好以后，阿补曲格又和红满西商量咋个造人。红满西出了个主意："用羊角花枝枝造人嘛。"阿补曲格说："这办法对，有了人就由你去管吧。"红满西答应了。

阿补曲格掰了九节羊角花枝枝，放到地洞里头，每天给它们呵三口气。三天后，变成人的样子；六天后，这些树枝枝会眨眼睛；九天后，这些树枝枝就会说话。第二天正是戊日，阿补曲格去看，这些树枝枝变成人跑了出去。

从这时起，人就在大地上繁衍开了，很快各处都有了人。红满西就教这些人："戊日这天，是造人的日子，千万不要动土，动了土就要伤人的性命。"

直到如今，我们羌族人还保存着"逢戊不动土"的习俗。

---

①癞疙宝：癞蛤蟆。
②拐了：方言，糟了、不好了。
③哈迷：羌语，织布用的木板。

狗是大地的母舅

  木巴（天爷）在造天造地的时候，天立起来又垮，垮了又立，总造不好。西王母看见了，就给他出了个主意："你把那条大鳖鱼叫去作地嘛，用它的四条腿子撑着天，那就不会垮了。"

  木巴听了，就把大鳖鱼叫来，要它用身子作地，用腿子撑。鳖鱼不肯去，说："我饿了吃啥子呢？"木巴说："饿了吃水嘛！"鳖鱼还是不肯去。王母就去把她喂的狗唤出来，对鳖鱼说："它是你的母舅喃，你不听它的话，它就要扯你的耳朵。"鳖鱼看看狗，还是不想去。这下把狗惹毛①罗，一跳钻进大鳖鱼的耳里，一阵乱叫乱咬，痛得大鳖鱼直叫喊："舅舅也，我去，我去，请你老人家不要扯耳朵罗！"狗这才跳了出来。大鳖鱼归依伏法变成了大地，四条腿立在四方，当了撑天大柱，木巴就这样把天地造好了。

  大鳖鱼变成大地后，开初，它有时要动，有时要眨眼睛，它一动一眨眼睛，大地就要地震，地上的万物就要遭殃。所以，只要它稍一动，狗就要咬它，它就不敢再动了，大地万物也就安宁了。

  因此，地震时人们总是"者者者"唤狗，想叫狗来制服大鳖，平息地震。

---

①毛：发火。

人是咋个来的

人是咋个来的？羌族的开咂酒曲子①里是这样说的：原来世上并没得人，只有两个神，他们的名字叫索依迪朗②。索依迪朗这两个神，迪住在天上，朗住在地下。当世上有了山、水、岩石、树木、动物等万事万物以后，索依迪朗就想，这世上要是有人，那该多好啊！于是迪吃了天上一种叫"洪泽甲"的东西，朗吃了地下一种叫"迟拉甲嗅"的东西，之后朗就怀孕了。没隔好久，索依迪朗共同设计了人的样子，并且生下了第一个儿子，取名叫"安耶节毕·托慢姆祖"。大儿子出世后，索依迪朗觉得这个人的身胚骨骼太大了：他身长九庹③，头长九卡④，手掌长九卡，脚板长九卡；以山为歇气坪⑤，以粗大的树木为拐棍，样子很难看，也不好给他这么大的人修房子。所以，索依迪朗决定再生个儿子，对人体的骨骼作了一些改变。没隔好久，第二个儿子又出世了，取名叫"真拉·洪扯甲姆"。他身长三庹，头长三卡，手掌长三卡，脚板长三卡，以岩石为歇气坪，以中等粗的树木作拐

①开咂酒曲子：指羌族人在开酒坛饮咂酒前所唱的一种民族古歌。
②索依迪朗：羌语，娘老子的意思，"迪"意为父亲，"朗"意为母亲。
③庹：长度单位，指人的左右两臂平肩伸直后的距离。
④卡：长度单位，指手掌伸直后，拇指至中指间的距离。
⑤歇气坪：四川茂县汶川一带山区中小块的平地，路人用来歇脚。

棍。索依迪朗夫妇仔细看了又看，觉得还是不咋个安逸①，就决定再生一个儿子，又对人体的骨骼作了进一步改变。几个月以后，三儿子平安地出世了。他身长一庹，头长一卡，手掌长一卡，脚板长一卡。索依迪朗夫妇左看右看，觉得这次造的人的身胚还差不多。

人的身胚是造出来了，但是还没有五官和内脏。索依迪朗两人就商量决定：以后怀娃娃的时候，要先生头发，后生眉毛，然后，再生耳朵、眼睛、鼻子、嘴巴、舌头、心肺、肚肠等东西，还规定这些东西都要按照一定的样子长。索依迪朗商量来商量去，最后规定：以后养娃娃的时候，人的头发要学着森林的样子长，眉毛要学着地边上草丛丛的样子长，眼睛要学着太阳的样子长，耳朵要学着树子上木耳的样子长，鼻子要学着山梁的样子长，牙齿要学着悬岩上一排白石头的样子长，舌头要学着岩石中间夹的红石头的样子长，肩膀要学着山坡的样子长，人的肠肠肚肚要学着癞疙宝下的卵条条②的样子长，人的心脏要学着桃子的样子长，人的大腿要学着磨刀石的样子长，人的膝盖骨要学着歇气坪上石头的样子长。另外，人的小腿要学着直棒棒的样子长，脚板要学着黄泥巴块块的样子长。这样一来，人的体形就造好了，五脏六腑，四肢五官也齐全了。从此，人类就诞生了。

据说，人的小腿，原来很直，没得现在那么一块肌肉，跑起来也很快，可以追上獐子和野鸡。索依迪朗看到后就有些担心，怕人这样去追野兽，会把野兽追绝种的，所以就在人的小腿上捆了一个沙袋，这个沙袋后来就变成了人小腿上的肌肉。人的小腿自从捆上了这个沙袋后，就再也跑不到原来那么快了。

索依迪朗夫妇看到三儿子造成了这个样子，很高兴，就给他取名字叫"雅呷确呷·丹巴协惹"。因为雅呷确呷·丹巴协惹是索依迪朗夫妇造出来

---

①安逸：方言，这里是好的意思。
②卵条条：指蝌蚪。

羌族民间故事

的第一个完整的人，所以他就有生养后代的本领和责任，也就成了羌族人的祖先。羌民们直到现在都还常常怀念他，每当遇到喜庆的事，需要开咂酒来喝的时候，总忘不了要先请他来尝一口。

兄妹射日制人烟

　　古时候，天上十个太阳每天一起出来，把地上的粮食和树子晒死完了。只有俩兄妹爬到一根大柏树上头，才没遭晒死。哥哥看地上没得人了，就伤心地哭啊哭啊，妹妹就劝他，喊他莫哭。晚黑间，妹妹用一根一万二千年的树子丫丫和六千年的羊皮筋，做了多大一把箭，喊他哥哥拿去把太阳射九个下来。哥哥说，太阳那么高，我咋个射得到嗬？妹妹说，你先去试一下嘛，万一得行嗬。第二天，哥哥跑去一试，头一箭手才一松，太阳就落下来了，变成了一座山，第二箭手一松，太阳又落了一个，一直射了九个下来，这九个太阳落下来以后，就变成了这阵的九龙山。从那以后，天上就只有一个太阳了。

　　有一天，哥哥想和妹妹成亲。妹妹不答应，就说："要想我们俩成亲嘛，我们一家栽一窝竹子，如果竹根子长巴到①一起了，我们就成亲。"他们就一家栽了一窝竹子，没管②几天，竹根子就长到一堆了，妹妹就和哥哥成了亲。后来，妹妹生了一个肉砣砣，她用一张树叶子包到拿起，顺到天梯

---

①巴到：连接。
②没管：没等。

羌族民间故事

007

往天上爬，爬到爬到，一阵大风吹起来，把肉砣砣吹落到地上绊成渣渣，溅到树林头去了。妹妹梭下梯一看，肉渣渣尽变成了人，落在啥树上就姓啥。从那以后，世上就有了很多人。

月亮和九个太阳

原来，天上只有一个太阳和一个月亮。太阳是女的，月亮是男的。一个在前，一个在后，两个你撵我、我撵你地过日子。久了，两个就撵到一起了。太阳怀孕了，一下生了八个太阳儿子。这下，天下没黑夜了，人们没法生活，庄稼也没法生长了。人们就商量，把这些太阳儿子收拾掉，留下一个就够了。那时羌族有个神箭手，叫木哈木拉，就拿了弓和箭，一天射落一个太阳，八天就把太阳娃娃全部收拾完了。这下又成了白天一个太阳，黑夜一个月亮。

太阳和月亮还是想连到一起，地下的人就是不肯。人们在铜盆里装满清水，里头搁一枝花花，盆子里头就能看得到它们两个。如果联起了，人们就羞它们，吼它们。

一次，它们联起了，月亮就喊："太阳狗吃罗！"太阳也喊："月亮狗吃罗！"人们在铜盆里头看得清楚，说："啥子狗吃罗！它们要联起了！"于是大家就闹了起来。四面八方都在闹，弄得太阳月亮羞死啰。"算了算了！我们两个就这样一辈子算了。"它们从此再也不联了。

羌族民间故事

009

木姐珠和斗安珠

古时候，天底下有座山是和天连在一起的。地上的人可以爬到天上去，天上的人可以跑到地上来。有一回，天神的幺女子木姐珠到地上来耍，耍到耍到，一只老虎就想吃她，把木姐珠吓得惊吆喝叫唤，正在林头放羊子的猴毛娃斗安珠听到有人在喊救命，就跑起来看，老远就看到一只老虎想吃一个漂亮的女娃子，就拿起棒棒冲过去跟老虎打起来了。打了半天，就把老虎给打死了。木姐珠就问猴毛娃叫啥名字，猴毛娃说："我是放羊子的斗安珠"。这个时候，天也黑了，木姐珠就不想回天上去了，估倒要跟斗安珠成亲。斗安珠没办法，只好送她回天上去。

到了天上，天神看到幺女子引了一个猴毛娃回来，心头就不安逸。木姐珠给她爸爸说："我在地上遇到老虎来吃我，要不是斗安珠来救我，我哪里还见得到你喔！"天神没理她。她又说："爸爸，我要跟救我的人成亲。"天神气冲冲地说："要得嘛，你喊他明天去给我砍九十九座山的树，我就答应你们成亲。"木姐珠答应了。斗安珠心想，我一个人一天咋砍得完九十九座山的树。木姐珠对他说："我们想办法嘛。"晚黑间，木姐珠就去找风神帮忙，风神答应了。第二天，风神昏天黑地吹了一阵大风，把九十九座山的树齐整整地吹断完了。木姐珠就去给天神说："斗安珠一晚黑就把九十九座山的树砍完了。"天神不信，跑去一看，九十九座山的树确是齐整整地一下子砍完了。他又说："你喊斗安珠明天用火把这九十九座山给我烧光，我就答应你们成亲。"木姐珠还是答应了。到了晚黑间，木姐珠又去找火神帮忙，火神答应了。第二天，斗安珠还在砍了树的山里头睡瞌睡，火神就一阵大火烧起。斗安珠没搞赢跑，把身上的猴毛一下子烧得溜光，变成了一个漂亮的小伙子。木姐珠看到斗安珠变成了一个漂亮的小伙子，心头喜欢得不得了，拉起斗安珠就去找天神。天神说："除非你在一天之内把九十九座山给我种成玉米，我就答应你们成亲。"木姐珠还是答应了。晚黑间，木姐珠就去找雨神帮忙。雨神就把玉米种合到雨里头，晚黑间下雨的时候，就匀匀均均地下到九十九座山上。天神没办法，只好答应他俩成亲。

回地上那天，天神把五谷杂粮和猪啊鸡啊这些东西，交给木姐珠带回地上，哪晓得在回来的路上漏了些、跑了些，就变成了草和野物。木姐珠和斗安珠刚走下天地相连的那座山，天神就用刀把那座山砍成了两块。从那以后，地上就有了很多很多的人，地上的人再也爬不到天上去了。

山和树的来历

原来，我们的大地是坦平的，没有山。有个羌族小伙子，家很穷，他天天在各地方干活。天神木巴有三个女儿，大女儿去天宫了，二女儿去龙宫了，三女儿留在家洗衣服。她看到小伙子天天劳动，很同情他。一天，三女儿要下凡，生死要和小伙子成亲。木巴不同意，但她仍犟着下来了。

三女儿刚从天上下来时，穿金戴银，打扮得很漂亮，到了人间一劳动，手都裂口了。第二年，三女儿回到木巴身边，木巴见她一身稀烂，面容清瘦，很不高兴，就给三女儿一些种子：第一种是山籽，第二种是羊角树籽，第三种是桦木种籽，第四种是杉树籽，第五种是草籽。三女按木巴说的把种子撒了，第二天，大地上就有了山、有了树，大地和天上也就隔开了，要上天就比原来困难了。

经过几个月，三女儿还是回娘家去了。木巴想：山啊树啊隔着，为啥她又回来了嘀？看她像个讨口子①样，认不得她了。木巴屋里有三只狗，他把黄狗放出去，想叫它去咬三姐。狗不仅不咬，反而走过去亲三姐。木巴想：那么凶的狗，为啥不咬她呢？第二次他又把白狗放出去，还是不咬三姐。他把第三只狗也放出去，狗直对着三姐直摇尾巴。最后木巴只好认了三女儿。

---

①讨口子：方言，讨饭、乞丐。

三女儿说："当父母的认不得我，狗认得我嘛！"木巴说："你在凡间落难，变得不像样了，以后不要再回来了。"最后给她陪奁了鸡、鸟，还有水的种子。三女儿很高兴。

第二年，三女儿又想回娘家，走了几个月，都没找到路。三女儿不服气，怪那些围在她身前身后的鸡误了事，她就把一些鸡赶到山上，所以，现在野鸡比家鸡多。水原来是小小的泉水，三女儿想：这点点只够吃，怎么洗澡呢？不料第二年，水涨大了，把路隔断了，就不能过去，断绝了回娘家的路啰。

就这样，大地上有了山、树、草、水和鸟。

燃比娃取火

传说，远古时，狗是大地的母舅，公鸡是太阳的朋友。人还是野人的时候，神和人住在一起，只隔一道叫喀尔克别山的山梁。不过天庭有严格的禁令，神不能和人有往来。在喀尔克别山朝向凡间境地的一面，有一座峻峭优美的花果山，叫做尼罗甲格山。这里山水相连，丛林、牧草茂盛，是天然的好牧场，所以，每当吉祥的日子，神仙都喜欢到这里游玩。

有一天，一大群凡人寻找食物，来到了尼罗甲格山下，发现了满山果树上长着红红绿绿的果子，大伙儿美美地吃了个痛快。凡人首领是一个美丽能干的年轻姑娘，名叫阿勿巴吉。她聪明颖慧，和蔼可亲。阿勿巴吉看中这个地方很富饶，就决定在这里住下。于是，大家找山洞，搭树棚，忙碌起来。为了过好生活，首领叫大家有秩序地采摘果子，不要糟蹋果子，还把硬果贮藏起来，准备缺果时吃。就这样，大家过着安定的生活。

在一个吉祥的日子，神仙们又到尼罗甲格山游玩，听到山脚下闹闹嚷嚷的，一看，原来那里有很多凡人。神仙们觉得打破了他们的安静，有个多事的神仙，便把这件事添油加醋地奏禀了天帝木比塔。天帝不分青红皂白，把恶煞神喝都派下了凡去惩治这些凡人。喝都是个心胸狭窄、眼光短浅，只知道损害他人的恶神。他领了天帝的旨意，得意地来到尼罗甲格地方，对着无辜的凡人狠心地使出魔法。霎时，天昏地暗，黑气滚滚，冷风嗖嗖，大雪纷飞。水结了冰，树落了叶，花草蔫枯了，年老体弱的人被冻死了。人们从未见过这样寒冷的天气，冻得困在洞中不敢外出。据说，从此人间有了冬天。

女首领阿勿巴吉想：这样困在洞中只有等死，必须闯出去才有生路。她带着人们走出了山洞，用优美动听的歌声鼓励人们："冷啊！冷啊！天降的不幸！动吧！动吧！劳动才能争得生存……"随着歌声，人们走到原野，刨开积雪，挖草根找嫩芽维持生活。就在这时，正在尼罗甲格山顶上游玩的天神蒙格西，听到山下歌声袅袅，便循声而来，只见一个裸露上身的美丽少女，带着一群凡人，边唱歌边在雪地挖草根，顿时起了爱慕之心。他走过去，把自己的外衣脱下，轻轻给少女披在身上，并倾诉自己的爱慕之情。据说，这就是女人穿长衣服的来历，羌族妇女至今仍有穿长衣的习俗。

天神蒙格西温情地从怀里取出一个鲜红的果子，送到阿勿巴吉口中。吃了甜香的果汁，阿勿巴吉顿时觉得腹中实腾腾的。临别时，蒙格西对她说："姑娘啊！我是天庭火神蒙格西，我们俩有缘分，以后你生了孩子，叫他来找我吧！人间太冷了，叫他来为人类取火啊！"

阿勿巴吉怀孕了，十个月后，生了一个男孩，浑身长着长毛，还长着长长的尾巴，生下地就开口说："阿妈！我的阿卜呢？"妈妈很诧异，心想，这真是天神的孩子啊！妈妈见孩子长得虽是猴相，却很聪明，就取名叫"燃比娃"。那孩子从小就机灵，稍大点，采果、打猎样样都行，长到十六岁，就有很大的力气，能爬树，能飞行，悬崖峭壁他能一跃而上，还很吃苦耐劳。

阿勿巴吉见儿子已经长大成人，心里十分高兴。一天，她对孩子说："尕刚①呀！你已经长大成人了，你应当为大家做点事情啊！"燃比娃见妈妈有心事，就恳切地问道："阿妈！我要做什么呢？"妈妈含着眼泪拉着孩子哽咽地说："你阿卜是天庭的火神，神规严厉，不敢同我们住在一起，你朝太阳的方向走，去找你的阿卜吧！人间太冷了，请他给点火种，为人们取暖、照明吧！"燃比娃听了母亲的嘱咐，心头豁然开朗，对妈妈说："阿妈

---

①尕刚：羌语，儿子。

羌族民间故事

啊，你放心吧！我一定找到阿卜，为大家取回火种！"

燃比娃辞别了母亲和长辈，踏上为人类取火的道路。他朝着太阳运行的方向，不停地往前走，逢崖攀登，遇水飞越。走呀走，走了三年又三个月，翻过三十三道峻岭，飞过三十三条大河，走得筋疲力尽了，还不知天庭在哪里。他走到一座山岭上，正坐地休息，树上飞来一只喜鹊，向他点头翘尾地叫着。燃比娃向喜鹊问道："霞虾①呀！天庭在哪里，你知道吗？"喜鹊回答说："撒，撒，格里撒②。"

燃比娃得到喜鹊的指引，又起身向前走，逢崖攀登，遇水飞越，走呀走，一直走了九年又九个月，翻过了九十九道峻岭，飞过了九十九条大河，斗过了无数野兽，历尽了千辛万苦。一天，他面前出现一座城郭，这是他从未见过的，不免有些畏怯。他正站在远处观望，忽然身后走来一个人，吓了他一大跳。来人含笑说："燃比娃，你来取火吗？"燃比娃一听，愣住了。燃比娃心灵嘴巧，请求说："阿恩③！你既知我的来历，就请你告诉我，天庭在哪里？我的阿卜在哪里？"

来人说："尕刚啊！我就是你的阿卜蒙格西。我知道你来取火，怕你闯出祸事，特地在这里等你呢！"燃比娃一听，马上跪拜在地，向蒙格西磕了三个头，激动地说："阿卜呀！把我找得好苦啊！这下总算找到了。快走吧！取火去！"

蒙格西叫燃比娃躲在身后，不要乱跑，当心惹出祸事来。于是，父子俩一同来到天城，悄悄地走到神火炉前。蒙格西拿起一把油竹伸入炉中，烧成火把，交给了燃比娃。燃比娃取火心切，一拿到火把，转身就跑。刚跑出天城，正巧遇到恶煞神喝都。他一见有人偷火，猛追过来夺火。燃比娃也不肯示弱，两人就厮打起来。喝都虽是恶神，并没有什么真正本领，他打不过燃

---

①霞虾：羌语，喜鹊。
②撒，格里撒：羌语，去，向前去。
③阿恩：羌语，伯伯。

比娃，只得施行魔法，立刻狂风大作，猛向燃比娃吹来。火把遇风，烈焰直扑向燃比娃，他全身的长毛都烧起来了。燃比娃被火烧得昏死过去，倒在地上不省人事，喝都趁机抢走了神火。

　　燃比娃虽然被神火烧昏，但他一颗赤诚为人类取火的心，还没有被火伤着。他心里想起了阿妈的嘱咐，众人殷切的期望，慢慢地复苏了过来，猛地站立起来，忍住满身火伤的疼痛，挣扎着又转回天城，找到阿卜说明喝都夺去神火的经过。蒙格西见燃比娃全身烧得漆黑一团，十分难过。他一面叮咛孩子细心谨慎，一面取出一只瓦盆，又从神火炉内取出鲜红的火炭，放入盆中，交给了燃比娃。蒙格西刚开口嘱咐："这瓦盆不怕风……"燃比娃端起火盆转身就跑。他跑出天城不远，耳听身后沙沙响动，扭头一看，恶煞神喝都又追来了。一阵狂风没有把燃比娃手中神火吹灭，喝都赶忙上前去夺火，两人又是一场恶战。战来战去，喝都仍敌不过燃比娃，只得使出魔法。忽然黑云满天，接着是倾盆大雨，平地涨起水来。汹涌澎湃的洪水，把燃比娃卷入浪峰，喝都趁势夺走了神火瓦盆，还把燃比娃打昏，淹没在洪水里。

　　燃比娃被水淹昏，漂到一处河滩上，但他那颗赤诚为人类取火的心，还没有损伤。在太阳的温暖下，他想起了阿妈的嘱咐，众人殷切的期望，慢慢地又复苏过来，他睁眼一看，全身被烧焦的黑皮被水泡脱了，完全变成了一个健康俊美的小伙子，只是后面还有一条尾巴。

　　燃比娃振起精神，沿着河流方向，又来到天城，找到阿卜蒙格西，从头到尾又把遭受喝都毒手的事诉说了一遍，请求阿卜再设法送神火。蒙格西苦苦地想着：人类那样需要火，必须把火送去。他又想了想，对燃比娃说道："尕刚啊！我把神火藏在白石头里面，这样可以瞒过喝都的眼睛。你去到人间，用两块白石碰击，就会有神火出现，用干草和树枝点燃，就会出现熊熊烈火。尕刚，你做事不能太莽撞了，要细心谨慎啊！你只有等到傍晚，关天城前再动身回去。到凡间天晚路黑时，可以击碰白石照明。记着，回到凡间要好好伺候阿妈，为人们多做好事。"

　　燃比娃深深被阿卜的教诲感动，改变了莽撞粗心的毛病。等到天色傍

晚，收藏好白石，辞别阿卜悄悄地走到天城门边。恰好这时是关天城的时候，燃比娃心灵腿快，一溜烟跑过城门，只听身后喀嚓一声，两扇城门把他的尾巴给轧去了。传说，从此人类才没有了尾巴。

为了早日给人类取回神火，燃比娃忍着痛，飞奔转回凡间。他昼夜兼程，不断地跑，天黑了碰石照明，肚饿了采果充饥，双脚磨得鲜血直流，也不肯停留一步。燃比娃的正气和毅力，感动了大地，大地为他缩短了行程。不久，他回到了尼罗甲格山下，找到了阿妈。阿勿巴吉含着热泪，抚摸着孩子说："等了多久啊！尕刚，你到底回来了！取的火呢？"燃比娃兴奋地取出白石，两石相碰，发出耀眼的火花。阿勿巴吉一见这离奇的神火，欢乐地惊叫起来。乡亲们闻声都跑了过来，围着燃比娃，听他讲述取神火的经过。燃比娃按照阿卜说的，找了一些干草和树枝，用白石相碰发出火花，点燃干草和树枝，燃起一堆熊熊的篝火。

这是人类的第一堆火啊！人们围着篝火欢乐地跳啊！唱啊！据说这就是跳锅庄的起源。从此，四面八方的人们，都来讨火种，火就在人间传开了。

有了火，人间才有温暖、光明，才战胜了寒冬和漫长的黑夜；有了火，人类才有熟食，进入文明。这是白石给人类带来的幸福，所以羌族人民把白石尊为至高无上的神灵。

直到现在，羌族民间仍有尊重火的习惯，如人不能从火上跨过，火塘上不能伸脚，火塘架下不能掐虱子，不能烤尿布等。否则就认为是对火神的侮辱，主人是不答应的。

白石神

　　古时，在现在黑水县的红岩乡，发生过一场很大的火灾。事情的缘由和经过是这样的：

　　当时，这里有一个小伙子去山上放羊。一天，树上有只乌鸦告诉他说："这里很快要出现九个太阳，将把这里的草草木木全部烧死。我劝你赶快离开这个地方，但是不准告诉其他人知道。否则你就不会有好下场。"小伙子听完这话后，并没有按照乌鸦所说的去办。他回寨子后，就挨家挨户地把这个消息转告了大家，很快，全寨人都逃走得救了。但这个小伙子在随全寨人逃走的路上，却变成了一块洁白雪亮的石头。人们为了感谢他和怀念他，就在房顶的中间，四角或周围的墙顶上，竖立起白石头。在过年过节时候对他祈祷祝颂。久而久之，这些白石头就成了人们信仰的神灵。白石神也会保佑人们快乐平安、粮食丰收、六畜兴旺。

羌族民间故事

羌戈大战

　　远古时候，羌人进行了一次大规模的迁徙。有一支羌人在部落首领的率领下，赶着他们的羊群，由西北高原南下，历尽千辛万苦，翻越了重重雪山，终于来到波浪滔滔的岷江上游。他们看这里有山有水，又有平坝，正是个放牧的好地方，就决定在这里定居下来。

　　但是，这一带却住着高颧骨、短尾巴的当地土人——身强力壮的戈基人。戈基人的个头虽然不很高大，性情却异常凶猛，羌人要在此地定居下来，就一下子惹恼了魔鬼。于是，双方就展开了一场恶战。羌人虽然也很骁勇善战，可就是敌不过戈基人。他们打呀斗呀，斗呀打呀，一直打了很久，还是打不赢戈基人；走吧，又不心甘，舍不得这块好地方。

　　就在羌人进退两难的时候，一天夜里，所有的羌人同时做了一个梦。梦见一个穿着白袍子、白须白发的老人踏着一朵白云，从天上飘飘然地飞下来，一直飞到他们面前，对他们说："我的羌人，你们不是想打败戈基人，永远在这里住下吗？等明天天亮以后，你们就去把白鸡白狗杀了，然后用它们的血淋在白石头上，用这种石头去打戈基人，你们就能打败他们。但是记住，你们每人还要准备一根木棍。"话一说完，白须白发的老头儿就不见了。

　　在这天晚上，所有的戈基人也做了个梦，也梦见一个穿着白袍子、白须白发的老人，踏着一朵白云从天上飘飘然地飞下来，一直飞到他们身边，对他们说："嘿！戈基人，你们不是想打败羌人，把他们从这里赶走吗？我很愿意帮助你们，只要你们听我的话，用雪团和麻秆对付他们，羌人就会很快被赶走的。"白须白发的老头儿也是话一说完，就不见了。

第二天，羌人一觉醒来，大家一摆谈，都觉得是个好兆头，于是，个个摩拳擦掌，人人精神抖擞，斗志猛增百倍，巴不得马上和戈基人见个高低。部落首领对大家说："这个梦中的老头一定是个神仙，有神仙的帮助，不怕打不赢戈基人。现在天就要大亮了，我们赶快去杀狗杀鸡，找白石头吧。"

很快，他们就把一切都办停妥了。为了好辨认，不至于在混战的时候分不清自己人和敌人，他们又在每只羊身上拔下一撮最长最好的羊毛，编成羊毛线绳子，每人一根系在颈项上。

激烈的大战就要开始了，双方对垒，气氛异常紧张。九顶山的雪峰闪着剑一般的寒光，岷江河的浪涛像是擂响了万面羯鼓，所有的野兽都躲进了深山老林。就在这时，突然天空中卷起一阵狂风，白云从四面八方向羌人的阵地涌来，汇聚在一起，形成一堵又厚又阔的银墙，把所有的羌人和他们的阵地隐藏了起来。趁这个时机，羌人发出一阵阵大吼，密密麻麻的白石头就像冰雹一样倾泻到戈基人暴露的阵地上，打得戈基人头破血流，鬼哭狼嚎。而他们甩出的雪团呢，不是被羌人的石头在半空中碰得粉碎，就是被那层厚厚的云层托住，融化掉了，根本没有落到羌人阵地上，羌人连一点皮也没有伤着。戈基人正想逃走，羌人又是一阵呐喊，从阵地中冲了出来，挥舞着木棍一齐向戈基人打去。戈基人忙用麻秆去抵挡，可是麻秆怎么挡得过木棍，最终戈基人被打得狼狈逃窜。

从此，羌人就在岷江上游定居下来，他们为了感激帮助他们战胜戈基人的白发老人和纪念这次大战的胜利，就把白石作为神的象征供奉起来。另外，还取白云的形态，做成漂亮而又结实的扣云租哈①的图案。直到现在，

———————————————

①扣云租哈：羌语，云云鞋。

羌族民间故事

我们还可以看到，这两种习俗仍然还在羌族人民中保存着：洁白的白石，被高高地安放在碉房的顶上；漂亮而又结实的云云鞋，穿在年轻英俊的羌族小伙子脚上。

洪水潮天

　　木姐珠和玉比娃①成婚后，三年生了三个儿子。大儿子叫长耳朵，耳朵能听到天上和地下的各种动静。二儿子叫长手杆，手杆能抓住天上的云朵。三儿子叫长脚杆，一抬腿就能登上山顶。眼看着孩子们一天天长大成人了，究竟他们的心地咋样？木姐珠为这事愁得病倒在床上。孩子们问母亲："阿妈，您哪里不舒服？想吃点啥东西吗？"

　　阿妈说："人不舒服，啥都不想吃。要是有雷公鸡，能吃点就好了。"三弟兄安慰了母亲一番，齐声答道："只要阿妈想吃，我们一定办到。"

　　出了房门，长耳朵偏头一听："兄弟，你们看，天边一朵黑云上有雷公鸡，正在'咕咕咕'地叫，还在啄雪米子吃哩！"听长耳朵这一说，长脚杆几步便到了天边。长手杆伸手在黑云中一抓，一把就捉到了一只雷公鸡。三弟兄欢欢喜喜来到木姐珠的床前说："阿妈，雷公鸡捉回来了。"

　　"好、好，快放进鸡笼里去。"阿妈高兴地说。雷公鸡是雷神爷养来兴风造雨的神鸡，木姐珠当然知道吃不得，所以等儿子们走后，她悄悄地起来，把雷公鸡放了。这雷公鸡被捉来关在鸡笼里，又气又恨，放回去后，恼羞成怒，在雷神爷跟前告状说："祖老爷呀祖老爷，我虽然是天上的鸡，总

―――――――――――――――――――

①木姐珠、玉比娃：传说中的羌族始祖。

算是地上的神。木姐珠和她的儿子，哪儿把祖老爷放在眼里。明知我是祖老爷养的，偏偏要拿我开刀。今天死里逃生，请祖老爷做主！"

雷神的性子本来就暴，平素黑着一张脸，听雷公鸡这么一说，更是怒火万丈，气得浑身发抖，双脚直跳。一跳一声霹雳，震得山摇地动。立刻召来千千万万的雷公鸡，顿时，雷鸣火闪，大雨倾盆，平地水涨三尺，一下就是三天。可天上三天，人间就是三年。于是，地上洪水暴发了，从河坝淹到半坡，从森林淹到高山，慢慢地，洪水涨到了天门。

当雷神发怒的时候，长耳朵就听得清清楚楚，木姐珠也知大祸临头。他们就造了一只大木船，随着水涨船高，向天门漂去。将要到天门时，几娘母敲起羊皮鼓，愤怒地唱了起来：

咚咚咚，捉雷公，

雷公心肠狠又凶，

大雨下了三年整，

生灵死在洪水中。

咚咚咚，请外公。

人神本来命相同，

高山垮了天要塌，

退去洪水救苍穹。

鼓愈敲愈加响亮，歌愈唱愈加激昂。天王大惊失色，急急忙忙与众神打开天门一看，果然洪水滔天，浪子都打到天门的门槛脚下了。天王慌忙用金盆打来一盆金水，手持神杖指指点点，用金水向洪水泼去，洪水立刻悄悄退了下去，又出现了高山河坝。百里羌寨高山顶上的单海子、双海子，数也数不清，就是洪水潮天的时候留下来的。

瓦汝和佐纳

洪水潮天后，姊妹治人烟的传说不少，各说不一，大同小异，但仔细对照，耐人寻味。最近羌寨搜集到几个治人烟的传说，其中一个不妨说说吧。

有姐弟俩，十六岁的瓦汝是姐姐，弟弟佐纳才十二岁。一天姐弟俩在山上放羊，看着淹到半山腰的洪水还在继续上涨，瓦汝和佐纳很着急，拼命把羊群赶上山顶。羊群赶到最高处时，人也乏了，天也黑了，他俩找了个岩洞住下。第二天醒来一看，哎呀，真吓人，水已漫到洞边，羊也不见了，天下一片汪洋，这情景很使他俩发愁。唯一欣慰的是洪水没有继续上涨，看来还有一线希望。

姐姐说：“佐纳，我们白天拣柴火晚上好烧，看来洪水是要消的。”

佐纳不大懂事，听姐姐怎么说就怎么办，只想着家和羊群，别的很少去想，一到晚上，总是睡得熟熟的。姐姐总是想：洪水满天下，今后怎么办？当迷迷糊糊正要入睡时，就见到一个白胡子老人对她说些什么，一下就被惊醒了。直到天快亮时，瓦汝才清楚地梦见白胡子老人对她说：“我是天王，念你俩人孤单可怜，特来告诉你，今夜洪水就要消，明天你和佐纳到河坝去找一付石手磨背回来，这就是你俩人的出路。”

瓦汝醒来天色已经发白，问佐纳饿不饿，弟弟摇摇头。瓦汝又问：“昨夜你做过梦吗？”

羌族民间故事

"做过。"

"梦见了什么？"

"白胡子老人……"

瓦汝知道两梦相同，到洞口一看，洪水消尽，梦里的老人一定是真正的天王了。

"佐纳，既然如此，我们就下河坝去找找石手磨，去看看河坝，晓得成了什么样子？"

瓦汝和佐纳到了河坝，找了九道河湾，寻了九个河滩，全是鹅卵石，哪有什么石手磨！瓦汝寻思着，便对佐纳说："我们顺着河坝，沿着山足去找，你走阳山，我走阴山，谁先找到石手磨，谁就吼三声。"

俩人分路去找，不多久，瓦汝和佐纳几乎同时吼了三声。原来，各自找到了一扇石手磨，弟弟找到的是上扇，匍着摆在那儿；姐姐找到的是下扇，仰着摆在那儿。他俩人各把自己找到的一扇石手磨背回岩洞，照原样一仰一匍放在洞口。一天奔劳，坐下就睡着了。

刚刚合眼就见到白胡子老人，慈祥关怀地问饥问渴，瓦汝摇头回答着老人。老人说道："那好。歇歇后你俩人把石磨合上放下山去，然后沿着辙印把石磨找到，若是石磨上下没有颠倒合着的，就不要动它。"

醒来，瓦汝问弟弟：

"佐纳，你冷吗？渴吗？饿吗？"

"不。"佐纳摇着头。

俩人依照老人说的，把石磨合拢滚放下山去，跟着辙印追寻。走了不远，磨印子分开了，越走距离越远。说也奇怪，到了河坝，两人却找到一起来了，两扇磨合得好好地躺在那里，上下扇也没有颠倒。

两人回到岩洞，天色已经黑尽了，一头倒下，朦胧之间，但见老人拄着根龙头拐杖来了，满脸笑容："道喜，道喜，今夜星星出齐的时候，就有喜事到来。"

瓦汝惊醒后，心中不解什么喜事到来。只觉腹胀，起身出去解手，刚出得洞口，天空闪了一道金光，顿时生下一个肉饼，赶紧喊醒了佐纳，两人正在惊奇之时，忽然听到："恭喜，恭喜，时候到了，把肉饼掐碎得像星星那么多，向着天空，从上到下，从左到右，朝四面八方撒开去吧！"

瓦汝和佐纳只听见话音，却不见人影，抬头一望，正是繁星灿烂。佐纳掐着肉饼，把碎了的肉渣向着天空朝四周撒去。刚撒完，忽听鸡鸣，只见撒出的那些肉渣，化成一股青烟，所以后人称为"治人烟"就是这个原因。那远远近近出现了一座座的楼房，房顶上的人们双手合十，正向他俩人跪拜。但见炊烟缭绕，鸡鸣狗吠，好一派繁荣景象。瓦汝和佐纳在惊喜中回头一看，岩洞也变成了一座高大的楼房，红云紫霞万道，金光四射，欢乐的人间又出现了。

阿巴补摩①

　　开天辟地的时候，木巴造了人种，地上就有了人烟。那时候，人和神住在一起。有个神女名叫姜顿，一夜，她梦见一条很大的红龙，缠住她不放，吓得她从梦里惊醒，出了一身大汗。从此，她感到身子不空了，隔不了好久，就生了个娃儿。这个娃儿一落地就满屋子一片红光。她男人捡起一看，是一个奇眉怪眼的男娃子，脑壳上还长了一对牛角角。男人生气了，要把娃儿丢了。他对姜顿说："我是西方的神，你是西方的神女，我们带了这么个丑娃娃，咋个好去见世面呢，不如早点甩了算了。"

　　"对嘛，丢到河里冲走算了。"姜顿也同意了。

　　男人正要动手，娃儿说话了："阿妈，不要丢掉我呀，我是天龙的后代，我要为凡间做好事。凡人没得粮食，要我去取粮种，凡人没得治病的药，要我去找呀！"

　　姜顿说："咦，这娃儿生下来就会说话，长大了一定有出息。管他的唷，把他养起算罗。""对嘛，养起嘛。给他取个啥子名字呢？""他是龙的后代，就叫补摩吧！"这个娃娃就叫补摩了。

　　补摩很快就长大了，力气很大，也很能干。那阵子凡间没得粮食，人们

---

①阿巴补摩：羌语，神龙爷爷，即神龙，也有解释为神农。

生活很苦，他就下决心到天上向木巴要粮种，给凡人送粮。

补摩到了天上，向木巴述说人间苦情，但是木巴只同意给两种粮种，叫他五月初五来拿青稞种，七月初七来拿小麦种。补摩为了给凡人多找点粮食，趁木巴不注意，偷了粟谷种藏在左耳里，偷了荞子种藏在右耳里，偷了高粱种藏在头发里，还在肚脐眼里藏了油菜种。补摩回到人间，烧了一块火地，把粮种播在火地上，不久就长出粮食来了。那阵的粮食，每棵从根根到尖尖都结满了吊吊，人的生活就好过了。从此，大家对补摩都很感激，也很尊敬，随后他就当了西方羌族的首领，羌民们都尊称他是"阿巴补摩"。

人有饭吃以后，就有了百病流行，这百病又把人们整恼火了，补摩又被人间的苦痛愁倒了。

补摩愁来愁去没办法，就又到天上去找木巴。木巴说："哋，这些凡人太不知好了，以前吃草、吃泥、吃虫子都没得病，现在吃了五谷反倒生百病，这才怪哩，你还是去喊他们吃草、吃泥、吃虫子吧。"补摩回到凡间，和人们到各处去找过去吃过的草、泥、虫，他又亲自煮来尝，试了很多次以后，找到了治百病的药，减轻了人们的痛苦。所以现在的中草药，离不开各种草、泥和虫子，这就是阿巴补摩开的头。

峨眉山神和黑水山神比大小

从前有两个山神，一个住在峨眉山上，名叫阿格无支；一个住在黑水山上，名叫阿务特。两个山神没有见过面，不晓得哪个大一些。黑水山神要来看一下峨眉山神，峨眉山神也想看黑水山神，他们都上路了，走到半路上就碰到了。

两个山神你认不得我，我认不得你。峨眉山这个山神要年轻一些，狡猾一点。他先开腔问："你要到哪儿去？"黑水山神说："我是黑水山神，要到峨眉山去看那个山神有好大。如果他比我大，我就拜他，他比我小，就算了。"

阿格无支心想，阿务特山神比他老，当然就为大罗。谁想当小的呢，他就不把自己是哪个说给黑水山神。

两个人摆了一会儿就分手了。阿格无支先飞回去，装成个老山神等待黑水山神。

黑水山神走来，看到坐在上面的山神比他老，就磕头作揖，烧香点蜡，把峨眉山神敬了。这样，峨眉山神就算大的罗。以后，人们都去敬峨眉山神，不来敬黑水山神了。

岐山大王和罗和二王

古时候，岷江地头出过两个能干的兄弟。哥哥名叫牙鲁，生于八月初三，是个法力通天的大巫师，弟弟名叫于永，生于六月二十四，是个本领高强的猎手。兄弟俩都被羌民推举为首领。牙鲁统领岷江上段，镇山魔，保全地方安宁；于永统领岷江下段，修水沟，种五谷。他们为人民做了不少好事。人们爱他们、敬他们，木巴也喜欢他们。他们死后，就被木巴封为地方神，牙鲁封为岐山大王，于永封为灌口二王。百姓因为怀念他们，就给他们修了祠堂庙宇，茂州修的是"岐山大王庙"，灌县修了"罗和二王庙"。每年一到他们的生日，百姓都要去庙内祭敬他们。

日子红火了，岷江上段花红园的寨民们心术不好，只许愿不还愿。岐山大王就叫小儿子变一条大蛇去感化他们，叫他们回心转意学好。哪知花红园的寨民顽固不化，不但不改过，放羊娃儿还一箭把蛇的眼睛射瞎了一只。岐山大王一生气，狠狠地踢了一脚，把大山踢翻了，折断了岷江大河的水，要用水去淹死花红园的人。

岷江断了水，灌口的二王吓倒了，就跑去对哥哥岐山大王说："哥哥，使不得，你把水给我断了，我的百姓咋办？水积多了，一崩下去，我的百姓要遭殃呢！"

岐山大王说："兄弟，我只是一时生气，不怕。我以前帮你治水救你的

百姓，现在还会整他们么？"岐山大王便使起法术，让积起的河水慢慢流了下去，一点没有伤害二王的百姓。

二王又叫二郎神，他很灵验，水妖水怪都怕他，不敢兴风作浪。后来，皇帝封他为川主子，各地给他修了"川主庙"，他成了地方的正神。

欧吾太基和欧吾太密

欧吾太基①是在群山中最高、终年积雪的神山。欧吾太基山神是山神之中年龄最大的神灵，他的本事出众，武艺超群，威信赫赫，是山神的首领。

欧吾太基雪山坐落在黑水河的西岸，面西背东，高耸入云，银光闪耀的雪峰是他的桂冠。在晴朗的夏日黄昏，站在西藏布达拉宫的经楼上，可以看到欧吾太基雪山像背篼那么大的尖顶。从前，有一位青年猎手，爬上了欧吾太基的雪峰，返回的时候在山上屙了把屎，得罪了山神爷。他迷了路，走一圈，又回到了屙屎的地方，不论他朝那个方向走，仍然要回到原地。于是他忙向山神爷欧吾太基赔礼道歉说："山神爷欧吾太基，后生年幼无知，得罪你了，一定悔改，请你恕罪。"说完摘下帽子，把冻得像冰块的屎包起，才下得山来。

雪峰下有许多海子，明亮、闪光，这是欧吾太基头上的珍珠，是他的镇山法宝。山上的熊、獐、鹿、兔，是他的兵将，个个骁勇善战。

欧吾太基山神和峨眉山神、董乌里②山神、安米日马寝③山神是好朋

---

①欧吾太基：山名，在黑水河畔，与欧吾太密山一起被羌人奉为神山，并称两山为夫妻。
②董乌里：山名，在四川松潘县境内。
③安米日马寝：山名，在四川阿坝县境内。

友，每年轮流做东，欢宴三日。同时举行摔跤、赛马、比武，常常闹得天昏地暗。他们若在董乌里山聚会，松潘县必然要打雪弹子，若在欧吾太基山聚会，黑水定有山洪暴发。

欧吾太基雪山与他的妻子欧吾太密雪山紧紧相连。欧吾太密山神是一位善良贤淑的女神，最能体察神界忧怨，人间疾苦，四山神聚会带来的神山不安、人间灾荒，使欧吾太密感到非常痛心。

一次，欧吾太基从朋友家聚会回来，看见欧吾太密满面泪水，悲愤忧伤，便问妻子什么缘故。欧吾太密说："我们受禄于人间烟火，不可让众人失望，应为社稷生灵分忧，应为人间百姓造福。你为众山神之首，应做出榜样。"

欧吾太基觉得妻子说得有道理，连忙赔不是，并劝说众山神改过。自此，欧吾太基山下，黑水河畔，风调雨顺，庄稼丰收，六畜成群，人们生活幸福。

美布和志拉朵

求 婚

很久很久以前，人与神没有分开，来往很频繁。有一位天神，名叫阿布屈各，他有一个漂亮的独生女儿，名叫美布。有一位部落首领，叫智格伯，他有一个机敏勇敢的独生儿子，名叫志拉朵。

美布天天都要到天河边梳妆打扮，洗衣背水，志拉朵天天上山打猎，他俩经常相遇。美布看到志拉朵每天扛着猎物汗流满面地经过天河边时，总是殷勤地捧着一瓢凉水给他喝，让他洗脸。志拉朵见美布心地善良，每天从山上打猎回来时，总不忘摘回一束羊角花献给她。时间长了，志拉朵和美布产生了爱情。

志拉朵向父亲智格伯诉说了他和美布的爱情，请求父亲到天庭向阿布屈各求婚。智格伯按照羌族的风俗，带了一对白色三角小旗，到天庭去给儿子说亲。

"尊敬的阿布屈各，为了你女儿和我儿子的幸福，我特意来天庭送给你这对小白旗，请你收下吧！"智格伯庄重地举着小白旗献上。

阿布屈各心想，天神的爱女怎能嫁到凡间？便说："我阿布屈各没有女儿啊！我不能收下你的小白旗。"

婚事没有说成，志拉朵没有灰心，他再次请父亲去天庭求婚。智格伯第

二次来到天庭，他对阿布屈各说："雪隆包①不高，白岩山②不矮，我同你门当户对，把你的女儿嫁给我的儿子吧！我儿子的人品恐怕扯一百次火闪也难找啊！"说完就恭恭敬敬献上那对小白旗。

阿布屈各依然是那句话："我阿布屈各没有女儿呀！"

第二次求婚又被拒绝了。智格伯是有经验的说客，为了儿子，决定来个硬弓搭箭，非要阿布屈各答应这门亲事不可，便又第三次上天庭求婚去了。

还没等智格伯开口，阿布屈各先开腔了："你三番两趟，跋山涉水到我家求亲，我看到了你的一片真意，心里过意不去呀！常言道：'有白天才有黑夜，有太阳还要有月亮。'我有女儿不打发咋得行呢？不过，在我身边前二十年没有女儿，往后二十年也不会有，你白辛苦了！"

智格伯好像没有听见阿布屈各说的话似的，不慌不忙地说道："尊敬的阿布屈各呀！我的儿子爱上你的女儿是真心诚意的，三次说亲都要我送你这对小白旗，这你是清楚的。事到如今，我只好给你说穿了，你的女儿和我的儿子早已互相交换了信物，请你慎重地想一想吧！"

智格伯说穿了内情，阿布屈各没话说了，心想，女儿已同志拉朵暗订了婚约，当阿爸的再横加阻拦，也于心有愧。他便婉转地说："我阿布屈各疼爱独生女儿，不愿她远嫁，所以前两次都没答应你，请你不要见怪！"说完双手接过定亲礼——一对雪白的小三角旗，接着又说："按照羌家的规矩，女儿十八岁不能嫁，等到美布二十五岁，你们来接亲吧！"

惩　罚

美布和志拉朵结了婚，过着幸福美满的生活。

三年过去了，美布思念天上的阿爸，夫妻俩商量后，决定美布回娘家去

---

①雪隆包：雪山名，在理县境内。
②白岩山：雪山名，在理县境内。

看望父亲。

美布翻了三十三座雪山，过了六十六条沟，拐了九十九道弯，到了南天门外。美布已是嫁出去的女儿，不能像在家当姑娘那样随便，不能冒失，便站在门口亲切地喊道："阿爸，你的女儿回来了，请你打开大门，领你女儿回家吧！"阿布屈各听到女儿的声音，三步并做两步，打开南天门，把女儿接进大殿里，上上下下打量着三年没见面的女儿，亲昵地说："我的女儿呀，你五根手指戴五样银戒指，每绺头发戴一串金首饰，你真是我的女儿呀！你在人间三年，生活得怎样？又做了些什么？快给阿爸说一说！"

美布眉开眼笑地说："我的阿爸呀！我在凡间一年四季种庄稼，三年来年年都是好收成，粮食吃不完。志拉朵天天去打猎，每次都打着野猪、老熊回来，我们生活得很好，天天有三碗剩饭喂苍蝇，青稞馍上揩女儿的屎，麦面馍上揩儿子的屁股。收割庄稼忙不过来时，我就用连枷条子在地里打，打下的粮食一半收回家，一半就抛撒在地里头了。"

阿布屈各听了女儿的讲述，心里很难过，暗自打定主意要罚一下任意糟蹋粮食的女儿，但没有表露出来。他继续亲切地问女儿："我的女儿啊，你回家时需要带什么，你尽管说吧，你的阿爸会答应的。"

美布说："阿爸哟，在人间年年收成好，吃饭穿衣样样都不愁。只有一样，就是没菜吃，阿爸就给我一点菜种吧。"

"我的女儿呀，阿爸就给你一些菜种，在回家的路上，你一边走一边把菜种往身后撒，不要回头看。三年以后，你再来看我吧！"阿布屈各说完，便拿出些菜籽给女儿。女儿告别了阿爸。

三年很快过去了，美布又回娘家来。她站在南天门外喊阿爸开门。阿布屈各叫几个使女去看叫门的是什么人。美布见是几个使女从门缝里看她，不开门，心里很不满，愤愤地说："你们也配来接我，快去请我阿爸来！"

阿布屈各在门内大声喝道："我没有你这样的女儿！我的女儿五根手指戴五样银戒指，每绺头发戴一串金首饰。我的女儿不是你这个样子。你的五根手指都被黑茨刺破了，每绺头发都爬满了虮子。我没有你这样的女儿！"

阿布屈各不认自己的女儿了。

"我的阿爸呀！请你拿出咱家九个仓库的九把钥匙，我能一点不错地打开九个仓库的锁；阿爸哟，请放出我家的大白狗，娘家的狗是不会咬自家的人的，如果白狗摆尾巴，舔我的手，我就是你的女儿。"白狗放出来了，不停地给美布摆尾巴，亲热地舔她的手，九个仓库门上的锁，美布一把也没有开错。

阿布屈各惊异地说："我的女儿呀，你原来不是这个模样，人间一定遭了不幸，你快快告诉我吧！"

"阿爸呀，三年前你给我的菜籽，女儿照你的吩咐撒了。撒完菜种，我回头一看，山也变了，沟也变了，路也分不清了，满山遍野长满了蒿草，长满了黄刺荆条。从此以后，人间年年遭受到虫灾、兽害，豺狼虎豹到处乱窜，马牛羊全被吃掉，野猪、老熊成群结队地跑到地里吃庄稼，红嘴老鸹一群群到地里啄粮食。这几年，我们吃也不够，穿也不够，成天在杉树林、刺笼笼里钻，找野菜、菌子吃，手脚都锥满了刺。今天，一来看望你老人家，二来请你到凡间为我们消灾除难，驱除猛兽飞禽，让我们安居乐业吧！"

阿布屈各答应了女儿的请求，离开天庭到人间去打醮①。他边走边想：为惩罚女儿，让人间遍地草木丛生，为鸟兽藏身，让他们经受各种灾害，使他们知道爱惜庄稼。现在灾情严重，应该收回惩罚……他不知不觉走到了老鸹沟。树梢上一只老鸹问道："阿布屈各，您要到哪里去？"

"我到人间去打清醮，给人间驱灾除难。"

老鸹觉得不妙，打了清醮，我们就没有吃的了，必须吓他回去。便不惊不慌地说："哎呀，阿布屈各，人间太乱了，我现在也不敢去，愁得我一身都黑了。请您从老鸹沟转回去吧！"阿布屈各不信老鸹的话，继续往前走。

走到红嘴老鸹沟，一只红嘴老鸹问道："阿布屈各，您要到哪里去？"

"我到人间去打清醮，因为人间受了灾。"红嘴老鸹听了，暗在心里盘算：打了清醮，我们都要饿死，不能让他去！于是，它装出惊恐的样子说：

---

① 打醮：羌神巫师设坛请神，求福消灾的一种法事活动。

"阿布屈各啊，人间去不得！那里遭了几年灾，人们没有吃的，去了会把您吃掉的。您就从红嘴老鸹沟打转身吧！"阿布屈各没听红嘴老鸹的话，仍然往前赶路。

阿布屈各来到了喜鹊沟。一只喜鹊问："阿布屈各，您到哪里去？"我到人间去打清醮。喜鹊一听，感到自己的生存要受到威胁，得想个办法把他吓回去，便做出关心的样子说："敬爱的阿布屈各啊，您去不得！人间没吃的，会把您杀死吃掉！您看我吓得连话都说不利落，只能'喳喳喳'的，愁得身上也花白了。请相信我，从喜鹊沟打转身吧！"阿布屈各犹豫了一下，还是往前走了。

阿布屈各走呀走，走到了蜘蛛沟。一只蜘蛛问道："阿布屈各，您到哪里去？""人间灾荒严重，我去打清醮！"蜘蛛一听，慌了神，预感到大祸临头，清醮一打，就要遭殃，一定要设法把他吓回去。于是它装出伤心的样子劝说："阿布屈各啊，去不得！人间没收成，无法过日子，我亲眼看见人吃人呀！您去了一定会把您吃掉的。我自从看见人吃人以后，肚皮都气得像鼓一样，我劝您从蜘蛛沟转回去吧！"

阿布屈各听了蜘蛛的话，迟疑不决，不去吧，答应了女儿的请求，同时自己设的惩罚也该消除了，去吧，又怕饥饿的人吃掉自己，但终于还是决心去人间。

走啊走，好不容易才走到了蚂蚁沟。一只蚂蚁问他："至高无上的阿布屈各啊，您到哪里去？"人间遭了灾，我要去打清醮。"蚂蚁听了，大惊失色，好一会儿才恢复常态。于是装出一副忧伤的样子说："可敬的阿布屈各呀，您千万下去不得！人间不知有多少饥饿的人，我亲眼看见到处都人吃人，您一去就会把您吃得光剩骨头。我一直不敢到人间去，饿得没法就勒一下裤腰带，勒呀勒呀，腰杆都快勒断了。可我宁愿勒断腰杆，也不愿去人间白白送死。请您从蚂蚁沟转回天上吧，我们一刻也离不开您哟，天神爷啊，阿布屈各！"

阿布屈各心想：老鸹、红嘴老鸹、喜鹊、蜘蛛、蚂蚁，它们说的都一样，

人间真是去不得了。于是，阿布屈各转回了天庭，天上人间就不再通路了。

奋 斗

美布回到家里，向志拉朵讲了天神阿爸答应来人间消灾除害，夫妻俩非常高兴。可是时间一天天过去了，他俩等呀等，总不见阿布屈各来。美布想再次到天庭请阿爸来，可是天上人间已经没有通路了。美布和志拉朵有点失望了。

一天晚上，美布梦见阿爸来到了她家里，对她说了许多话，猛一醒来，不见阿爸，自知是梦。她推醒志拉朵，说："阿哥，阿爸托梦告诉我，他不来人间帮我们消除灾害了，我们咋个办呀！"

志拉朵早有所料，便不慌不忙地说："阿妹啊，单靠天神咋行啊！靠我们自己的一双手，勤劳节俭，定能消除灾害，过上美满幸福的日子呀！"

自此，志拉朵每天带着猎狗，上山打猎，早出晚归。他机智勇敢，活捉了一头角长体壮的大野牛，又生擒了一头角短体小的黄野牛，牵回家里喂养。大牛取名为犏牛，小牛取名为黄牛。他驯化了它们，耕地有了牛，荒芜的土地又种上了庄稼。志拉朵还捉回了野驴、野羊、野猪、野鸡，统统牵回家里由妻子喂养驯化。从这时起，人间便有了家养的牛、驴、羊、猪等家畜了。

美布天天下地做农活，种青稞，点麦子，精心除草，收割打场，不再浪费一颗粮食。她又把家里收拾得干干净净，头上的虮子也没有了，又戴上了银戒指，戴上了金首饰，比以前更加美丽了。他们又过上了幸福美满的生活。

尕尕神

古时候有个神女，名叫姜原。她是阿巴白叶的女儿，心地善良，热爱劳动，常为人做好事。有一年，正是草叶发青、山花开放的时候，她到山上去采花、摘果。她一边走，一边寻思：我都要四十了，还没有个娃儿，天若能给我一个娃儿多好啊！突然一个好大的人脚印横拦路上，这脚印大得出奇，一只大拇指的印迹就有一个人的脚那么长。嗨！这样大的脚，这个人不晓得有多大啊？她小心翼翼地从那大脚印上踩过去。当她的脚刚一踩到脚印上的时候，就像踩到蒸笼上一样，一股热气从脚底直往上冒，差点把她绊倒。她回家把这件怪事告诉了大家，人们说："也许你在什么地方得罪了天神吧！要不，怎么会遇到这种奇怪的事呢？"

姜原听了这些话，心里更不是滋味儿。她便去请有经验的老时比①给她打个卦，看吉不吉利。时比听了闭跟掐算，沉思片刻便温和地说："你踩到的那个大脚印，是天神安排的神迹呀。你要生个胖娃娃了呢，是吉祥兆头啊！"

第二年，姜原果真生了个胖娃娃。这小孩一生下来就有十几斤重，全身长毛，头上还有一对肉角角，牛头虎身老熊脚，真有点吓人哩。

人们又纷纷议论起来，有的劝姜原还是甩掉的好。

---

①时比：羌语，又称释比，巫师。

羌族民间故事

041

第二天，天蒙蒙亮，姜原就支撑着身子，把这怪娃儿抱去放在河边上。她扯转身刚要走，天空突然飞来一群鸟儿，叽叽喳喳地叫。它们围着小孩旋一圈后，纷纷落下来，围在小孩身边。冻僵的小孩得到了温暖后，便"哇哇哇"地哭起来了。姜原不忍心甩掉自己的骨肉，又跑转去把娃儿抱回了家。

三天过后，姜原请了时比给娃儿取名叫姜流。姜流不到十年便长得腰大腿粗胡子巴苴的，身高竟达十几丈哩。

一天，姜流上山去砍柴，回来时，扛着一只虎，到家给母亲说："阿妈，你看我打了一只大老虎，虎皮给我做个背心儿吧？"母亲知道儿子有了本事，心里也高兴了。

有一次，山里出了妖精，见人就抓，撕来就吃，姜流的阿妈也被妖精吃掉了。姜流愤恨极了，决心上山去消灭妖怪，为民除害。他来到山上，躺在三岔路口等候妖精，身上撒些树叶子，脸上放些草籽籽。他等啊等啊，等了三天三夜，妖精来了。先来的是小妖猫儿者，这个花椒眼睛心肺脸的妖怪，发现路中间躺着一个死人，埋头细看，死尸上爬满了虫虫蚂蚁儿，嘴眼都出蛆了，再仔细看，认出了是姜流。猫儿者笑了："这是姜流哩，你妈才被我们吃了，你又在这里供我们的早饭呢。"接着，又来了两个妖怪，一个黄头的猫儿满，一个鸡公嘴的猫儿蒲。两个妖一坐下地，姜流便腾空跳了起来，一个扫腿，把妖精踢得遍地打滚，一窝蜂爬起来就跑。姜流追赶着，妖精一走到山岩边忽然不见了，原来猫儿满钻进柳树干里，猫儿蒲钻进桃树干里，猫儿者钻进麦秆里。姜流用神剑一剑砍倒柳树，流出了一摊黑水；砍倒桃树，流出一摊红水；砍倒麦秆，流了一摊白水，把妖怪消灭了。所以，现在时比送花盘①，都要在三岔路口，把桃枝、柳条、麦草毛人一齐烧掉。

姜流在世时为人做了许多好事，死后成为保护羌族人民的神灵，所以被羌民供奉在火塘上方，尊称他为"尕尕神"。

---

①送花盘：巫师送鬼驱鬼的一种仪式。

夏禹王的传说

　　很早以前，禹里①出了一个神仙夏禹王。听说是天上派他下来疏通九河的。那时天底下遭洪水淹完了，到处都是水。玉皇要他在三年内疏通九河。他每天就拼命地修啊修啊，每天修三千里。那时有个黄猪神，她白天在山上，晚上就下山来，夏禹王日修三千里，她就夜堵八百里。整得夏禹王修了半年，连一条河都没有修通。有一回，黄猪神变成一个漂亮的女子，找媒人去给夏禹王说亲，还说如不跟她结婚，休想疏通九河。夏禹王听了以后，只好同意了，当晚他们就成了亲。

　　成亲以后，夏禹王就白天修，黄猪神在屋头煮饭、送饭。晚上，黄猪神就出去修。这样一过两年半，他们有了两个娃儿。有天晚黑，夏禹王心想，我白天修，她为啥晚黑才去修呢？那天晚黑，夏禹王就跑去看。妈呀！好大一条母猪带了一群猪娃娃，大猪拱前头，小猪拱后头。夏禹王心想，我咋个跟猪结婚喃？不要她呢，河又修不通，干脆把河修通了再说。

　　三年没到，九河就修通了，夏禹王就对黄猪神说："现在河也修通了，我们还是各走各的路。"黄猪神一听就晓得夏禹王不要她了，就哭哭啼啼跑回了深山老林。正在这时候，黄牛太郎就来了。黄猪神就问："黄牛大

_____

①禹里：北川县禹里乡，相传大禹出生在这里，史籍亦有记载。

哥，你到哪里去？"黄牛太郎说："我正说下山去找你呢，你这么久到哪去了？"黄猪神就把跟夏禹结婚的事说了一遍。黄牛太郎很同情她，当晚就和黄猪神成了亲。猪和牛本来就不合，第二天早上，黄猪神就死了。

夏禹王的娃儿都七八岁了，别人的娃儿就说她们姊妹是猪生的。她俩就跑回去问他们爸爸。夏禹王就说："你妈跑了。"两个娃儿又哭又闹地说："人家都说我们两姊妹是猪生的。"夏禹王一听就冒火了，说："你们的妈上山去了，你们自己去找嘛，找到就回来，找不到就莫回来。"

第二天一早，姊妹俩就上山去了，找啊找啊，连她们妈的影子都没盯到。一天两天过去了，十天八天过去了，还不见她们的妈，姊妹俩急得哭天无路。这个时候，走来一个老太婆，姊妹俩就问老太婆看到她们的妈没有，老太婆就问她们的妈姓啥？妹妹说："我妈姓猪。"老太婆就说："你们的妈跟黄牛太郎结婚后就死了，你们莫去找了，快回家去。"俩姊妹回家就给夏禹王说了。夏禹王一听，气得不得了，就跑到山上去把黄牛太郎捉到，用索子把鼻子穿起拉下山。夏禹王看到农民用人在耕地，就喊农民把黄牛太郎拉去耕地，还说黄牛死了以后，要把它皮剥了，肉吃了。从那以后，农民就都用牛来耕地。人们还在治城和禹里给夏禹修了好多好多的庙子。

阿里嘎莎的故事[①]

据说，很早很早以前，在松潘县小姓乡埃溪寨一带，居住着一支古老的羌族部落。部落中有一个女的，她非常勤劳，心地也很好。

有一天，她正在山上割草的时候，生下了一个儿娃子，取名叫"嘎莎"。她把这个娃娃放在一个篓篓[②]里，又干活去了。过一会儿，她回来做饭，发现那个娃娃已经不在了。

原来，这娃娃看到妈妈走了以后，就翻身跳出那篓篓，来到埃溪山上的一个山崖上，用手敲响了放在那里的石鼓[③]。人们听到石鼓的声音，都感到非常震惊。后来，知道敲响石鼓的人是嘎莎，都对他非常尊敬。

嘎莎生下来就显得与众不同，他特别吃得，力气也特别大。人家制服不了的犏牛，他能制服；三四个人都抬不起的大石头，他轻轻一提就起来了。后来，他慢慢地长大了，人们看到他力大无穷，心地又好，就推举他做了部落的首领。

嘎莎做了首领以后，看到部落的人居住在高山上，生活很苦，就想：能

①阿里嘎莎：羌语译音，阿里意为爷爷，嘎莎为人名。阿里嘎莎是羌族民间传说中的一个英雄。
②篓篓：用竹子编成的一种摇篮。
③石鼓：指在松潘县小姓乡埃溪村附近的一个山崖上，一块形状如鼓的大岩石。

羌族民间故事

不能到远方去给羌民们找一块安居乐业的地方呢？一天，他做了一个梦，梦见距离埃溪很远的地方，有一个大坝子，那里地势平坦，牧草茂盛，气候温和，而且还没有人居住。第二天早晨，他把自己的梦告诉了部落里的一个老人。老人告诉他，那地方叫作川西坝子。嘎莎认为这个梦是个好兆头，就带领部落的强兵勇将，向川西坝子进军了。

当时在川西坝子的东面，居住着一个汉族部落，首领叫作阿岌庀[1]，是一个非常聪明勇敢而又好战的人。他也听说川西坝子没人居住，就把他的人马带进了川西坝子。没过好久，嘎莎带领的人马和阿岌庀带领的人马在川西坝子上相遇了。双方都认为这块土地应该属于自己，争执起来，就爆发了战争。

由于羌族没有文字，因此，嘎莎每打到一个地方，就用石头和泥巴在树桠桠上作上一个记号，证明这个地方是自己的。而当时汉族已经有了文字，阿岌庀每打到一个地方，就找一块石头来刻上汉字，然后把它埋在地里面，表明这块地是自己的。这两个部落的人马打来打去，走遍了整个川西坝子，一直为土地问题争执不止。后来，双方都打累了，就坐下来谈判。商定凡有哪个部落留下记号的，就归那个部落。但当双方派人查看各地标记时，阿岌庀比嘎莎狡猾，就下令放火烧荒。大火一烧起来，把嘎莎留下的地域标记全部烧毁了。而阿岌庀自己的标志，由于是刻在石头上，埋在地下，所以没有被烧毁。这样一来，双方派人检查的结果，羌人在川西坝子上没有留下一块土地的标记。而汉人在川西坝子上的土地标记，却到处都可以看到。没法子了，嘎莎只好命令自己的人马撤出川西坝子，到现在灌县以北的汶川、理县、茂县、松潘、黑永等地去居住。

阿岌庀看到嘎莎的人马撤出了川西坝子，心里非常高兴。但他又害怕嘎莎回到羌族地区后，重新组织人马来攻打，于是就想把嘎莎留在川西坝子，不让他回到羌族地区去。他想来想去，想出一个计策，先把自己既年轻又好看的妻子让给嘎莎，然后又以宴请嘎莎为名，在嘎莎的酒里放些健忘药。

---

①阿岌庀：羌语译音，埃溪一带羌族对某一汉族首领的称呼。

从此，嘎莎就在川西坝子和阿岌厄的妻子生活在一起，忘记了过去，忘记了家乡。而阿岌厄在这个时候，却领着一支人马到了羌族地区，还霸占了嘎莎的妻子。

嘎莎在川西坝子和阿岌厄的妻子生活了几年后，有了一个儿子。有一天，嘎莎在茅厕①边边上晒太阳，他的儿子也在那里丢石头耍，丢来丢去，突然把一块石头丢到了茅坑中，把粪水溅到嘎莎的嘴巴里。嘎莎一发呕，就把健忘药从肚子里全吐了出来。过了一会儿，嘎莎脑壳清醒些了，人也新鲜些了，他就问自己：我现在是住在哪儿呢？找山，山不在，找自己的妻子，妻子也不在。后来，他看到一望无边的大坝子，才慢慢回想起，自己还是住在川西坝子上。第二天，嘎莎决定返回自己的家乡。阿岌厄的妻子听到这个消息后，非常着急，她想方设法想留他在这个平原上生活下去。但是，咋个说嘎莎都没有答应。

当天晚上，他骑上自己的白龙驹，悄悄离开了川西坝子。但是，自从他吃了健忘药以后，忘记了一切，也忘记了亲自喂养自己的马，所以，现在白龙驹很是瘦弱，跑起来也不像原来那么快了。阿岌厄的妻子发现嘎莎走了，就赶紧骑了一匹快马，朝松潘方向追来。走到半路上，她追上了嘎莎，就哭着对他说："嘎莎，我们已经在一起生活了多年，还有了一个娃娃。你现在千万不能丢下我和娃娃回羌族地区去了啊！"嘎莎看到她怪可怜的，就说："我不是硬要忍心丢下你和娃娃，但是我屋里还有老母和爱妻，如果你实在不愿意和我分离，那么我们就一起回羌族地区去嘛。"后妻听了这话，咋个都不答应，还是拉住嘎莎的马不放。嘎莎没得办法，只好对她说："我们既然夫妻一场。我也不想过分强求你。我走还是不走，让天神来判定吧。今晚上我们就住在这个地方，等明天早上太阳出来的时候，如果我这匹马的头是朝着羌族地区，那么我就要走；如果我这匹马的头是朝着川西坝子，那么我就跟你回去。"

---

① 茅厕：厕所。

当天晚上他们两个就在路边上的岩窝里住下了。由于嘎莎一心想回到家乡去，所以一晚上都没有睡好，天色麻麻亮的时候，他悄悄睁开眼睛一看，发现两匹马的头都是朝着川西坝子的。这下子他有点着急了，他扭过脑壳去看，发现后妻还睡得很香，就悄悄爬起来，把他的马头转到朝着羌族地区的方向。过了一会儿，太阳出来了，这时，嘎莎赶紧叫醒自己的后妻，说："看来我们俩只好分手了，因为我的马是朝着羌族地区，而你的马是朝着川西坝子的。"后妻没法，只好哭着同嘎莎分手了。

嘎莎骑上马走了以后，后妻越哭越想不通，她就开始念起咒来，请求两边山上的石磨滚下来把嘎莎砸死，请求两座山合拢来把嘎莎挤死。嘎莎走着走着，突然感到心头烦得很，耳边响起"呼呼"的风声，他赶紧勒住马，竖起耳朵听，原来是自己的后妻在念咒。于是，他用法术把自己的马变小，揣到包包里头，接着又把自己装扮成一个年老的叫花子[①]，披上一件羊皮褂，提起根打狗棍，朝着自己的家乡走去。走着走着，突然，两边山上滚下来两个大石磨，在嘎莎面前跳来跳去。嘎莎假装着啥子都不晓得地问："石磨，石磨，你们在这儿跳舞干啥子？"石磨回答："我们在等嘎莎。"叫花子老汉说："嘎莎骑着马在后头，马上就要来了，你们在这儿等他，让我过去嘛！"石磨听了这叫花子老汉的话，就放他过去了。嘎莎又朝前走，走着走着，发现前面两座山正在用劲合拢。于是他赶紧问；"大山，大山，你们合拢干啥子？是不是要摔跤？"大山答："不是，我们俩在等嘎莎。"叫花子老汉说："嘎莎骑着马在后头，等一会儿就来了，你们在这儿等他，让我过去嘛。"大山也让他过去了。

嘎莎翻过了两座山，终于回到了自己的家乡。但是，他还是装成叫花子的样子，走到了自己的家门口，发现自己的妻子正坐在门口织毪子[②]，她还是那么年轻，还是那么好看。她的两只手正在织两种不同颜色的毪子，左手

---

①叫花子：乞丐。
②毪子：用羊毛或牛毛编织成的一种衣料，羌民们常用它做衣服。

织的是白色毡子，右手织的是黑色毡子。嘎莎就走上前去问："大姐，大姐，你咋个织两种不同颜色的毡子呢？我们羌族没得这个习惯呀。"前妻抬头一看，站在自己面前的是一个叫花子老汉，就说："阿爸，我的心思你咋个晓得啊！我的丈夫嘎莎已经出去好多年了，现在还没回来，这个白色的毡子就是给他织的，这个黑的是给阿岌庀织的。"嘎莎仔细看了一下前妻织的这两种毡子，发现白的比黑的织得要精细得多。这下子，他明白自己的前妻还没有变心，心里很高兴。他说："大姐，你的嘎莎回来了。"说完抹去脸上的装扮。

前妻看到真是嘎莎回来了，又惊又喜，哭着说道："我的嘎莎啊，你终于回来了！你不晓得，你走了以后，阿岌庀来到这里，羌民们受了多少苦难啊！"接着，又讲了阿岌庀的种种罪行。嘎莎听完之后，气得发抖，就说："阿岌庀现在在哪里？"妻子答："他现在就在我家大堂里睡觉。"嘎莎一听，提起刀子就要往大堂里闯。妻子赶紧拦住他说："嘎莎，你不要懵闯①，阿岌庀很厉害，我们只有用计才能治服他。"接着，他们在一起商量了一个治服阿岌庀的计策。

当天晚上，嘎莎装成卫士，混进了阿岌庀住的家中。当他刚刚走到大堂门前，阿岌庀就醒了。阿岌庀从床上坐起来说："唉哟！我的头又昏又痛，是不是嘎莎要来了。"接着，他就对嘎莎的妻子说："香炉左右两边各有一副白卦，你把左边的那副给我拿来，我来算一算，嘎莎是不是来了。"嘎莎的妻子走到香炉边，没拿左边的卦，而是把右边的卦拿来。这下子，阿岌庀的卦也就不准了。他看到嘎莎没有回来的迹象，也就放心大胆地睡了。

嘎莎等他睡熟以后，就背上弓，带上三支利箭，悄悄来到阿岌庀卧室的一根大柱子后面。他的妻子也装成做家务的样子，来到了卧室里。过了一会儿，阿岌庀睡得更熟了，这时从他鼻孔中钻出两条蜈蚣虫，在脑壳上爬来爬去。嘎莎认为到了下手时候，就从箭筒中抽出一支用野鸡尾巴毛做成的

---

①懵闯：乱闯。

利箭，朝阿岌庀射去。但由于阿岌庀睡着后身上还腾有一股雾气，所以箭一离弦，就偏离了方向，射到了供桌上。这时，阿岌庀大叫一声："嘎莎来了！"从床上坐了起来。嘎莎的妻子见事不好，赶紧走上前说："大王，大王，你咋个了，刚才我收拾房间，打碎一只茶杯，就把你吓成这个样子。你不是经常说你胆子大吗？"阿岌庀看了看嘎莎的妻子，又睡着了。

这个时候，嘎莎赶紧抽出一支用凤凰羽毛做成的利箭，瞄了瞄，朝阿岌庀射去。箭一离弦，撞到阿岌庀身上那层雾气，又偏离方向，射到了神台上。这时阿岌庀又大喊一声；"嘎莎来了！"说着从床上站了起来。嘎莎的妻子看到第二支箭又没射中，着急得不行，赶紧抓起一个破碗，走到阿岌庀面前，说："大王，大王，你今晚上咋个了，我打烂一只碗，就把你吓成这样，你过去的勇气哪里去了？"阿岌庀睁开眼睛，瞪了嘎莎妻子一眼，说："你今晚上咋个老是打烂东西来吓我呢？你要是再吓我，那我就对你不客气了！"说完倒在床上又睡了。

这个时候，嘎莎摸出最后一支用老鹰羽毛做成的利箭，对它说："鹰箭，鹰箭，你一定要穿过那层雾气，射中他的前额！"鹰箭回答说："不行啊！我已经饿得很了，如果你用一千个大人和娃娃的头来敬我，那么我就有力量穿破雾气，射中他的前额。"嘎莎想了想说："鹰箭啊鹰箭！我回来的目的，就是要让老百姓过上好日子，我咋个能够拿人头来敬你呢？如果你实在是饿了，那么我只好用一万个羊头和猪头来敬你。"鹰箭听到嘎莎说得有理，也就答应了。过了一会儿，嘎莎硬是想法弄了一万个羊头和猪头来敬鹰箭。等到鹰箭差不多吃饱了以后，嘎莎就把它搭在了弦上，使尽力气，照准阿岌庀的前额射去。鹰箭穿过雾气，虽然射中了阿岌庀的前额，但由于吃的是羊头和猪头，所以力气不足，没有能够穿过他的脑门心。阿岌庀惨叫一声，从床上跳了起来，大声喊道："嘎莎真的来了！"说完，转身就去找兵器。嘎莎见势不好，赶紧从柱子背后冲上前去，拉住阿岌庀打了起来。两人赤手空拳，从地上打到天上，又从天上打到地上。打了几百个回合以后，嘎莎的力气渐渐不够了，阿岌庀趁机按住了嘎莎，要把他杀死。这时，嘎莎的妻子跑上前来说："大王，大王，你要是真正的男子汉，就不该现在杀他，而应该把他放了。你们再打，如果打三次你都能把他打倒，那个时候，再来杀他，不但嘎莎会服气，羌民们也会服气。"阿爸庞想了一下，也就答应了。

接着，两人又打了起来。打着打着，嘎莎心想，我用力气是打不过他的，必须用计策。于是，他卖了一个关子，等阿爸庞猛扑过来时，侧身一让，使阿爸庞扑了个空。就在阿爸庞还没有站稳的时候，嘎莎冲上去一拳头把阿爸庞打倒，然后用双脚把他压在地上。这时，嘎莎的妻子赶紧从旁边递来一把快刀，嘎莎顺势照着阿爸庞的脑壳上就是一下。

阿爸庞在断气的时候说："嘎莎，你真的那么恨我吗？"嘎莎答："就是！"阿爸庞又问："那我死以后，你要把我的头发割下来烧成灰，撒到遍山上吗？"嘎莎答："我就是要这么做！"阿爸庞再说："我死以后，你要把我的身子砍成块块，甩到遍山上吗？"嘎莎答："我就是要这么做！"阿爸庞最后又问："我死以后，你要把我的肠子砍成节节，到处甩吗？"嘎莎答："我就是要这么做！"阿爸庞死后，嘎莎硬是照着这样去做了。但是，后来嘎莎又后悔了，因为他发现自己中了阿爸庞的计。原来阿爸庞的头发被烧成灰撒在山野上后，变成了成千上万的蚊虫，经常叮人，喝人的血。阿爸庞的身子被砍成肉块块撒在山坡上后，变成了一笼一笼的毒刺，这种刺一旦扎到人以后，不但很痛，而且还会中毒死去。阿爸庞的肠子被砍成节节甩在四面八方后，变成了一条条的毒蛇，经常残害人的生命。

嘎莎看到这些蚊虫、毒刺和毒蛇到处残害人，心头很是惭愧。后来想了各种办法来对付这些害人的东西。他求得天神的帮助，规定蚊虫只能在杜鹃和黄莺找食的季节（即夏天）才能出来。他又用牛马到藏族地区换来很多酥油和酸奶子，做成药抹在这些毒刺上，这样就大大减轻了毒性。他又请来山鹰，在天上盘旋，要是发现毒蛇，就把它们吃掉。

由于嘎莎在用鹰箭去射阿爸庞的时候，曾经用猪、羊的头作敬物。所以，现在的山鹰就经常叼食仔猪和羊羔。

嘎莎在除掉了阿爸庞以后，又被当地的羌民拥戴为部落首领。他看到当

时的羌民们住在高山上，过河很困难，煮饭也没得柴烧，就想方设法设计出了一种索桥（现在羌族地区还经常能看到这种索桥）。他又请求天神在高山上撒下树种，这些树种后来就变成了森林。

嘎莎死后，人们都很怀念他，尊敬地称他为"阿里嘎莎"。直到现在，羌民们在遇到喜庆日子，需要开咂酒喝的时候，都不会忘记要先请他来尝一尝。

周仓的传说

很久以前，有个叫周仓的人，他力大无比，武术高强。但是他有勇无谋，和他一起的大将关羽是一个文武双全的人。他才智过人，只是力气没得周仓大。

关羽想占周仓的上风，就想方设法去制服周仓。有一次，关羽对周仓说："周仓，听说你力大无比。我想和你比一下，看我们两个到底哪个的力气大。"周仓说："好，你说咋个比？"关羽拿出一张纸和一块十来斤重的石头，把纸递给周仓说："你把纸甩出城墙，我把石头甩出城墙不就可以比了吗？"周仓心想，这有什么难的，你能把石头甩出去，这薄薄的一张纸我还甩不出去吗？关羽轻轻一甩，就把石头甩出了城墙，而周仓的纸却被风轻轻地吹了回来。

就这样，周仓很嫉妒关羽。有一天晚上，月亮把大地照得的同白天一样，关羽同周仓一起出去赏月。关羽走在前头，周仓跟在后面，想乘机杀死关羽，他悄悄举起大刀向关羽砍去。哪晓得关羽突然转过身来问他："你想做什么？"周仓扯谎说："我想把刀扛在肩上。"又走了一段路，关羽低头看着身边的月影，看到周仓又提刀想砍他，就又转过身去。周仓感到很惊奇，他想：我在他后面走，他为什么能看得到呢？就把自己的想法一五一十对关羽讲了。关羽听后对他说："我的后脑上有一双眼睛，你怎么杀得到我

呢？"周仓信以为真，就心甘情愿给关羽做了副将，给关羽扛青龙大刀，协助关羽守护茂州①城。

那时，为了防备敌人侵犯。周仓就背了一个巨大的石头去堵通往茂州的必经之路雁门关②，背到半路，他太累了，就在路上睡了一觉，睡醒后又背起石头赶路，还没走拢雁门，天就亮了，他怕被人发觉，就把石头丢在那里。后来，这地方就叫周仓平③。

周仓背石堵雁门没有成功，就打算担泥巴土堵雁门，他在药沟④挖了一挑泥巴，刚担起走了一段路，突然听到一阵鸡叫。他赶紧把泥巴倒在路边上，拔腿就跑，在水西⑤山路上还留了几个脚印子。原来，是土地老爷怕周仓堵住了雁门，茂州的百姓到不了威州⑥，才故意装鸡叫的。他倒的泥巴就是现在水西和波西⑦之间的大金龟包⑧。

①茂州：古地名，即今茂县。
②雁门关：地名，在汶川县境内。
③周仓平：地名，在茂县南新乡境内。
④药沟：地名，在茂县凤仪镇坪头村境内。
⑤水西：地名，今茂县凤仪镇水西村。
⑥威州：地名，今汶川县城所在地。
⑦波西：地名，在茂县凤仪镇水西村境内。
⑧金龟包：小山包名，在今茂县县城西南。

姜维的传说

姜射坝

三国时期，现在黑水地方的羌族为了替首领报杀父之仇，兴兵打拢郫县，差点打到成都。军师孔明派姜维出兵平定这个乱子，行前孔明说："你是羌人，出去后要与各羌族部落和好，我这里给你两个纸包，遇到危急时才能打开。"

姜维记住了军师的话，带兵来到威州，一面在山头修筑兵营，一面派人到茂州与羌王联系，说明汉军不是来打羌人，是来屯兵与羌人共同戍边，并请羌王到威州议事。羌王带着武艺高强的女儿，动身去威州见姜维，姜维亲到雁门关迎接羌王。相见时，各人都想显显威风，羌王说："你是汉将军，与我女儿比一下武艺好吗？打赢了她，我们就议事屯军，打不赢，就算罗。"

姜维同意了。姜维同羌王的女儿战了几个回合，有点招架不住，渐渐被逼入沟头绝路上。正在急时，他想起了军师给他的纸包，打开一看，里面是一条花围腰，一张纸条上写着"羌女神英，用此迷心"八个字。姜维赶紧下马，恭恭敬敬地将围腰送给了羌女，请求退到平地再战。羌女很喜欢这花围腰，接过来拴在身上。两人退到平坝又比起武来，不到两个回合，羌女被姜维挑下战马，原来围腰上的花，是孔明画的符，使羌女迷了心。据说，从此

羌族姑娘就兴拴围腰了，也不会打仗了。

羌王见女儿比武败了，心头不服气，就在山脚下抱起一块千斤重的大石头，顺手甩入大河，回头问姜维："汉将军能行吗？"姜维说："行！我们比一下吧。"他拿出一坨羊毛，一块同毛团一样大的石头，问羌王："羌王，哪个重？"羌王说："当然石头重哟。"姜维说，"我拿重的，你拿轻的，看哪个甩得远。"羌王说："行，将军先甩吧！"姜维一甩就把石头甩到河对岸去了。羌王也不慌不忙，使劲把羊毛坨一甩，呵嗬！羊毛坨没甩过河，落在河头冲起跑了。

这时，天空正飞过一群雁鹅，羌王很快取出弓箭，当空"嗖"的一箭，一只雁鹅落下地来，姜维不动声色，也拿出弓箭，指着天空飞翔的一群岩燕对羌王说："你要哪一只？"羌王向空中望了一阵，那些密密麻麻，东飞西飞的岩燕怎么指得出来呢，就随便说了一声："就那只秃了尾巴的岩燕吧。"姜维马上搭箭拉弓，一箭射去，对穿对过，射着一只岩燕的尾部，尾巴随风吹走。姜维捡起没尾岩燕，递给羌王说："羌王，就是这只秃尾巴的岩燕吧？"羌王一看咂着舌头，举着大拇指称赞说："将军的箭法好啰！"

羌王和姜维正向前走着，岷江河西岸一块青乎乎的庞然大物在水中时隐时现，随从大叫"水怪"。姜维赶忙挽弓对着水怪"当"的一箭。哪是什么水怪呢？原来是一块青岩石，箭杆射入岩石三寸多深。羌王这才从心里头佩服姜维。两人到了威州，打了老庚①。羌王与姜维共同屯军，守卫边地。

后来，姜维与羌王比射箭的地方，人们就把它叫作"姜射坝"。姜维射在河西青岩石上的那支箭杆子，长成一棵箭杆样的杉树，羌民就叫这青岩石为"必喀山"，"必喀"是羌语，箭杆的意思。人们喊来喊去，喊走了音，就喊成了"笔架山"。

---

①老庚：结拜兄弟。

维关和维城

姜维得到羌王的帮助，在各处修筑了屯军的土城。有一次，从朴头山下来一批凶狠的长毛人，想占据羌地。姜维就与羌王合兵，经过几次大战，打得长毛人直往山里跑，姜维一股劲跟着长毛人追杀，想把这些人消灭干净。谁知姜维率领的羌汉联军杀到朴头山上，不见了长毛人，只听"呜、呜、呜"的牛角号响，长毛人正在施行"黑山令"①，一下子天昏地暗，伸手不见五指，大风大雪把羌汉军队困在山上，不辨方向。这时，姜维打开了军师给他的另一个纸包。纸包内写着："姜维误兵朴头山，退军十里扎雄关。"这时，纸包一下子变成一道白光，羌汉军队顺着白光，退出了长毛人的迷魂阵。姜维退军十里，那里是万丈悬崖，只有一道小路可通。

他在崖口上修了一处坚固的关门，遵照军师的指点，把关口叫作"雄关"。后来，人们怀念姜维，就把这个关口叫做"维关"，又把姜维修的土城，叫作"姜维城"或"维城"了。

---

① 黑山令：传说中的蝗黑山巫术。

九顶山的传说

在很早以前，山里边的羌人就很勤劳、朴实、勇敢，乐于助人、勇于牺牲。他们没见过川西坝子到底有多大、也不知道汉族地方到底有多宽，有好多人，所以，就派了九个兄弟到汉族地方去看一下。

九兄弟到了川西坝子的成都一看，哟！人多得来挤不开，房屋挨排挤着好整齐，谷子也长得沉甸甸的，真是又风光又气派。

这九个兄弟看呀看呀，总是看不够，就在这时，忽然，一阵风吹来，一阵比一阵大，一眨眼工夫就把谷子啦树子啦全给吹倒了。人们都躲到屋子里去了，不敢出来，就连池塘里的水也吹了起来，一条条鱼也吹上了塘坎。九兄弟看到这一切，非常心痛。他们正在叹息的时候，一个官员上前行了个礼对他们说："你们是山里来的羌人吧！"

九兄弟忙还礼说："是呀！"

官员又打躬说："皇上召见！"

"皇上？"

"对，皇上要见你们！"

于是，九个兄弟就跟着官员上殿去朝见天子。官员要他们九兄弟三叩九跪，皇上亲自下御座来对他们说："免了，免了，我随便问你们一下，听说你们是山里边的羌族人，我是要问你们那里的风大不大。"九个兄弟忙说：

"皇上，我们那里风虽然很大，可是风都顺着河流峡谷一路就吹走了，所以，我们那里并不见得有风。"

皇上又问："你们那里有没有谷子？"

九兄弟回答："有！"

皇上说："噢，那你们那里是鱼米之乡啊！"

"是，皇上！"九兄弟忙回答。

皇上说："我今天就要对你们亲下御旨，你们九个兄弟回去后，一定要想办法把这股从你们那里吹来的风堵住，给这里的人想办法谋点福利。如果办到了，我就给你们九兄弟封疆土，如果办不到，那……"

九兄弟没办法，领了圣旨回到家乡，告诉大家汉族皇上叫他们做这件办不到的事情，大家也急得来没办法。这时，一位老人却开腔说道："要挡住这股风，我看只有想办法造一座高山，把这一股风挡回来，不让它吹下去，这就行了。可是，这风一吹转来，我们这个地方就不要想出谷子了。"

大家想了想，实在也想不出其它更好的办法。九兄弟想起了汉族地区人们遭了那样大的灾，不由一阵心痛，于是说："还是造吧，我们不出谷子，他们出谷子就行了。"

于是，千千万万的羌族人天天挖土呀、担土呀，一年又一年，在取土垒山的地方已经挖了一块方圆几十里路的大坝子，山也越堆越高了，可是，离天还有好几尺，还有风从山顶上吹过去。人们再也没法往上堆土了，于是，九兄弟就爬上山巅，一个牵一个地站在山顶，就这样，九个兄弟在一夜之间化为九座山峰，挡住了南下的风。这股风被九座山峰挡住了去路就从山上倒吹下来，直朝山下取土形成的大坝子上灌，使这块地方再也不出谷子了。这坝子就是现在茂汶县城所在地凤仪镇一带。后来，人们就把这座山叫做"九顶山"或"九兄弟峰"了。

汉族地区的大坝子保住了，羌族地区却被风占领了，汉族地区的人们和羌族地区的人们都被这九兄弟的自我献身精神感动了，就在九顶山上立了一座庙宇来纪念他们。

羌族民间故事

口弦崖的传说

很早以前，我们上五村中寨子有个叫白珠的女子，和一个叫尔玛撒哈的小伙子相好，他们天天在一起弹口弦，对山歌。只要他俩一弹口弦，一对山歌，好多人都跑去听，听得饭也不想吃，听得瞌睡也没得了。白珠和尔玛撒哈长得也好，待人也好。有些老年人想听他俩对山歌、弹口弦，他俩没事的时候，就跑到人家火塘边给人家唱，给人家弹。

后来，尔玛撒哈的舅舅给他订了一门亲事，是尔玛撒哈的表妹。尔玛撒哈不喜欢表妹，只喜欢白珠一个人，又不敢说出，只好闷在心头。白珠晓得这件事后，就饭不吃、水不喝，瞌睡不睡，整天愁眉苦脸的。有时候就一个人悄悄地唱，悄悄地弹。尔玛撒哈和他表妹成亲那天，白珠就爬到对面山上去看，她一边弹口弦，一边朝尔玛撒哈家看，伤心得好多雀鸟都飞到她的跟前不走了，伤心得山下的水流到山脚下就不流了，伤心得尔玛撒哈家的灯都不亮了。白珠伤心地弹啊弹啊，弹着弹着，就从崖上跳下来了。从那以后，每天傍晚，那崖上就好像有人在唱山歌，在弹口弦。上五村的人都说："那是白珠在给上五村的人唱，在给上五村的人弹。"直到这阵，都还把那个崖叫口弦崖①呢。

----

①口弦崖：在北川县青片羌族藏族乡上五村西。

回龙的传说

很多年以前，在沙坝的石门坎沟内有一个巨大的暗海。据当时经常上山挖药和打枪放狗的人讲，他们常常在山上听见地下有海水波涛翻滚的声音。

这个巨大的暗海里住着两条修炼了多年的龙，它们主管沙坝一带的降雨，保佑山下的羌民年年风调雨顺。

这一年，沙坝一带又是一个风调雨顺的好年头。住在暗海里的一条龙忽然心血来潮，想试一下自己的本领到底修炼得怎么样了，就跑去请教海神。海神对它说："你在上天的时候，如果尾巴能翘过石门坎山上的山神庙前那座九丈高的碉楼，那你的道法就算修成了。"

这条龙把自己的想法告诉了另一条龙，另一条龙同意让它去试一下。这天晚上，沙坝一带下起瓢泼大雨，石门坎沟内的山洪也突然暴发了。洪水夹杂着泥浆和巨大的岩石，从山上一涌而下，一直冲到沟底。据说，现在石门坎沟前那几个巨大的岩石就是那次山洪暴发时滚下来的。这时候，想试本领的那条龙作起法来。但是，无论它怎样使法，它的尾巴始终都翘不过山神庙前那座九丈多高的碉楼。这条龙一气之下回到暗海，不久就气死了。

后来，据那些经常上山挖药和打枪放狗的人回来说，隔了很久都还闻得到龙死后尸体发出的那股难闻的臭味。从此，人们就把这个地方叫做回龙。

羌族民间故事

为了不让另一条龙再跑出来，羌民们封了石门坎山上的那片茂密的树林，把它作为这一带羌民的神林，从此，暗海里那条龙硬是就再也没有出来过。

萝卜寨的传说

威州城东南高山上有个羌寨,叫作萝卜寨。

传说,以前那里是个荒坡,没有人烟,但是就在这个不引人注意的地方,却生长着一种稀有的人参。

也不知是哪一年,有三个挖药的药夫子来到这个山上,他们当中一个是好心人,两个是坏心人。

三人在山上挖了许多山药。挖药的时候,好心人最肯出力气,每天从早挖到黑,还要背水煮饭;两个坏心人只挖一点点药,就跑到草坡上去睡觉,还经常对好心人指手画脚,危险的地方都叫好心人去。

有一天,两个坏心人指使好心人爬上一个十分陡峭的山崖,叫他去看一下后面那个草坡上有没有药。好心人不怕吃苦,攀着树藤,扯着野蒿,爬上了山崖。可是由于他连日劳累,又饿又渴,一下子就昏倒在草坡上了。

两个坏心人在山下只顾自己吃喝,眼看天就要黑了,还不见好心人回来。他们商量了一会,又等了一会,仍不见他回来,就不管好心人的死活,自己跑了。

那天晚上,天空电闪雷鸣,下起了瓢泼桶倒的大雨,好心人被大雨淋醒了。他觉得自己全身发烧,又渴又饿,浑身的骨头好像散了架似的,一点儿劲也没有。他想喊,四周是漆黑的荒山,也不会有人答应他。这时,他突然

闻到一股从来没有闻到过的清香味，一摸自己身边尽是一根根很粗的秧秧，拔一根起来，底下是像萝卜一样的东西，他很饿，就大口大口地吃起来，只觉得它比一般的萝卜香甜，吃了心头凉悠悠的，就慢慢地睡着了。

第二天一大早，太阳从山梁子上射下来，把他照醒了。他一醒就觉得浑身充满了力气，病也好了，人都像年轻了好多。他觉得奇怪，低头一看，呀！原来地上尽是大根大根的人参，昨夜他是睡在人参地头的。他挖了半辈子药，做梦都没有想到有这么多的人参。

他高兴得不得了，尖尖尖地挖了一大背篼，下山崖去找那两个坏心人。可是两个坏心人早已把挖的药分了，跑到威州城去了。

好心人硬是个好心人，他把人参背到威州城卖了，拿了钱，就去找两个坏心人。

两个坏心人都以为好心人早就死在草坡上了，一看他没有死，反而带回那么多钱，顿时惊得呆住了。他们假巴意思地说："哎呀，好兄弟，你跑到哪里去了，我们山前山后都把你找遍了，生怕你出啥子事。"说着还挤出了几滴眼泪，可眼睛一直盯着好心人手里的钱。

好心人把钱分给了两个坏心人，还告诉了他们人参地头的事情。

两个坏心人一听有那么多人参，眼睛都红了，请求好心人带他们去挖。于是，他们三个人又来到山崖后的坡上。

两个坏心人一看到遍地人参，高兴得发狂，顿时又起了坏心，要独占这些山中之宝。他们商量以后，用麻绳把好心人捆在旁边的一棵大树上，然后开始挖人参。他们把人参挖得一干二净，装了七七四十九背，挖完就往山下背，一心要想发个大财。那人参也真怪，越背越重，就像背了一座山。两个坏心人累得吐血，但为了发财，还是咬着牙把人参背下山来。

可是，谁也没有想到的事发生了，等他们把人参全部背回去一看，天啦！哪是人参呀，背回的是四十九背野萝卜！两个坏心人又累又气，最后口吐鲜血死去了。

好心人没有死，他挣脱麻绳，看见地头的人参虽被两个坏心人挖光了，但是，这里土肥水足，就在那里定居下来。慢慢地那里就形成了一个寨子。人们忘不了当年的事儿，就给寨子取名"萝卜寨"。现在萝卜寨的人还爱说："好心有好报，心坏遭恶报"，真是不假呢！

羌族葬仪的来历

在我们羌寨，凡是长辈或有威望的人去世了，都要举行隆重的葬仪，不仅项目繁多，而且有一定的程序。据说，这个仪式就是娃沙寨①别木支当年治服妖魔时传下来的。

相传在很久很久以前，维城的后山沟里出了一个叫色不②的魔鬼，它像一只在高山上叼羊的大老鹰，从头到尾约有七尺长，身上长着一对翅膀，头上还有一百零九只眼睛③，一双利爪光趾爪就有一尺长。每当它腾空而起，顿时烟雾弥漫，天昏地暗，日月无光。然而，就在这一片昏暗中，却可以看到它身上发出的幽蓝幽蓝的火光。它专以吃人为生，每天都要站在一个固定的方位，吃掉朝它走来的人。这一带的羌人只要一提起它就心惊肉跳，不管他们怎样烧香磕头，祈祷神灵，都无济于事。

有一天，传来色不要翻过西山沿沟，下来残害羌人的消息，维城所有的寨子议论纷纷，都为这事担惊受怕，娃沙寨就处在所有寨子的最西边，一翻过西山就能望见这寨子的碉房、田地。那时候，娃沙寨有个叫别木支的人，因

---

① 娃沙寨：羌语，即"猴儿寨"。
② 色不：羌语，即火神。传说中火神是吃人的魔鬼。
③ 另一说法，色不是一百零八双眼睛。

为他足智多谋，所以大家都去找他出主意。他想啊想啊，终于想出了一套对付色不的好办法，于是，就召集全寨的人，叫他们各家各户准备东西。

到了色不要来的那天早晨，别木支开始布置了。他挑了些身强力壮的青年人留下来，叫其余的人全部躲进寨子后面的山洞里去。然后选了块从西山看过来最显眼的地方，在这块地方的四边架起三座丁字形的炼铁炉，每座炉子配三架风箱，又把各家各户找来的废铁烂锅片和着用青桐柴烧成的白炭架在火炉上，点燃火，拉起风箱，一霎时风借火势，火助风威，熊熊烈焰烧红了半边天。他们又给每架炉子安上一只特大的无底木缸，在火炉的两侧各放一只用油竹子编的、向外凸起的像筛子一样的东西，并在这个东西下面点起无数支松光灯。别木支又带着大家在这块地方的东边搭了一座好像指挥台一样的台子，前面用九口盛满哑酒的大锅摆成一个弧形，环绕着台子，又在台子的左右两边布置了由精悍青年组成的两支队伍。最后，做了只用九节无底木桶连接而成、两尺多粗、两丈多长、像喇叭一样的传话筒放在碉楼上。

一切安排就绪，太阳也升起来了。但是，就在这个时候，色不也来到西山顶上。霎时间狂风大作，飞沙走石，乌云滚滚，太阳又被遮没了，群山都在颤抖。不多时，乌云中出现了色不巨大的身影。只见它的头扭来扭去，一百零九只眼睛忽闪忽闪，全身亮着幽蓝幽蓝的火光。色不和往常一样，在空中得意忘形地狂笑，然后像旋风一样飞快地向寨子冲下来。正当它要靠近寨子的时候，别木支和众人一声大吼，通过传话筒发出巨大的声响，把色不吓了一大跳。它一翻身赶紧又窜回半空中，再倒转过来一看，只见别木支身居九湖泊之中，左右两队剽悍精干的羌族青年在他的率领下扭动屁股、耸肩踮走，做出轻敌的样子，勇猛地挥舞着手中的长枪、长剑和大刀，交叉变幻着队形，很有节奏地左右呼应，打着"啊—吼"的节拍，做出短兵激战的样子，然后两队合为一队，由前三名武士抬着野猪肉走在前面，队伍跟在后面，仍然舞动着手中的武器，一唱一和地吼叫；走完两圈后将猪肉当箭靶射，最后用刀砍成坨坨，每人吃一坨，姑娘们捧上盛满哑酒的碗敬给每个武士一碗。这时，大家面向别木支坐下，听他讲一番话。

色不一见这种情景大吃一惊，心想：别木支果然名不虚传，既会指挥，手下将士又勇猛，而且他们一个都不朝我看！

正在这时，只听得又是一声大吼："色不！你这个不争气的东西，你本是天上的火神，不尽职守责，还敢在这里为非作歹，残害百姓！今天我奉上天之命，前来收服你这孽障！"

色不又是一惊，只见西边三架火炉烈焰腾腾，圆底木缸火花飞溅。色不以为是天将口鼻喷火，心想："我才只能周身发光，他却能口鼻吐火！"再一看，口鼻两边眨动着的眼睛，哪里才只一百零九只！色不心想："别木支这样凶猛，又有天将帮助，我怎么是他的对手。"就在这时，又听见一声大吼："色不！你如果还敢害人，我决不轻饶你！还不快滚！"

色不吓得魂不附体，赶紧闭上一百零九只眼睛，退了下去，飞到万山老林中去了。

后来，别木支去世了，羌民就把他奉为阴曹地府的圣人。有人去世了，在送葬那天，就要在喝咂酒时呼唤别木支的英名，举行当年别木支智驱色不那样形式的葬仪。直到现在，维城公社后村娃沙寨还有别木支的碉楼。

荞鞋的传说

　　每逢上街赶场或喜庆的日子，羌族妇女一定会穿上自己精心缝制的荞鞋，那鞋上也一定绣着两朵荞麦花。提起这荞鞋，她们会告诉你这样一段传说。

　　从前，有一对年轻夫妇，恩爱情深。男的出外采药打猎，女的在家织布做饭，生活得和和美美。女的刚刚有了孩子，男的却要被征去当兵打仗。女的很伤心，她送丈夫一程又一程，泪水也淌了一路又一路。两人走到一个山梁上，见路旁有一窝刚出土的荞子，很快就要干死了。男的就对妻子说："你把这窝荞子带回去，栽种到我们家的院墙里，像爱护我们的孩子那样照看它，等这窝荞麦开花的时候，我就回来了。"

　　丈夫走后，女的就照丈夫说的，把那窝荞麦挖回家来，栽在一只碗里，尽心尽力地看护它。慢慢地，这窝快干死的荞麦返青了，长高了。到了荞麦分枝的时候，女的生下了一个胖小子。一个月娃娃会抬头了，三个月娃娃笑出声了。这时，碗里的那窝荞麦开花了，女人盼丈夫归家的心也更切了。

　　这天，女的把娃娃放在家门口的箩筐里晒太阳，自己在不远的地方割猪草。突然，一只岩鹰从天空俯冲下来，一口叼走了她的儿子。女的看见后吓坏了，心想：丈夫就要回来，而娃娃却被老鹰叼走了，这咋个得了！她奔过来，一下把放在木凳上的荞麦碗碰翻了，荞花落下来，正好掉在她的鞋子上。眼见岩鹰飞起走了，她哪还顾得上管荞花，抬脚就跟着岩鹰追。追着追

羌族民间故事

着，就感到自己的脚下轻飘飘的，她低头一看，见落在自己鞋子上的荞花像鸟的翅膀一样，一扇一扇的，没一会儿，自己就飞到云层上头来了。这下子，她拼出全身气力朝岩鹰撵去，很快就撵上了岩鹰，夺回了娃娃。当她带着儿子回到家门时，发现丈夫也回来了，一家人欢欢喜喜地团聚在一起。

后来，这女的想到荞麦花对自己全家人的帮助，就照着它的样子，在自己鞋子上精心绣制了两朵荞麦花。别的妇女觉得很好看，就都学着在自己的鞋上绣起荞麦花的图案，大家就把这种鞋子叫作荞鞋。

机灵的小哈木基

威州城外的一座山上有个寨子，寨子里有一位机灵的小哈木基。

哈木基很小的时候，父亲就死了。他和阿妈相依为命，过着穷苦的日子。有一天，阿妈病倒了，叫也叫不醒。这可急坏了小哈木基。第二天早上，他抱着家里唯一的老母鸡上城里去了，打算卖了给阿妈抓点药回来。可是当他赶到市场一看，连个人影也没有。他在那里叫卖了半天，也没人来买他的鸡，集市早就散了。他伤心极了到大街上一家门前坐了下来，泪水叭哒叭哒地直往下掉。

哭声惊动了这家主人黄富，黄富是个大财主，心肠歹毒，又专爱占便宜。羌民和城里的汉族百姓背地里叫他"烂心肺"。"烂心肺"听到有人坐在自己的家门前哭，觉得很晦气。怒气冲冲地走出门来，想大发一通脾气，把人赶走。但是当他看到门前只有一个小孩，还抱着一只老母鸡时，又改变了主意。他笑嘻嘻地对哈木基说："天真冷呀！小孩子，进屋里来暖和暖和吧，看你那双耳朵，都快冻掉了。"于是就把小哈木基叫了进去。

"哎呀！你看这鸡，饿了一天了吧，放下来吃吃食吧，再说鸡抱久了会害瘟的。"说着就把鸡抱了进去，放进自己的鸡圈里。

哈木基坐了一会，准备再到街上去卖鸡，当他去捉自己的鸡时，"烂心肺"突然脸色一变，大喊道："嗨，太不像话了，看你可怜，我好心好意请

羌族民间故事

071

你进来暖和暖和，你倒安逸，跑来捉我的鸡。"说着一掌把哈木基推在地上。

哈木基"神"了一下，便立即明白过来。他年纪虽小，可不是那种遇事就只会哭的孩子。哈木基跑到大门口大声喊起来："快来人呀！快来人呀！快来看一个大人抢一个小孩的母鸡呀！"

听到喊声，左邻右舍都出来了。他们都吃过"烂心肺"的亏，知道这家伙又在害人了。但是又都知道斗不过他，就说："见官去！见官去！"

拿着鸡，大家闹嚷嚷地来到县衙门。谁知这位县大老爷是个糊涂官，这下可糟了。

糊涂官不等黄富把话说完，就把惊堂木重重地一拍："嘿！这回好了，人人都说我糊涂，断鸡案子总不难吧，这回我要断个明明白白，清清楚楚。"他问，"小家伙，你叫什么名字？家住在哪个地方？"

糊涂官不但糊涂，而且性急如火，没等哈木基把话说完，又把惊堂木一拍："咳，狡辩，这鸡是你的，又怎么会在别人鸡圈里呢？哈哈哈哈。"他很得意，忍不住大笑起来。

哈木基又把事情原原本本地讲了一遍，糊涂官一听，对呀，言之有理。他说："放心，本官从来明察秋毫，自然会有公断。黄富，我问你，你为什么抢别人的鸡？你没听见别人是为母亲治病的吗？"

"禀报老爷，不是我抢他的鸡，这鸡明明是我的，你看他这身衣服，明明是个要饭的，会有鸡吗？"黄富得意扬扬地说。

这一说，又把糊涂官说糊涂，没有主张了。他把脑袋敲得咚咚响。想了半天，突然把桌子一拍，有了："黄富，我问你，你养了几只鸡？"

"禀报老爷，十，十一只鸡。"

"咳！把鸡给我全部捉来，数一数，如有多的便是小孩的。大家说这办法妙不妙？"

"老爷，不行呀！他只要把我的鸡加上他的鸡，就可以回答你了。怎么会有多呢？"哈木基说。

"那么你说你的鸡是什么颜色？"县官问。

"我的鸡是白色的背上有黑点的母鸡。"哈木基回答。

"黄富，你有白母鸡吗？"县官又问。

"刚好有一只。"黄富答。

"真该死！怎么会是疑难案呢！这不是存心为难本官吗？下面的！"

"有！"

"给我各打五十板，拉出去，退堂！"

大家一听都急了，高喊起来："求青天大老爷明鉴！"

"唉，不是我不明鉴，不是我糊涂，这事本来就说不清呀！你们谁能干谁替我拿个主意！"

在下面的听众都不出声了。是呀！俗话说，白毛猪儿家家有，说不清呀！

这时，不知谁突然冒了句话出来："唉！要是鸡会说话，可以作证就好了。"

小哈木基突然一动，他两手一拍，走上前说："老爷，我的鸡会说话，可以作证。"

"什么？你的鸡会说话，可以作证？哈哈哈！给老子开玩笑，本官再糊涂，也不会昏到这般地步嘛。"

"真的，你听。"说着，他把自己的白母鸡抱了起来，在鸡背上轻轻地抹了抹，那鸡把头一缩，抖抖翅膀，咯咯咯地叫了几声。

"听见了吗？它在说割割割，它叫我们把鸡嗉子割开。县大老爷，黄富说鸡是他的，那么他总知道鸡吃的什么吧，如果谁说对了，鸡就是谁的。"

黄富一听这话就慌了，他急忙说道："老爷，平白无故地杀一只鸡，多可惜呀！"

糊涂官倒有股憨劲，搞不得的他偏要搞，看不得的他偏要看，听黄富这么一说，倒勾起了他的好奇心。他把惊堂木一拍，得意地说："验证鸡嗉！老子今天要杀鸡断案。"接着县官叫黄富说出他给鸡喂的是什么？"烂心

羌族民间故事

肺"想：穷人哪有大米喂鸡，不能说喂的是大米，穷人穷得穿筋挂柳，连玉米面都吃不起，哪来玉米喂鸡，对了就说用荞子喂的。想到这里，"烂心肺"硬着头皮说他是用荞子喂的鸡。

县官又问哈木基，哈木基说他给鸡喂的也是荞子。

县官一听气昏了，说："你两个在搞些啥子啊，老爷要退堂了。"

哈木基一听，急忙说："老爷，荞子有苦荞和甜荞两种，问他喂的什么荞嘛？"

县官一听，对呀！于是他问黄富，黄富抓瞎，半晌才说："是，是苦荞吧。"哈木基说："我喂的是甜荞。"

县官一听，大声说："老爷这回子要明镜高悬，当一回青天了！你两个听着，马上把那只母鸡杀了，验证鸡嗉子里装的是什么荞？哪个说错了，罚银五两给对方！"

没等到两分钟，鸡嗉子验证完毕，里面装的是甜荞。"烂心肺"还没等县官高举的惊堂木落下，就"扑通"一声跪了下去，口中直喊恕罪，甘愿受罚，保证今后再不欺负羌民和城中的街民了。老百姓们看到"烂心肺"的狼狈相，都不由得拍手称快。

就这样，小哈木基终于取得了胜利。他拿了罚银，买药回去，治好了阿妈的病。

羌笛的来历

很早以前，岷江河两岸有两个寨子，一个寨子住着勤劳的小伙纳吉，另一个寨子住着美丽的姑娘纳娜，纳吉和纳娜从小在一起长大，他们经常在一起放羊子、拣柴。日子长了，他们两个慢慢就相好起来。

他们经常用山歌来表达心里的爱慕之情，纳吉看到纳娜雪白的羊群就唱：

> 天上飘来白云，
> 地上跑着羊群；
> 我喜欢白云也喜欢羊群，
> 我更喜欢放羊的人。

放羊的纳娜听到歌声也就唱道：

> 山中羊角花儿最美丽，
> 林中鸟儿的歌声最好听，
> 嗳哟……
> 我爱花也爱鸟，
> 更爱那山中砍柴的人。

羌族民间故事

纳吉和纳娜相爱的事，被寨子里的寨主晓得了，就把纳娜的阿爸阿妈抓来，恶狠狠地说："你家的纳娜和河对门的纳吉私通，违反了寨规，必须把她喊来认错。"纳娜的阿爸阿妈虽然很气，但也没有办法。

纳娜一进寨主的官寨，寨主就惊呆了，心想：哟！我们寨子的姑娘好漂亮哟！顿时就起了邪念，他假巴意思地说："纳娜呀，你的歌唱得真好听，全寨子的人哪个不夸你哟！"纳娜一点都听不进这些假奉承，寨主东说西说，想在纳娜身上打主意，纳娜早就看透了他的歹心，天一黑就逃跑了。

寨主听说纳娜跑了，火冒三丈，马上就派人到她家里去逮她，可是纳娜早就跑了，他们就把纳娜的阿爸阿妈缚了起来。

纳吉听到纳娜被寨主逼走了，急忙跑到寨主家，寨主又把纳吉也缚起来了。

纳吉还小的时候，阿爸就死了，只剩下阿妈。阿妈听说儿子被寨主缚起了，急忙赶到寨主家去求情下话。寨主硬要阿妈交出九十九坛咂酒，九十九斤猪肉才肯放纳吉。全寨子的人都很同情他们两娘母，就凑够了两个九十九，寨主这才放了纳吉。

再说纳娜逃进深山三天了，寨主叫人放火烧，从此，这座山上就不长树子了。纳娜又被寨主派去搜山的人逮回来，寨主就下毒手，把她的两只手脚缚起来，甩进了大河。

纳吉听到这个消息后，就天天跑到大河边上去哭，又哭又喊。

有一天，纳吉在大河边上哭累了、喊累了，就渐渐睡着了。不一会，他就好像看到纳娜朝他走来了。纳吉高兴得边喊边跑过去接她。纳娜说："我死了，再也活不转来了。你不要天天哭，我听到你哭很难过。你现在回去就把你家门前和我家门前的箭竹各砍一根，把两根竹管子合起来，就是我和你了。寨主把我甩到河里后，我变成了一条有三个头的龙，我要发大水把寨主淹死，你回去告诉寨子里的人，喊他们搬到高山上去。"话一说完，纳娜姑娘就不见了。

纳吉醒来，赶忙回去做了一支两截竹管的笛子吹起来，后来，人们就把这种笛子叫羌笛。寨子上的人也都搬到高山上去住了。

那年，果然发了大水，寨主的官寨和田地都被洪水冲走了，寨主也被淹死了。

羊角花

　　很早以前，阳雀寨有个姓王的小伙子，父亲被土司逼死后，他就拿着父亲留下的一只鸣火枪经常到深山老林打猎，后来就以打猎为生，全寨子里的人都叫他王打枪。他上山有时走得很远，回家不方便，就在山中、水塘、岩边搭起一个草棚子作为他的家。

　　有一天上山打猎，天气很热，他便坐在羊角树林里乘凉，不多久就睡着了，做了一个梦，梦见天空中有一朵白云在碰红云，红云碰不赢白云，眼看红云就要掉在他面前时，他惊醒了，站起来一看，突然发现羊角花树林中有一条白蛇咬住了红蛇不放，他便拿起鸣火枪向白蛇打了一枪，烟雾一散，什么都没有了。他顺手摘了一朵羊角花，背起鸣火枪边走边唱山歌："羊角花开满山哟，穷哥上山把猎打，春夏秋冬绕山转，日日夜夜棚当家哟……"正在这时，前面来了一个白胡子老汉，走到他跟前说："小伙子，你今天救了山神王的太子，神王叫我来请你到神宫里去耍。"王打枪就和老汉一起走到一座大岩石前，老汉拿起一个小石头，在岩上敲了几下，说道："神门开、神门开。"一下子神门突然开了，神王亲自出来迎接他，把他接到宫庭的花园里耍了两天，在这里，王打枪看到的是他从来没有见过的金鸟银兽，而且多得很。

　　王打枪走时，就到神王那里道谢，因救太子有功，神王想酬谢他，便高兴地对他说："你喜欢啥子？"他说："我生在阳雀寨，从小喜欢羊角花。"这时，神王看了看他插在神台上的五朵羊角花，又看了看这位背着猎枪的小伙子，就取了其中最好的一朵送给他。他拿着这朵羊角花回到了自己的棚子里，把花插在墙壁上。

第二天，他又上山打猎，跑了一天，什么野兽也没有看见，他回到棚子里，发现一张很好的豹子皮挂在草棚壁上，心想："可能是哪个打猎的放在这里的吧。"

第三天，他又去山中跑了一天，也是什么野兽都没有看见，便往棚子里去，他边走边想，怎么从来都没有像昨天和今天这样，连一个小野物都没有发现，翻山越岭见到的尽是一些羊角花，这可能是昨天把山神王的那朵羊角花拿拐了吧。当他走回棚子时，发现棚子里放着打死了的獐子、锦鸡、白兔、草鹿等野兽，不见有人，他觉得奇怪了，这究竟是哪个打枪的放在这里的，等到晚上还是没有人来取。他就想，真奇怪，我在山上跑了两天的时间，一只野兽都看不到，结果两天回来棚里都有，他就决定明天不上山去了。

第四天早上，他去砍了些松树枝堆在棚子角上，躲在里边看个究竟，不一会看见那朵花摇了两下，突然"嗒"的一声花就跳在地上，变成了一个美女出门去了，隔了一会就背着野兽回来，走到石桌边，突然"嗒"的一声，又变成了那朵羊角花，这时他才明白了是怎么一回事。

晚上，他暗暗地想，要是我能与那美女成婚那该多好啊！明天一定要把她抓住。

第五天，他照样躲在松枝堆里，看见那朵花变成了美女，他就马上跳出去把美女抱住，对美女说："你这么贤惠，我们俩成婚吧？"美女就答应了他的要求，成了他的妻子。

后来，妻子问王打枪，有没有家，王打枪说："我有家，老家住在阳雀寨。"妻子说："那我们还是搬回去吧！"

于是，他们俩搬回了老家，重新修了新房子。这房子又宽敞又漂亮。这时，阳雀寨的老老少少都感到惊奇，说王打枪真有本事，修了新房子，还带

羌族民间故事

了个漂亮的女人回来。

这事很快就被土司知道了，土司便起了歹心，于是就派人把王打枪叫去，对王说："你的婆娘是哪里的人？"王打枪心想不能实说，便说道："是山背后羊家的女，名叫羊角花，我经常打猎在她家里住和吃，后来她家的老人就把她许配给我了。"土司说："你家的父母还欠我十石玉麦，现在不要你还了，叫你的妻子来帮我家里做一点事情就行了。"王打枪心想：这下遭了，土司在打他婆娘的主意。于是说："还是我来帮土司爷做事吧！"土司踌躇了一阵，说道："好吧，你会打猎，在三天之内给我打十只颜色不同的鸟回来，要活的，不要死的。如果办不到，你的婆娘就是我的人了。"

王打枪这时愁眉苦脸地回到自己的家里对妻子说："我们的这个姻缘可能不长了，我打了这么久了的猎，从来没看见过有那么多不同颜色的鸟。土司要我给他打十只不同颜色的鸟，还要活的，不要死的，办不到就要叫你到他家里去。"妻子对他说："我家里各种鸟多得很，你不要愁，要多少都行。"

第二天妻子就回神宫去拿了十只鸟回来，对王打枪说："你到土司家时，等到土司来了就把鸟倒出来吹一口气，鸟就飞走了。"

到了第三天，王打枪把鸟拿到土司家里去，照妻子给他说的做了，结果鸟全部飞到槐树上去了。

土司这时很气愤地说："你把鸟给我捉回来。"王打枪说："你叫我打活的，一放开，它们都飞走了，这怪不着我。"

土司又问他，山上最凶的是什么，王打枪说："我们这片山最凶的是豹子。"土司说："在三天之内你给我打十只小豹子，只打一只足，要能走路。"

王打枪回到家里对妻子说了这事，妻子又回到神宫里拿了十只小豹子。回家来对王打枪说："你要等到土司来到堂屋里时，很快把豹子从口袋里倒出来，这时豹子都要往土司跟前走。"

第三天到了，王打枪就把豹子拿起，走到土司堂房里时，看到土司到堂房里来了，很快就把豹子往堂房里一倒，豹子全部向土司跑去，土司这时着急了，一下就跳到堂房后面的房间里，把门关上，对王打枪说："你快给我弄走，我不要你做事了。"

王打枪真的就把豹子赶走了，刚往家里走时，土司又跑出来，叫住了他问道："你还会做什么？"王打枪很气愤地说："我从小砍柴割草，其他不会做什么。"土司说："你会砍柴，好吧，你三斧头把我门前的杨槐树砍倒。"王打枪说："那株杨槐树那么大，三斧头咋个砍得倒啊！"土司说："砍不倒就叫你的婆娘到我家里来。"

王打枪无法，只好回到家里，对妻子说："土司门前那棵大树要我三斧头砍倒，那怎么行啊！就是三百斧也砍不倒，这下我们两个不能在一起了。"这时，妻子对他说："不要紧，我回家找父亲去。"

于是，王打枪的妻子又回到神官里给父亲说了这事，父亲就给了她一把金花斧，她就拿回来对王打枪说："你去时要看准方向，三斧头砍去树子就要倒，树子倒下要打在土司的房子上，把土司的一家人都压死在里边。"

王打枪拿起金花斧刚走到土司门前时，土司正在站在房檐下，对王打枪说："你这下说不脱了吧！快去把你的婆娘给我叫来。"

这时，王打枪没有理睬他，举起金花斧用力砍去，树子砍掉三分之一，土司慌了，忙说："不要砍了，那是我家几代人的树子……"没有等到土司的话说完，王打枪接连两斧砍去，杨槐树"哗"的一声倒在土司的房子上，把土司的房子打得稀烂，土司和他一家人都没跑掉，全都被压死在房子里。

这时，阳雀寨立刻欢腾起来，王打枪惩治土司的消息很快就传开了，全寨子的男女老少都十分高兴，感谢王打枪为大家除了一害，从此可以安居乐业了。

羌族民间故事

聪明的兔子

从前，有一只兔子，精灵得很。一天，它碰到两只羊子，大羊和小羊都愁眉苦脸的。兔子问："你们为什么这样愁呢？"

大羊子说："咋个不愁嘛，有个豹子说了，它要吃我们。它说：'今天碰到今天吃，明天碰到明天吃。'我们就是在愁这个。"

兔子说："你们不要怕，跟我一起走，不用担心。"说完，它在路边撕了一块桦树皮。羊子想，兔子这么小，还能打得赢豹子吗？但又没得别的办法，只好跟到兔子一路走了。

它们刚走到歇气坪上，就碰到了豹子。豹子说："嘿，羊子，今天碰到了，该我吃啰。"

兔子说："你不要忙吃这两只羊子，我们先把账算清楚再说。有个打枪的人对我说，他缝了一件皮大衣，还差一只袖子的皮子。他喊我逮一只豹子，把它的皮子剥下来，拿回去做皮大衣的袖子。你说说看，是你先吃羊子呢？还是我先剥你的皮子？"兔子还把手上的桦树皮一摇一晃的。

豹子看到兔子手上的那张皮子，硬是像豹子皮，心里就害怕起来。豹子说："你不要剥我的皮子，我也不吃羊子了。"

兔子想：豹子今天不吃羊子，明天说不定还是要吃的，就说："那我今天做啥呢？我还没有吃点东西呢。"

豹子说："我给你想办法弄点吃的，你要吃啥子嘛？"

兔子说："你给我钓几条鱼来，钓不到可不行！"

豹子问："咋个钓嘛？"

兔子说："你到河边去，把尾巴放进水里头，等鱼爬到你的尾巴上时，你就把尾巴勾上来，不是钓到鱼了嘛！"

豹子就照兔子说的办法，到河边把尾巴放进水里去。那晚上天黑得很，又冷得很，河水都结起了厚厚的冰，把豹子的尾巴冻结在河里了。

第二天早晨，兔子跑来问豹子："你钓到鱼了吗？"

豹子说："我的尾巴不能动，也勾不起来了，是不是钓到大鱼了呢？"

"的确钓到大鱼了。"兔子一边说，一边在笑。

这时，一个打枪的人走过来，他看到豹子和兔子就要开枪，兔子一下逃得无影无踪，豹子想跑跑不脱，结果被打枪的人打死了。

聪明的兔子保住了那两只羊的生命。

犏牛和羊

　　犏牛和山羊、绵羊是很好的朋友，它们共同在山地草场上幸福地生活着。犏牛诚实勇敢，待人忠厚，处处照管两个老弟：山羊灵巧好动，喜欢独个儿乱跑；绵羊性情迟钝，怕困难，一遇太阳就窜荒林。山中野兽很多，犏牛大哥经常为两个调皮的小兄弟担心，随时把它们拉到身边，不要它们乱跑。

　　一天，一只贪婪的豹子，肚皮饿了，偷偷地来到草场，想吃山羊和绵羊，但一见犏牛蹬着一双大眼，竖着一对尖角护着两只羊，豹子不敢下手，只好装作仁义的样子，先探个虚实。豹子老远就笑盈盈地走到犏牛跟前，甜甜地说："我的邻居，你们好！"犏牛鼓着眼点了点头，豹子装作巴结的样儿说："辟儿鲁①大哥！我们山那边水草多好啊！有清清的泉水，茵茵的草地，热天有树林地荫庇，冷天有暖和的岩洞。我特来邀请你们去作客，若不嫌弃的话，欢迎你们搬过去住吧！"

　　绵羊一听，信以为真，高兴地说："有草有林又有泉水，太好了！"犏牛眈着眼没出声，山羊抬着头在想，绵羊伸长脖子，呆呆地望着豹子。豹子见绵羊动了心，心里很高兴，接着说："辟儿鲁大哥，眼见为实，我们一同去看看再说嘛！信得过就走吧！"于是在绵羊的催促下，犏牛勉强地同山

――――――――――――
①辟儿鲁：羌语，犏牛。

羊、绵羊，跟着豹子出发了。

它们走呀走，刚走到离山顶不远的地方，天上火辣辣的，热得难受，绵羊怕热，一头窜进荒丛中睡着不走了。狡猾的豹子一看机会来了，殷勤地向犏牛说："辟儿鲁大哥！前面几步路就到山顶，一眼就可望到我美丽的家乡，你可先到山顶看看，等奴翁①弟弟睡会儿醒来，我们一同赶上山，好吗？"犏牛抬头看了一下山顶，确实只有碉房那样高，就叮嘱山羊看护着绵羊，独自走向山顶去了。

狠心的豹子见犏牛一走，急忙给山羊说："切以②弟弟！你身子很灵巧，看吧，坎下有很多嫩草，快去拔了回来，给奴翁小弟吃，它吃了凉快凉快，我们好一起赶路。"山羊喜欢动，当然乐意，蹦跳着下坡拔草去了。豹子赶忙纵身草丛，咬拖着绵羊溜跑了。

山羊在坎子下面拔好嫩草，跳上坎子一看，豹子不见了，满地是血，吓得直叫喊。犏牛听到山羊惊叫，飞奔跑了回来，问明缘由，又看见地上的鲜血，知道豹子害了绵羊。犏牛垂头蹬脚地后悔不已，气愤地鼓着大眼流着泪，发誓说："总有一天要抓着这狠毒的凶手，讨回这笔血债！"

不久，犏牛在一个土坎下碰见了豹子，豹子扭头便跑，犏牛猛地追上，一头将豹子顶在土坎上，两眼瞪着，鼻孔喷出粗气，口里不住地骂："你再跑！"狠心贪婪的豹子早给顶死在土坎上了，但风不断把豹子尾巴吹得晃动，犏牛认为豹子还在动，死死地顶着不放，一直顶了三天三夜，山羊才在土坎下找着大哥，解下死去的豹子。虽然犏牛饿瘦了，但心里高兴，为绵羊报了仇。犏牛和山羊一同回到草场共同生活。打从这时起，犏牛恨透了豹子，直到现在，犏牛一看见豹子就会竖起双角、瞪着大眼、喷着粗气去追赶它。

---

①奴翁：羌语，绵羊。
②切以：羌语，山羊。

羌族民间故事

喜鹊和乌鸦

喜鹊和乌鸦历来就是朋友。

那一天，喜鹊正忙着搭房子，就对乌鸦说："你去弄点吃的来。我看见那里有一家人修房子，正在上梁，有上梁馍馍和刀头肉，你去弄一点回来，免得大家饿肚子。"

乌鸦怕人，畏畏缩缩地不敢去，它说："喜鹊兄弟，我长得一身锅烟墨样，嘴也不好使，说不准要吃人家的枪子儿。我宁愿搭房子，还是你去弄吃的好。"

喜鹊说："你有没有听见别人说过'老鸹子搭窝三根柴'？你三根柴搭的房子谁敢住？快去吧，记住向人家说好话，好话谁都爱听的。"

乌鸦只好去弄吃的。它想，人都爱听好话，只要多说好话，弄点吃的也不是什么难事吧。

它飞到修房子那家人对面，找了一处高树权枝歇脚，看着下面人来人往，就跳了几跳，挺起胸脯，扯开喉咙叫喊："哇哇，主人盖房，金玉满堂啊。哇哇，金玉满堂啊。"

修房子这家的男人听见乌鸦叫，急忙跑出来看，见对面树上站了个乌鸦，还在嘶声嚎气地大叫，当时就气得双脚跳。男人向老婆喊："快把火枪拿来，有个老鸹在这里干嚎，我把这个不吉利的东西打死。"

他端起枪，也顾不得瞄准，朝着树上就放。乌鸦吓得伸颈缩项，"扑哧"一飞赶紧逃命。

乌鸦不知道，人家早就把它看成了不祥物，哪怕说得嘴翻花，还是该挨枪子。

喜鹊看见乌鸦空着两手回来，就问："你怎么没带回点东西来？"

乌鸦丧气地说："哪还顾得上拿东西呀，要不是我翅膀扇得快，这时候该串在竹棍上成烤鸟儿了。"

喜鹊问："你有没有对人家说好听的嘛？"

乌鸦说："说了，我说了好多好话。我说'主人盖房，金玉满堂'。那些人真是黑了心了，吃的不给，还要拿枪来打。"乌鸦越想越委屈，说着"哇哇"地大哭起来。

喜鹊看乌鸦委屈的样子，也是气不打一处来。它说："别哭了，你在屋里等着，看我去骂他一顿，还要他把东西拿出来吃。"

喜鹊一展翅膀，飞到那家人对面的树上去，又跳又闹地连声叫："喳喳喳喳喳！你修新房吗？咒你天阴通风漏雨，天晴透光漏太阳，叫你住不成，只有'拆'了！"因为它生气了。本来嘛，人家乌鸦好心好意地来跟你说好话，还拿枪打，谁不生气呢？

这家主人像是疯了，一看喜鹊来了，高兴得不得了，他听见喜鹊叫的是"财财财财财"。就向老婆喊："喜鹊送'财'来了，快点把上梁馍馍和刀头肉拿来，好好招待它。"

一家人拿了很多好东西来，放到对门树下让喜鹊吃。

乌鸦看喜鹊带回了那么多好吃的，就问："你向他们说的什么呀？这么照顾你，告诉我，我也好学上几句。"

喜鹊说："我叫他们'拆拆拆拆拆'，修的烂房子，该倒霉，总有一天要'拆'。"

"你这不是骂人吗？"

"是他们该挨骂。"

羌族民间故事

乌鸦说："你骂了人还讨巧呀？"

喜鹊说："有什么办法，那些人什么都不懂，傻着呢。"

从此，乌鸦知道自己不讨人喜欢，就不再说好话，见了谁都说："娃！娃！"它成天都在骂人出气，别人自然不会给它东西吃，它只好去偷，见人拿枪出来，就逃。

人们怕乌鸦来偷吃，就扎了很多稻草人来吓它。

老熊和兔子

有一天，天气很冷，老熊一大早就出去找吃的，但是倒霉得很，什么也没有找到，弄得它一点精神都没有了。走到一条河边，它决定沿着河边碰碰运气。

兔子正在这条河上钓鱼，不一会就钓到一条，正在大嚼大吃，老熊慢吞吞地走过来，问兔子："吃的啥？给我一点，我饿得很。"兔子不理它，自个儿吃它的。老熊一把夺过去："好吃！好吃！"然后又眯着眼睛问兔子，"你是怎样钓的？能教我吗？"

兔子到手的食物被它抢去了，很气愤，就说："我是用尾巴钓的，昨晚一夜到今天才钓到一条鱼，却被你抢去了，可惜我的尾巴太短了，钓不到大鱼。大哥，你的尾巴比我的长，若是用它钓鱼的话，保证比我钓的大，钓得多。"

老熊听说自己也能钓鱼，顿时高兴起来，它想马上学，就要拜兔子为师。兔子说："大哥要拜我为师，就要听我的，我叫你把尾巴提起来，你才提起来，没有叫你提，你就不要提，不然就钓不到鱼。"老熊"嗯"了一声答应了。

老熊把尾巴伸到河里，兔子在岸上陪伴它。接近半夜的时候，老熊觉得很冷，尾巴就像没有在自己身上了一样，就问兔子："能不能提起来了？"

兔子说："大哥别忙，刚才我看见许多大鱼围在你尾巴周围，再过一会儿就可以了。"老熊听说有许多大鱼，又高兴起来，什么冷呀、痛呀全忘记了。

天亮的时候，兔子叫老熊把尾巴提起来，自己却跑了。老熊一提，提不起来，又一提，还是提不起来，原来它的尾巴和水凝成冰了，它用力一扯，"咔嚓"一声尾巴就给扯断了。

老熊没了尾巴，苍蝇、蚊子经常来叮它，弄得它心烦，但又无法赶走它们，眼看着其他伙伴都有尾巴，又羡慕又心焦，慢慢儿就瘦下去了。有一天，它又看到那只兔子，就喊兔子去找一截尾巴来给它接起。

兔子答应了，喊它去打两背柴。

老熊打了两背柴，兔子又喊它烧一堆火。

火烧起了，兔子叫老熊把屁股伸向火堆，说要火焊。

老熊老老实实地听兔子指挥，屁股被烧痛了，"哎哟哎哟"直叫唤。兔子说："大哥，你不要怕痛，再忍一下，一会儿就焊起了。"

老熊又忍了一阵，实在受不住了，掉头一看，啊，屁股烧焦了！兔子却在一边嘻嘻直笑！老熊发觉自己上当了，顿时兽性大发，猛地向兔子扑去，兔子"笃笃笃"地就开跑，老熊紧追不舍，兔子没命地逃。

跑着跑着，兔子实在跑不脱了，正在为难之际，突然看到一棵大树，它赶紧跑过去用手撑起，对老熊喊："熊大哥，快跑！树子要倒了，是我把它撑起在！"

老熊正要追拢兔子，一看大吃一惊，赶紧向后退，并对兔子喊："沉住气，等我躲躲！"说着就跑得远远的。

兔子见老熊躲开，"笃笃笃"地又开跑。老熊见又上当了，气得边追边骂："你这个兔崽子，看我不把你踩死！"

兔子跑了一阵又跑不动了，这时候它看到一堵墙，过去用手把墙撑起，对老熊大声喊："熊大哥，快躲开，这堵墙要垮了，是我把它撑起的！快跑！这回不是哄你的！"

老熊眼看就要撵到兔子了，听兔子这样一喊，赶紧停下来，看了一眼，真是一堵朽墙，赶紧躲开，又跑得远远的。

　　兔子见老熊又躲开了，就又"笃笃笃"地跑起来，老熊一看，气得个不得了，发誓要逮到兔子。

　　它们跑啊跑，不觉得就跑到悬崖上，没路了。老熊撵拢，一个猛扑向兔子按过去，兔子把身子一闪，老熊一跟头就栽到悬崖底下摔死了。

狐狸给锦鸡拜年

在一个严寒的冬天，山野盖满了大雪，大地一片白茫茫，野兽都藏入洞中过冬。有只贪婪狡猾的狐狸，平时没有储存过冬的食物，这时藏在土洞中，肚子饿得咕咕叫，实在忍耐不住了，不得不冒着风雪窜出土洞，想去找点吃的。

狐狸走进树林，抬头看见一群锦鸡，站在一棵高大的皂角树上，抖开五彩的翅膀，在枝头上跳新年锅庄。狐狸想吃锦鸡肉，站在树下，口水直往肚里流。它埋头想了一想，打了一个坏主意，便转回洞中去了。

狐狸回到土洞里，包上头帕，拿了一个提兜，在雪地里背了一些雪，用爪子捏了十个鸡蛋大的雪团，装在提兜里，一拐一拐地走进了树林。狐狸走到皂角树下，娇声娇气地说道："阿巴恰兹①，我给你们拜年来了！"说完就行了个礼，接着又说："昨天我在草丛中拣到了十个蛋，今天给你们送来，作为拜年的礼物。这些蛋你们拿去，开春孵成鸡宝宝多好啊！"

锦鸡婆婆和大嫂听了狐狸的话，信以为真，要飞下树去接狐狸的礼物，锦鸡爷爷忙说："不忙，等一下吧。"锦鸡爷爷站在树桠枝上往下看，看见狐狸提兜内的蛋雪白滚圆，心想，蛋哪有那样白，那样圆的？犯了疑，便说

---

①阿巴恰兹：羌语，锦鸡。

道："日郭①嫂子，谢谢你的好意，请你拿起一个蛋来看看，是我们族中的还是别个鸟生的？"狐狸怕露马脚，缩手缩脚地拿了一个雪团，雪团碰到热气，表面溶化了，啪的一下滑到地上，打得稀烂。狐狸一看露馅了，装出一副哭脸，骂道："这是哪个没天良的，用雪团来捉弄老娘！"边说边溜跑了。

狐狸上气不接下气地跑回土洞，又气又饿，一眼看见屋角的酒坛，想喝点酒暖和一下身子。它打开酒坛一看，真倒霉，一滴酒都没有。狐狸闷着头想了一会儿，猛地站了起来，抱起空酒坛子，走出土洞，又溜进树林去了。

狐狸走到皂角树下，娇声娇气地说："阿巴恰兹，对不起呀！刚才谁用假蛋作弄我，使我也骗了你们，现在我把才出窖的一坛青稞酒抱来了，作为拜年的薄礼吧！请你们全家下来喝酒，我们一起跳跳新年锅庄吧。"

树上的大小锦鸡们，听了狐狸的花言巧语，都信以为真，争着要飞下地来喝酒、跳锅庄。锦鸡爷爷知道狐狸不怀好意，便高声说道："不忙，等一等，日郭嫂子，我看你的酒可能做酸了，请你打开坛子盖，让我闻一闻。"狐狸怕露马脚，就把酒坛子抱起来，高高举过头顶，不敢揭开盖子，撒谎说："很甜很甜的，刚出窖我就尝过了，不信你们下来尝一尝嘛！"殊不知狐狸的前爪已冻僵了，只顾说话，爪一松，"扑通"一声坛子滑到地下，打得稀烂，哪有一滴酒呢？！狐狸又哭丧着脸，骂道："哎呀！谁个捣鬼把我的酒偷吃了！"赶紧拔腿溜跑了。

狐狸溜回土洞，又累又饿，实在难受，左思右想无计可施，吃不成锦鸡肉，去向锦鸡讨点其他食物也好，过了大年初一再想法。狐狸又打起精神，向树林走去。

狐狸走到皂角树下，哭哭啼啼，唉声叹气地望着树上说："阿巴恰兹，新年大节的，不知哪个没良心的家伙用雪团捉弄我，又偷走了我家新年节日的吃喝，偷得精光，怎么过日子呀！"说着呜呜地哭了起来。

锦鸡爷爷知道狐狸狡猾，就问狐狸："你家中失掉了些啥东西？你说

①日郭：羌语，狐狸。

羌族民间故事

说，我好去帮你清查追回。"

狐狸说："啊，有酒，刚出窖的青稞酒；有獐子肉、岩羊肉，还有牦牛肉、锦鸡肉……"狐狸一下说出了锦鸡肉，知道说走了嘴，马上改口说："啊，不是，是野鸡肉。"锦鸡爷爷听出了狐狸的狡诈，心想，这残害别人的家伙，一定要给它点教训，就说："日郭嫂子，你现在准备怎么办呢？"狐狸马上说："只好求求你老，把你家的节日吃喝给点，我勉强填填肚子吧！"

锦鸡爷爷摘了一大把皂角刺，对狐狸说："你张开嘴，我给你一点新年吃喝。"狐狸高兴地道了谢，张开大嘴等着。锦鸡爷爷说："接着吧！这是獐子肉、岩羊肉、牦牛肉，还有锦鸡肉，吃呀！"说完将大把皂角刺往狐狸嘴里使劲一丢。东西一到嘴里，饿坏了的狐狸用力一嚼，皂角刺扎进了狐狸的喉舌中，痛得狐狸一声惨叫，没命地逃跑了。

爱夸海口的青蛙

　　山上一个小水凼里，住着青蛙妈妈和她的女儿小青蛙。有一天，小青蛙对妈妈说："外面是啥子样子，我一点点都不知道，我想出去见见世面。"

　　青蛙妈妈说："瓜娃子，水凼这么大，就是世面了，你还要去见啥子世面！"

　　"阿妈，我还是想去看看，外面到底是个啥子样子！"

　　"还会有啥子别的样子，还不是水嘛，水里头有些小虫虫嘛，水边生些青草嘛，哪里会有啥子新鲜东西呢！"

　　有一天，小青蛙背着妈妈悄悄来到草地上玩，正巧遇到一只老熊。小青蛙见了非常害怕，赶忙跑回家去问妈妈："阿妈、阿妈，你快去看一下嘛，那边过来一个黑乎乎的东西，像座山那么高大！"

　　"乱说些什么，世界上我最大了，哪还会有像山一样高大的东西？"青蛙妈妈夸口地说。

　　小青蛙说："当真的，怕是要比你大几百倍、几千倍哩！"

　　青蛙妈妈摇摇头，怀疑地说："肯定是你看错了！走，同我一道去看看！"

　　小青蛙领着妈妈来到老熊面前。青蛙妈妈一看就吓惨了，浑身发抖地

说："啊，这是啥子？当真比我大几百倍、几千倍呢！"嘴上在说，脸上一阵阵发烧。

从此，青蛙妈妈再也不敢夸耀自己是世界上最大的动物了。

两兄弟敬塔子

从前有弟兄俩，哥哥娶亲以后，嫂嫂不待见弟弟，经常刻薄他。

有一天，嫂嫂对她的男人说："我们和弟弟在一起，很不方便，和他分家算了！"

男人答应了。他们就把弟弟叫来，把分家的事给弟弟一说，弟弟也同意，他们就给弟弟分了间破房屋的和一座塔子①，其他就什么东西也没有分给他了。

弟弟心地善良，每天吃早饭之前，就用瓢瓢装着柏枝到山上去敬塔子。有一天，他敬了塔子以后就把瓢瓢忘在那里了。第二天去找的时候，瓢瓢不见了，只在塔手边有一个足印，他就顺着足印去找。走啊走，走进深山沟，他看见一个很大的岩洞，那只足印就在洞门口不见了。

这时，天黑下来了，他就到洞中去过夜，一进洞，就看见里面有很多人的尸体，他也不怕，在尸体中间躺倒就睡。过了一阵，洞外飞沙走石的，突然走进来一个又胖又大的恶鬼。它一进来就说，"我饿啰！"顺手拿起一个罗锅说："我要酒肉！"罗锅里头一下子就酒也有了、肉也有了。它大吃大嚼了一顿就睡了。

---

①塔子：用石头砌成的一座矮塔，上搁白石，象征羌民信奉的山神菩萨。

羌族民间故事

弟弟趁它睡得香，悄悄爬起来，提起罗锅就走。从此，他要啥有啥，日子很快就富起来。

嫂嫂晓得了，喊她男人去问。一到弟弟家，弟弟就大大方方地招待了他一顿。

哥哥说："兄弟，你是咋个发财的？"

弟弟就老老实实地给他说了。

哥哥回去给女人一说，女人就喊他也去敬塔子。

第二天，哥哥就照弟弟说的一样去敬塔子，他故意把瓢瓢丢在那，第二天又去找。

也和弟弟说的一样，塔子边有个足印，瓢瓢不见了。他就顺着足印走，走到那个岩洞口，他也睡在尸体当中，哪晓得恶鬼一进洞，抓起哥哥就说："你把我的锅儿偷了！"说完，一下子把哥哥撕来吃了。

若摆求婚

很早很早以前，羌民住在窝儿麻比格①，这里富饶美丽，十分平坦，坝子很大，天地都连成了一根线。这里长出的树木粗细高矮一样，人的个头一样高，连手指头都一样齐。就是那些有小山的地方，山头也一样高，这里的人们和睦相处，过着平静的日子。

村子就建在坝子中间，村里住着老两口，养着一个如花似玉的小姑娘。因为长得很美丽，既聪明又能干，村里的人都叫她兰巴姐②。日子一天天、一年年过去了，兰巴姐也长大了，更美丽、迷人了。美貌的姑娘逗得村里的小伙子如痴如醉，托媒人送礼，门槛都踢断了，可是兰巴姐始终没找到一个称心如意的小伙子做女婿。

阿达③生气了："东挑西选，准会选个漏油灯盏。"姑娘不吭气。

阿妈责备女儿了："你究竟看上了谁，阿妈都依你，村里那么多小伙子中间，你就不能选一个称心的吗？""我舍不得阿达阿妈。"姑娘羞涩地小声说。

反正迟早会送出去，姑娘的怪脾气使媒人不愿登门。慈祥的阿达阿妈也

①窝儿麻比格：羌语，没有高山的坝子。
②兰巴：羌语，花；兰巴姐，即花姐。
③阿达：羌语，父亲。

不催女儿了。

一天，老两口下田去了，姑娘忙着给阿达阿妈烧火煮饭，她刚把锅放在火圈上，突然，从柜子脚下跳出一个若摆①，它两个眼睛爆在头两侧，像两颗没有光泽的黑豆子，看上去，简直像一堆牛粪。兰巴姐讨厌极了："你这个屎若摆，邋遢得使人发呕，快滚出去。"姑娘边骂边抽出一根丫丫柴，连赶带打，可是怎么也打不着，若摆东跳西蹿，一下跳到案板上去，姑娘拿小若摆没办法，抓起菜刀就要砍。突然，若摆说了话："聪明、漂亮的姑娘，我是向你求婚的，你可千万不要砍我。""哼，癞格宝想吃天鹅肉，你这个不吉利的东西，还不快滚！"姑娘生气了，若摆也瞪着眼，张着撮箕大嘴，像打雷似地叫起来："姑娘，我是向你求婚的，你愿嫁给我吗？""不，不能嫁给你。""那么，我就要笑。""随你的便。"姑娘想小小若摆能逞什么能。这时，若摆两支前爪抓住案板架，一阵大笑，整个房子抖动起来，又是一阵大笑，石墙裂开了。姑娘被吓晕了，赶快说："让我想想，让我想想。""那好，我不笑了。"说也怪，笑声一停，房子又恢复了先前的样子。"想好了吗？"若摆问。

姑娘见房子变好了，又觉得若摆仅仅在吓唬她，心里实在讨厌，人怎么能嫁给这样一个不伦不类的东西呢？"我不能嫁给你，再不滚我要砍死你。"姑娘刚抓起刀，若摆又说话了："你再不答应，我就要哭。"撮箕大嘴一张，若摆真的哭了，天上下雨了，水全部从天窗上倒下来，屋子装满了水，眼看房子就要倒了。水要淹到姑娘的颈项了，这一下骇得姑娘连喊救命。"你嫁不嫁给我？""求求你，我，我……嫁，嫁给你。""那就不准后悔。""好……吧。"姑娘有气无力地说。

水退了，房子变新了，结婚的用品摆设好了。村里的人说兰巴姐要和若摆结婚，都跑去看稀奇。阿达阿妈也没办法，嫁鸡随鸡、嫁狗随狗，眼看这么好的姑娘嫁给一个丑八怪，也只有唉声叹气地办完了婚事。

---

①若摆：羌语，癞格宝，又叫蟾蜍。

和若摆睡在床上，姑娘又害怕又气，姑娘越想越不是滋味。一天，她终于一横心，想杀死若摆，她把磨得锋快的剪刀藏在床上的毡子下，睡觉的时候，趁若摆不注意，握住剪刀一下向若摆肚子上戳去，谁知若摆没被戳死，只是皮皮弄破了，一下子若摆不见了，一个高大、俊美的小伙子站在床前。姑娘正在惊异之际，小伙子说话了："姑娘，你杀我，我倒要感谢你呢，你帮我剥去了这层皮，还了我本来面目。"于是，小伙子给兰巴姐讲述了自己的遭遇。

原来，小伙子是天王木比塔手下专门巡视人间的武士，有一次，因为贪睡误了时辰，天王大怒之下，把小伙子变成了若摆，贬下人间，每年五月初五才准他返回天上一次，兰巴姐十分同情他。这以后，他俩才真正结成夫妇。

若摆变成了人，人们见他俩是天生的一对，日子也过得不错，十分敬慕。可是，那张令人讨厌的若摆皮总是姑娘的一块心病，一次，她趁小伙子不在家，悄悄地烧了它。轻烟飘到天上，天王一闻，发现小伙子和凡间姑娘结了婚，十分恼怒。于是派出武士到窝儿麻比格，还命令武士把这地方变成了高山，从此，这里的树、山再也不一样齐了，人的高矮也不一样了，指头也长短不齐了。虽然若摆变成了凡人，和兰巴姐住在高山上，可他俩的日子仍然过得幸福、美满。

羌族民间故事

余尼格布

余尼格布①出生在以打猎为生的羌民家里，他还在娘肚子里的时候，父亲到山外打猎，被那里的日木基②打死了。日木基势力大，他们孤儿寡母，不敢报仇，只好忍气吞声。说也奇怪，余尼格布生下来不到半岁，就与其他小儿不同，他吃一斗，屙五升③。后来，他的母亲养不起了，只好把他引到荒山上，祝告天地后，就把他甩了。

过了几年，余尼格布的母亲上山来，看到很多各色各样的野物毛堆得像小山一样。她正在看时，走来一个身材魁梧的年轻人，肩上扛着一棵大树，手提一只野物。她忙躲进毛堆里。那个年轻人走到毛堆旁，两手把大树撇断撕烂，架起柴堆，引火烧燃，然后把野物架在上面，烤熟后，就狼吞虎咽地吃了起来。

等他吃完野物，才发现毛堆旁边有一个吊麻线用的提兜，拿过来一看，是他妈妈的，他就伤伤心心地说："这提兜很像我妈的，不晓得她还在不在啊！"母亲一听到是他儿的声音，就跑出来，娘儿俩抱头痛哭一场，一起回家。

----

①余尼格布：羌语，美丽的鸡毛之意。
②日木基：羌语，皇帝之意。
③吃一斗，屙五升：形容很吃得。

自从余尼格布回家以后，家里的事几乎全靠他做，日子过得也很好。有天，余尼格布问母亲，他的父亲到哪儿去了，母亲哭着说："儿呀，你父亲被山那边可恶的日木基打死了。"余尼格布一听，马上要去为父亲报仇，母亲又说："日木基人多势大，只有你的舅舅帮助你才行呀！"余尼格布又问："舅舅在哪里？我去找他。"母亲说："你舅舅在山上，他最爱打枪放狗。明天，你去南山安一批索子①，把他赶来的野物和他的狗套住，才能和他见面。"

第二天，余尼格布到南山安了一批索子，不到中午，果然狗赶来一些野物，套在他安的索子上，狗也套着了，随后，来了一个人，他看见狗和野物都套着了，就大声说："哪个这样大胆，敢套我的东西！"余尼格布马上出来，跪在他面前说："舅舅，我是你的外甥，我妈叫我来会你，请你帮助我，我要为父亲报仇。"舅舅说："可怜的孩子，天机不可泄露。我给你一把木刀，回去把你母亲织的麻布砍成九截。麻布砍成九截后，你就可以去找日木基报仇了。"

余尼格布回家，把母亲织的麻布拿来用木刀砍，砍了很久，木刀缺了，母亲说："这个不行，你明天再到山上去，你舅舅还在那里。"

第二天他到南山上去，果然又见到舅舅。这次又给他一把铁刀，余尼格布回来又去砍麻布，又砍了很久，刀又卷口了，还是没有把麻布砍断。母亲又叫他第三次去求舅舅，他又爬到山上去，舅舅见余尼格布很有决心，就把自己身上带的宝刀交给他，并对他说："光有力气不行，还要用智慧。你回去后，在九月初九那天，把羊子杀一根，盖在自己身上，到你父亲被杀害的地方等着，有只老鸹来叼肉，你就把它逮住，叫它去给日木基报信。"

九月初九那天，余尼格布照样办了，果然，早上飞来一只老鸹，"呱呱呱"地在树上直叫唤，叫了一阵后就飞下来吃羊肉，余尼格布一翻身，伸手就把它逮住了。老鸹说："余尼格布，你放了我，我这就去给你报信。"老

---

①索子：用来套野物的麻绳，现在也有用钢丝的。

鸹飞到日木基家门口的树上，"呱呱呱"地怪声怪叫。日木基跑出来一看，见一只老鸹在叫，就叫手下人用箭射它，老鸹说："日木基，你先别射我，你不是要斩草除根吗？余尼格布死在水井旁了，你去看看。"日木基一听，不大相信，说："余尼格布死了，有什么见证。"老鸹就把羊肠子拿来给他看，日木基相信了。他想这下对了，他两爷子都死了，没有后患了，就马上叫他的两个弟弟和他一起去看。

日木基穿一身白衣服，骑白马，老二穿一身黑衣服，骑黑马，老三穿一身红衣服，骑红马，他们就一起去了。

这只老鸹先飞去告诉了余尼格布，叫他准备好。余尼格布就埋伏在路口，日木基刚一走到路口，就被余尼格布把头砍落了，扯转来一刀，把老二砍下山去，老三还没有回过神来，又被他一刀砍成两截。

余尼格布把日木基的东西分给穷人，他也成了羌民的领袖。

聪明的三女儿

很早很早以前，有老两口，家里很有钱，他们有三个女儿都嫁出去了。

有一年，老头儿的生日拢了，他叫三个女婿来给他做生。女婿们来到他家时，他叫三个女婿各作一首诗，大女婿随口说："十五的月亮圆又圆，过了十五缺半边。"二女婿接着说："一个饼子圆又圆，啃了一口缺半边。"三女婿最后说："我两口子圆又圆，死了一个缺半边。"他听了三个女婿作的诗，认为大女婿和二女婿作的诗都使他满意，只有三女婿作的诗太不吉利，使人很不安逸。

从这以后，每年到他生日那天，当女婿们来到他门前时，他总是说："大女婿大门上请进，二女婿大门上请进，三女婿后门上去砍柴。"三女儿见此情景，觉得爹对自己的男人太不公平了，就同男人回去了。

回到家里，她把碓窝找出来烧红，就叫男人去请她父亲来吃饭，父亲来了，看见她连火都没有烧，正要发气。她却不慌不忙地把冷水潲进碓窝，碓窝里马上热气冲天。父亲见了很惊奇，硬要用金子来换她的碓窝，她却一本正经地装作不肯，父亲叫人担了很多金子来，才把碓窝换了回去。

第二天一早，天上下着大雪，她叫男人披了一件单衣在卖肉的街上跑，一直跑得满头大汗，就坐在街檐上歇气。正在这时，老丈人到这里来买肉，看见三女婿这么冷的天气光披着一件单衣，还满头大汗，就问他是咋个回

事？他说："我穿的是宝衣。"老丈人以为是真的，硬要用金子来换，三女婿就把单衣换给了他，当天晚上，天还在下雪，老丈人叫老丈母披起单衣坐在大门口，第二天早上去看时，老婆子不晓得都冷死好久了。他把老婆埋了，又到街上去转，东转西转。这时，他看见三女儿在街上耍一匹马，地上铺着一床毯子，在那里说她的马会屙金子。其实，她早就在马屁股里塞了一些金子，只见她在马背上一拍，马屁股里真屙出了金子。父亲觉得奇怪，硬要用金子来换这匹马，三女儿就把马换给了他。他把马牵了回去，在马背上抽了很多下，也没有屙出金子，他才晓得上了三女儿的当。

贪心的药佚子

出茂州城北门，临江有一块刀劈斧砍的崖子叫察尔崖。崖背上长满了青杠树，崖壁却是光溜溜的寸草不生。在崖壁中央，有几条赤黄相间的巨大纹路，从上向下弯弯曲曲地显现着，人们都说那是当年岐山菩萨蹚垮岐山崖的时候，从岷江中飞出来的几条龙变的，难怪这地方很有些灵异哩！

有一天，这里来了个采草药的药佚子，他爬上察尔崖，一头就钻进了青杠林子。这里的药材真多啊！当归、贝母、绵芪，简直遍地都是！他挖呀、采呀，整整干了一天，累得眼睛都花了，手都麻了。天黑的时候，药佚子把药往临时住的岩窝旮旯里一放，倒头就睡着了。

第二天，药佚子一觉醒来，正想用铜锅儿做早饭，突然觉得它比原先光亮多了。他还以为自己没有睡醒，眼睛看花了呢，揉几下再看，还是亮闪闪的。又一提，呀，好沉！再用牙齿一咬，呀，原来铜锅儿变成金锅儿了！药佚子高兴得咧开嘴笑起来，药都不要了，提起锅儿就往崖下走。

半路上，药佚子掏出烟杆来烧兰花烟，看着铜烟杆愣起神来。他想：铜锅儿咋个会变成金锅儿了呢？真神啊！药佚子左思右想，总是闹不明白。后来，他终于想起来了，昨夜趁着月亮，在岷江边用青杠叶子揩锅儿的时候，青杠叶子像是亮闪闪的。

"咦，该不就是那些青杠叶子吧？"

107

药佚子心里这样想，于是就决定转回去再试一试。他把在江边用剩的青杠叶子，仔仔细细地揩了几遍铜烟杆。天又黑了，他又在那个临时过夜的岩窝住下来。这天夜里，他怎么也睡不着，手里捏着铜烟杆，两只眼睛睁得大大的，果然，半夜过后，铜烟杆越来越亮了，当真变成了金烟杆。

"咦！真是我的运气来了哩。"

药佚子欢喜得眼泪都流出来了，他决心要独占这棵宝树，把它砍回去自己一家人慢慢用。天才麻麻亮，他就找到那棵青杠树，用刀在树上砍了几个印子，打上记号，然后才欢天喜地提着金锅儿，带着金烟杆回家去。

一到家，他就叫老婆、儿子都带上斧头去砍树。老婆惊奇地说："你不挖药呀？"药佚子说："我们要发财啦，我找到一棵会变金子的青杠树，一个人砍不动，你们都去，把它砍回来，这一辈子就该享福啦！"

药佚子兴冲冲地带着老婆、儿子爬上寮尔崖，怪呀，崖上所有的青杠树都有他砍过的印子。药佚子在树林里到处找呀找呀，却咋个也找不到原来的那棵树子，而且，满山遍地的那些当归、贝母、羌活也不见了，尽是些乱蓬蓬的野草。老婆奚落他，儿子抱怨他，但药佚子一想：这有啥呀，宝树不见了，金锅儿和金烟杆总还在嘛，想到这里，他顺手把烟杆摸出来一看，呀！哪里是什么金烟杆啊，还是他原来的那根铜烟杆。

药佚子心一慌，丢下老婆、儿子就往家里跑，一路上爬坡上坎，跌跌碰碰到半夜才摸拢屋。一进门气也不歇一歇，水也不喝一口，就去看他的锅儿，提出来一看，呀！这哪里是他的金锅儿，还不是原先的那口铜锅儿吗？而且还生满了绿黑绿黑的铜锈，就像几十年都没有用过的一样。

药佚子气得像瘫痪样地倒在地上。

天快亮的时候，老婆，儿子回来了，看见他那个样子，老婆忍不住说："好处没得到，药也挖不到了，哪个叫你这样贪心呀！"

两兄弟的故事

　　从前，有一家人家，家里有妈妈和两个儿子。哥哥好吃懒做，对妈妈不好，他看上一户有钱人家的女儿，就去做上门女婿去了。

　　妈妈和弟弟两人生活很苦，住的是破旧房子，穿的是破烂衣裳。妈妈年纪大，已经不能劳动，家里就全靠弟弟上山去挖金子来生活。但是，挖到的金子很少，不够两娘母的生活开支，所以，弟弟既要挖金，还要砍柴卖。

　　有一天，弟弟又没有挖到金子，就想砍一捆柴卖了去买点粮食。他看到山上有一棵又大又干的老树子，正准备去砍，突然，一只老鹰飞到他的面前说："砍柴哥哥，请你不要砍这棵树！你若需要钱，明天早上我带你去取金子。"弟弟答应了。老鹰又说："你回去准备一只五寸长的口袋，明天来这里等我，我就带你去取金子。"

　　第二天早上，弟弟准备好口袋来到约定的地方，老鹰当真在那里等他。老鹰说："你骑到我的背上，我背你去。不过你千万要记住，一定要在太阳出来以前离开那里，不然，你就会被烧死的。"弟弟点头答应。老鹰背他飞起，飞过了一座座高山，终于来到了一个山清水秀的地方。老鹰放下他后说："你从这里上山，我在这里等你，记住装满小口袋后快些下来。"

　　弟弟按老鹰指的方向爬到山顶后，发现这里到处都是金光闪闪的金子。他赶紧装满一小口袋，就跑下山来，骑到老鹰背上飞回来了。从此，他们母

羌族民间故事

子的生活就开始富裕起来。

哥哥听到这个消息，赶紧跑回家来看，追问弟弟是咋个富起来的。弟弟很老实，就一五一十地给哥哥说了。哥哥听了高兴得不得了。第二天，他也照着弟弟说的样子，找到那棵大树，举起柴刀就砍。忽然那只老鹰飞来对他说道："砍柴哥哥，请你不要砍，你若没得钱用，我带你去取金子。"哥哥听了，赶紧答应："好嘛。"老鹰告诉哥哥："你回去准备一只五寸长的口袋，明天早上我在这里等你。"

哥哥回家后，高兴得觉都睡不着。他想：这下该我发大财了，弟弟用五寸长的口袋就捡了那么多金子，这回我带只一尺五寸长的口袋，再多装些回来。当晚，他就把一切准备好。第二天天不亮，就上山去，等了好半天，老鹰才来。然后，老鹰带着他向那座金山飞去，飞过一座又一座高山，终于飞到了金山脚下。老鹰放下哥哥说："你从这里上山，我在这里等你。你装满口袋就赶紧转来，不然的话，太阳一出来，会把你烧死的。"哥哥答应了。他按老鹰指的方向到了山顶上，一看遍地都是金子，高兴得发狂，他拼命地把金子往口袋里塞，但是，他准备的口袋太大了，怎么塞都塞不满。

老鹰看到太阳快要出来了，着急得不行，就飞到山顶上，叫哥哥赶快下山。但这个时候的哥哥，想到的不是快下山，而是多装金子，他哪里听得进老鹰的话呢？老鹰没有办法，只好飞走了。当它飞过山梁回头看时，哥哥还在那里装金子。就在这个时候，太阳出来了，火辣辣的太阳照在金山上，哥哥一下子就被烧成灰了。

花仙女

很久以前，天上有个花仙女，长得非常漂亮，引得雷神爷爷想娶她。可是她不干。花仙女每天都要遍游四海山川，巡察百花的苦难。

一天，花仙女巡游到茂县松坪沟地，看到一片羊角花快要干死了，伤心极了，就去找雷神爷布雨。可是雷神爷爷却非要花仙嫁给他，才给那丛花儿下雨。花仙女怎么也不肯，就私自下凡去用凡间的水来救那片羊角花。

当她来到凡间，就看见一个穿羊皮褂子的小伙子吆着羊群，来到这片花跟前。小伙子背上背了一桶水，一点一点地给这些花树浇灌，浇完后又去背。

花仙女看到这个牧羊人也爱花，很是喜欢，就上去拦住他问："阿哥是哪里人啊？"

小伙子一看问他的是位美貌的姑娘，便回答："我就住在这里，给土司放羊子。阿姐住在哪里？"

花仙女答道："就在前边花丛府。"

小伙子又问："我咋个在这里经常放羊子，都没有看见过你嗬？"

花仙女笑着说："我在花丛府经常看见你，你叫啥子名字？"

小伙子回答说："我叫木格基。"

花仙女又问："你经常背水浇花吗？"

木格基说："这片羊角花开出来可好看了，今年天旱，花儿不开了，我

羌族民间故事

就背水来浇它，盼它重新开出美丽的花来。"

花仙女被他的话语感动了，就说："你到那么远的地方去背水，我想跟你去又太远了，我就在花那边的家里等着你吧。"

小伙子背水去了，花仙女来到花树丛中，找了片开阔地，一撒手，万朵花儿飘飞起来，一朵挨一朵地排起来，搭成了一栋房子的形状；转眼之间，就变成了一栋美丽的五彩缤纷的新房子。花仙女走进屋里，屋里就什么家具都有了。花仙女把水烧开，等木格基回来。

木格基背水回来了，花仙女走上前去说："阿哥，去喝口水吧，我来浇它们。"

花仙女把水一瓢一瓢地浇着花树，用嘴轻轻吹着仙风，那些花呀树呀被仙风一吹，水一滋润，花儿看着看着就开出来了，红的、白的、粉的，五颜六色，美丽极了。

小伙子高兴得和花仙女围着花儿跳起舞来，连声说；

"开了！开了！多好看呀！"

花仙女对木格基说："你不要给土司放羊子了，我们一起种花好吗？"

可是木格基却摇着头说："阿姐你不知道，我阿爸阿妈还不完的债，还得靠我还呢。"

花仙女说："我这里拿点金子给你，你就把债还完了。"

木格基把债还清以后，就来到花仙女这里。从此，两人过着无忧无虑的生活，整天培植着羊角花。

这事传到土司耳朵里，土司带着人一来，看到美丽的花仙女和漂亮的房子，就起了邪念，想要霸占这片花地和花仙女。木格基苦苦求情，土司不听，花仙女和他们讲理，土司却说："你这女子怕不知道我的厉害，这一片地方都是我的，连你也是我的。现在这一片羊角花归我，你和木格基马上跟我回去。"说罢就要管家等人动手抢花仙女。

花仙女笑着说："不用你们动手，我给你们一点好东西。"说罢手一指，那些羊角花儿就像冰雹似的打在土司和管家身上，把土司和管家等人打得头破血流，狼狈逃跑了。

花仙女对跪着的木格基说："起来吧，他们已经吓跑了。"

土司不服气，他认为花仙女是个妖怪，便上通天洞找雷神爷来降妖。雷神爷听了土司的话后，心里一动，忙找到天上的大神。大神听后，便命雷神去把花仙女绑回天上来。

雷神和土司来到花仙女的住处前说："大神有令叫你回去。如果不回，就地处死！"

土司一听这话，忙对雷神爷说："还是给我吧，不要处死她。"

宙神爷说："你把木格基绑回去，我自有处置。"

土司马上命管家等人把木格基绑上。花仙女紧紧把木格基挡在身后说："我们相亲相爱在一起养花，哪点犯着你们了？"

木格基对土司说："老爷，我们没犯你的王法啊。"

雷神不听这些，过来对花仙女说："上次叫你嫁给我，你不肯。这次如果再不肯，就叫你死。你竟敢嫁给一个凡人，现在跟我回天上去！"

花仙女对雷神爷说："不回去，我跟木格基一辈子。"

雷神爷一听，把木格基拉过来往山那边一摔说："我看你活！"

果然，雷神爷把木格基摔死了。花仙女哭着要奔过去，被雷神爷用捧锤挡住，厉声喝道："回去！不然我打死你！"

土司见这情景，就把羊角花打得稀烂。花仙女一气之下，使了一股风，把土司和管家等人吹到山那边岩石上摔死了，就又要奔到木格基那里去。雷神爷又挡住道："回不回去？"花仙女哭着说："不回去，死我也要和木格基一起死。"说罢，泪水像长线一样坠下来。

雷神爷说："你不嫁给我，也不回去，思恋凡间，好，处死！"说罢一锤打在花仙女头上。

木格基的灵魂见花仙女也死了，不由得大哭起来。哭着哭着，木格基就化成了一座高山，眼里流出来的一股泪水就变成了水沟里的水，这水一直流到花仙女身边。花仙女的灵魂见木格基的泪水流到身边，也化作一座高山，

羌族民间故事

挡住了木格基流来的泪水，把它汇聚在自己胸前，慢慢地形成了一座大水湖。从她的眼里也流出一股细细的清亮的泪水，顺着胸脯，直泻进湖里，和木格基的泪水融合在一起。

今天，如果我们进入到茂县的松坪沟里，就会看到这两座山和这两股泉水。特别是花仙女那股泉水经过的那丛羊角花林，花儿开得格外鲜艳。那山呀正像一位美丽的仙女，那股泉水更像长线似的从高岩上直泻下来，正是花仙女流不尽的泪水。

贪心的土司

　　从前，岷江上游住着两个农民，一个叫龙崩，一个叫曲保。龙崩采药，做事踏实；曲保打猎，成天爬山，打枪放狗安索子①。龙崩和曲保以物换物互相交易，两个人比亲兄弟还亲热。

　　有一天，龙崩要上山挖药，走的时候为防小偷，就把家里的三百两银子埋在后头的荒坡上，又特意在一节木棍上刻了七个号码②，意思是"此地无银三百两"，然后插在藏银子的地方。

　　龙崩走后的第二天，曲保从山上回来，路过龙崩房后的荒坡地，发现插着一节木棍，仔细一看，分明刻着"此地无银三百两"的标号。曲保想看看下面的秘密，就刨开泥土，果然有一个小花坛，揭开盖子就是满满一坛银子。这下可急坏了曲保，不捡回去吧，这里太不安全，难免被人偷走，捡回家去吧，又担心自己的好心被当成恶意。想了好久，还是决定先把银子拿回去等失主。为了声明自己不是偷银子的，就在一块木板上写了"曲保未偷银"几个字，然后也插在藏银子的地方。

　　半个月以后，龙崩挖药回来，发现银子不见了，在埋银子的地方多了一

──────────────

①安索子：即安装索套野兽。
②七个号码：羌族无文字，古时用木棍刻记号的试传递信息。

羌族民间故事

块写得有汉字的木板，可惜他一字不识，只好带着木板去官寨向土司告状，土司接过木板一看，见留言是曲保写的，就吩咐手下人把曲保来。好心的曲保首先遭了一顿毒打，然后才被提去受审。

土司问："你为啥要偷龙崩的三百两银子？"曲保回答说："不是我偷，只因我出于一片好心，担心银子被其他人拿起走，所以才拿回家的。"土司听他这样一说，赶紧命人去曲保家拿银子。

银子拿来了，白花花的银子晃得他两眼发花，他把肩膀一耸说："龙崩藏好银子粗心大意，蚀财应该，曲保见财起意，该打该罚，双方各有错处，三百两白银该归我，作我的辛苦费。"就这样，土司就把人家龙崩的三百两白银白吃了，这两个从小一起长大的好朋友也不再来往了。

放羊娃和毒药猫

　　以前，在石大关的大定，有个远近闻名的穆举人，他请了个放羊娃给他放羊。有天，放羊娃放羊回家时数羊子，发现少了一只。怎么办呢？回去穆举人肯定饶不了自己，因为穆举人的凶残是出了名的。想到这里，放羊娃伤心地边哭边找，最后在河坝的一座磨房头的大碾子上找到了那只掉了的羊，可是已经被吃得只剩下了一张血淋淋的羊皮了。放羊娃晓得遇上了毒药猫，他哭得更伤心了。

　　这时，一个他从来没有见过的女人出现了，她对放羊娃说："放羊娃不要哭，你的羊是被毒药猫吃了的，你哭也没用。穆举人那样坏，不拿给你吃饱，又不让你穿暖，吃他一只羊也是应该的！""可是，我回去咋个对他说嘛？穆举人每天都要亲自站在门口点数的呀！""不要紧！我来帮你。"说完，女人叫放羊娃找来一堆玉米麸麸①塞在羊皮里头，对着那张血淋淋的羊皮呵了口气，那张羊皮马上就站起来了，变成了一只活羊子。一晃，那女人就不见了，放羊娃这才把羊赶回去了。

———————————

①玉麦麸麸：即玉米去了籽的光棒子。

隔了不久，穆举人家办喜事，把那只羊拖来杀了，羊皮一剥开，里头尽是些玉麦麸麸。穆举人惊得目瞪口呆，但又不晓得是啥子原因，只有放羊娃才晓得是怎么回事。

长工智斗毒药猫

毒药猫这样厉害，是不是就没有人能治得了呢？据说还是有人治服过毒药猫的。

这件事也是发生在穆举人家里。有一年，穆举人的一个长工和他结了账，领了工钱回家，快走到石大关时，他忽然看见路边有堆玉麦秆秆。怪事！长工走惯了这一条路，连路上有好多块石头，他都记得清楚，天都快黑了，大路边哪来的玉麦堆呢？他晓得这个玉麦秆秆肯定是毒药猫变的，但是遇都遇上了，有啥子办法。他边走边盘算着对付的法子，当他刚一走拢玉麦秆秆时，就猛然取出早解下的裤腰带，一翻手就把玉麦秆秆牢牢拴住。怪呀，玉麦堆不见了，倒变成了一只羊子。他把羊子赶紧牵在手头，始终不要它超过自己。

回到家里，他把羊子牢牢地拴在床边上。到了天快天亮的时候，羊子开始说话了，说自己是只毒药猫，希望长工放了它，并保证以后不再出来扰害百姓了。长工不理睬它，毒药猫又求饶说："只要你放了我，随便你要啥子，我就给你变啥子！"长工要它自己说，毒药猫就先问长工要不要肉。长工说："不要！"因为他听老人说过，毒药猫手里变出来的肉都是人肉。毒药猫见长工不上它的圈套，就又问长工要不要兰花烟。长工还是说："不要！"因为他听老人说过，毒药猫手里变出来的兰花烟都是牛屎和马屎。毒

　　药猫见长工又没有上它的当，就又问长工要不要金子和银子。长工还是说："不要！"因为他听老人说过，毒药猫手里变出来的金子和银子都是山上的白石头和河坝里的鹅卵石。毒药猫见长工始终不上它的当，晓得今天遇上了对手，最后只好问长工要不要粮食。长工这才说了声："要！"因为他听老人说过，毒药猫手里头变出来的东西只有粮食才是真的，毒药猫啥子都变得过来，就是粮食它无论如何变不过。毒药猫叫长工准备好东西装粮食，长工这才放了它。

　　第二天半夜，长工的房背上传来了咚咚咚的脚步声。长工晓得是毒药猫给他拿粮食来了，他连忙打开房顶的小天窗，黄灿灿的玉米哗哗哗地从天窗上流下来，源源不断，一直到天亮都没流满。原来天窗直通下面的楼房，毒药猫晓得上了长工的当，但又怕长工再逮住收拾它，只好每天半夜都给长工送玉米来。从此，长工就一天一天地过上了好日子，再也不去给穆举人家里帮工了，周围一带也没有再闹毒药猫了。

方宝智斗"七妖魔"

很早的时候，茂州南面住着许多羌民，他们世世代代在那里勤劳耕作，繁衍生息，虽然日子很苦，但也还算安宁。又过了许多时候，茂州南路来了七个卖艺的流浪汉，他们互相称兄道弟，样子都很可怜。好客的羌民热情地款待了他们，再加上他们人人都会耍魔术、变戏法，很受羌民的欢迎。从此，这七个人便在茂州南路定居下来，靠卖艺过活。

这兄弟七人开头时倒还老实，可是过了一段时间后，他们看到羌民对人诚恳忠厚，便认为好欺，渐渐露出了凶恶面目。有时，他们变成豹子拦劫羌民的财物，有时，他们变成老鹰，偷食羌民的鸡子，有时，他们又变成人熊，调戏欺侮羌族妇女。羌民对他们七人又怕又恨，叫他们"七妖魔"，但对他们毫无办法，只好成群结伙地赶路、做活，每天趁天还未黑就早早关门上锁，大家都提心吊胆地过日子。

茂州南路的羌民中有兄弟二人，哥哥叫长宝，弟弟叫方宝。两兄弟看到七妖魔横行乡里，欺侮羌民，心中愤愤不平。他俩商议要想法除去这七个恶人，决定先由长宝到七妖魔那儿去偷经学艺，等搞清他们的情况后，再跟他们算账。

长宝在七妖魔那儿一住就是一年，可是，他除了给七妖魔当了一年奴隶，受了一年罪外，竟一无所得，因为每当七妖魔操演魔法时，就把长宝打

羌族民间故事

121

发到较远的地方去做活路，根本不让他沾边。

一天，方宝给哥哥送衣服，和哥哥摆龙门阵①到天黑。长宝看天色已晚，留方宝在那里住下。长宝是个有名的瞌睡虫，他一倒床就打起呼噜来了。方宝心中有事，怎么也睡不着。到了半夜，方宝突然听到院子里咕咚咕咚地响，方宝是羌民中出名的机灵鬼，他轻轻走到门口，从门缝往外一看，只见外面灯火通明，原来是七妖魔正在那里操演魔法。方宝把脸紧贴在门口，大气也不敢出，把七妖魔操演的魔法，从头到尾看了个仔细，又把他们变化时念的咒语牢牢记住。方宝看他们快收刀拣卦了，便赶紧摇醒长宝，把他刚才所看到的讲了，又说："我们快走吧，不要在这里耽误时光了。"长宝听了，穿上衣服，顾不得收拾东西，就与方宝摸夜路回家了。

长宝和方宝走出七妖魔家时，天黑得伸手不见五指，加上路又窄又陡，石头又多，两兄弟高一脚低一脚，一路上跌跌绊绊，走得慢极了。方宝心里着急，怕七妖魔发觉后追上来，便对长宝说："哥哥，这样走下去不行啊，天亮也走不到家，如果他们追上来，我们就跑不脱了。我刚才已经学到他们的魔法，我现在变成一匹白马，你骑上赶紧往家里跑，到家后，你千万不要忘记给马喂一桶冷水，喝了冷水，我才能变过来。"方宝说完，就地打了个滚，立刻变成了白马。长宝飞身上马，转眼之间就跑回了家。

到家后，天还未亮，长宝觉得很累，便昏头昏脑地把白马拴在马棚里，自己一头倒在床上睡着了，把兄弟的话忘得一干二净。方宝心里着急，可是已经变成白马了，有口难说人话，只好不停地在马棚里"得得"地踢着蹄子，但长宝已经睡死了，一点也听不到外面的响动。

天亮时，七妖魔发现长宝不在了，他们怀疑长宝兄弟偷看了他们操演的魔法后逃跑了，妖魔老大恶狠狠地说："火种小的时候不熄灭掉，会烧掉草堆，缺口小的时候不堵塞，会淹没土地，赶马的鞭子要长，砍树的斧子要快，我们得赶快除掉这两个小东西，不然，会成为我们的后患。"于是，他

---

①摆龙门阵：方言，闲谈、拉家常、讲故事。

们打扮成七个商人，赶着骡马，驮着货物，向长宝和方宝住的寨子走去。

长宝心地憨厚，记性也不好，他认不出这七个人就是七妖魔，反而热情地接待这批过路客。七妖魔一眼认出，拴在马棚里的那匹白马是方宝变的，也就明白方宝偷了他们的魔法。但他们看到白马没有喝水，变不过来，以为方宝还没把他们的本领全都学走。七妖魔便和长宝左一句右一句的摆龙门阵，最后，他们提出要用一百两银子买那匹白马。长宝的记性也太坏了，直到这时也还没清醒过来，他收下了一百两银子，让七妖魔把那匹白马牵走了。

七妖魔牵着白马，一路上得意扬扬，又说又笑，他们故意对白马议论着，如何把白马宰掉，如何割肉，如何剁细，如何把骨头磨成粉……方宝知道事情越来越糟，心里非常焦急。

七妖魔走到一座小桥边停下来，他们叫老幺牵着白马在桥边的石头上等着，其余的去支石头、埋锅、拾柴、生火造饭。方宝看到逃跑的机会来了，便趁那个小妖魔不注意时，一使劲挣脱了缰绳，一个猛跑来到河边，咕噜咕噜地喝起水来。七妖魔发现后，拔出刀子，急忙追了上来。方宝喝了冷水解了法，又变化自如了。他看到水中的鱼，灵机一动，变成一条小鱼，顺着河水向下游流去。七妖魔哪肯放过，他们变成七条大鱼追赶小鱼，眼看就要追上，方宝抬头看见天上飞过一只白鸽，便一跃跃出水面，变成一只白鸽飞去。七妖魔一看，就变成七只老鹰，紧紧追赶白鸽，眼看快要追上，方宝拼命地扇动翅膀，朝回龙山念佛洞飞去。

念佛洞里有个喇嘛正在念经，方宝飞进山洞，很快恢复人形，向喇嘛磕头求救："家有喜事找头人，身有灾难找上师，有好酒献给父母，有真话说给上师。我被七个妖魔追杀，现在走投无路，请师父搭救我吧！"

这个喇嘛是受羌民欢迎的龙树大师，他心肠慈悲，好帮助穷苦受难的羌民，他见方宝可怜，便叹口气说："求而不应是木头，应而不作是牲口，我本来是不管你们人间俗事的，可是看到你这可怜样子……那七个妖魔也太横行霸道了，好吧，你变个大念珠，钻到我手里的念珠串中来吧！"

方宝刚变成大佛珠，七妖魔就气势汹汹地撞了进来，大妖魔劈头对龙树

羌族民间故事

大师吼道："喂，刚才有一只白鸽飞进你的山洞，快把它交给我们！"龙树大师只是低着头，闭着双眼，手里不停地数着念珠，口里不停地念诵着经文，理也不理这七个人。大妖魔又吼道："老东西，少在那里装模作样，敬酒不吃吃罚酒，快把它交出来！不然……"七妖魔见龙树大师还是不理他们，便都摇身一变，变成七条红色蜈蚣，一齐往龙树身上爬去。方宝在上面看得清楚，他担心龙树大师为自己被毒虫所害，他便从念珠串上跳下来，变成一只大红公鸡，笃、笃、笃，一口气把七只蜈蚣虫都啄死了。

方宝看到死去的七只蜈蚣，再也变不过来了，便又恢复了人形，把这七只害人虫扫到洞外，埋在地下，上面还用一块大石头压着。方宝消灭了七妖魔，辞谢了龙树大师，就回家去了。

从那以后，茂州南路的羌民又过上了安宁的日子，他们都称赞方宝机智勇敢，为羌民除了祸害。后来，羌民还把回龙山念佛洞前那块压着七只死蜈蚣的大石头叫做"镇妖石"，使人们一看到它便会想起方宝斗七妖魔的故事。

葫芦里的魔鬼

有一个富人家的伙计每天早晨都要到河里去挑水。那天挑了一担，又挑第二担的时候，他看见河里漂来一个大葫芦。葫芦在河水里一浪一浪的漂着，里面好像有人在喊："救命哟，救命哟！"

葫芦一浪一浪的，眼看着就要飘远了，伙计赶紧去找了根长竹竿，好不容易才把葫芦拨到河边，捞了起来。

葫芦好像是个老古董，上面雕刻着些奇奇怪怪的花纹，葫芦口塞着一个银皮包着的精致的木头塞子。

伙计把葫芦摇一摇，轻飘飘的。他奇怪地问："噫，谁在喊救命？"

葫芦里一个声音说："我在葫芦里，你把塞子拔了，我就能出来了。"

伙计一想，不管是蝼是蚁，"救人一命胜造七级浮屠"，也没多想，就把塞子拔掉了。

一个拇指大小的小人儿慢慢钻出葫芦口，一蹦跳到地上。

小人一落地就开始长高长大，最后长成了一个无比大的巨人。巨人的面孔渐渐现出来了，原来是个青面獠牙的大妖怪。

伙计吓得撒腿就跑，却被妖怪轻轻一把抓在手里。

妖怪哈哈哈地大笑着，说："你跑什么？我要吃掉你。"那声音像打炸雷似的吓人。

伙计给捏在手心里，反而不害怕了，他大声问道："我好心好意把你救出来，你为什么还要吃我？"

"哈哈哈，"妖怪又是一阵大笑，"你这个傻瓜，我们妖怪吃人还要什么理由？要说理由，我也可以给你说上一千条：第一，你看见了我，我不能让你活着到处传言，所以我要吃掉你；第二，人本来就是妖怪吃的东西，所以我要吃掉你；第三，我在葫芦里饿了两千年，现在该吃东西了，所以我要吃掉你；第四，你既然救人就该救到底，所以应该让我吃掉你！你还想不想听更多的理由？"

这个担水的听他说出这么一大堆理由，现在才真的害怕了。他抖抖索索地说："你的理由固然多，但我们总应该再问问别人，听听别人的理由怎么说吧。"

妖怪大笑着说："没有人敢说个不字，你既然这么死心眼，我就让你去问，不过只能问三个人，我没工夫等太长的时间。"

他们就在路上等三个人。

看看有人来了，妖怪就先把自己的身子隐藏起来。

最先等来的是一个浓妆艳抹的女人，身上花枝招展，走起路来一摇一扭的。

挑水的赶紧拉住她问：

"大姐，我救了一个人，他倒要吃我，请你评评这个理，他该吃不该吃？"

女人说："哼，男人没一个好东西，昨晚我陪了一夜，今天一早就赶我走，还一文钱不给。你们这些男人都该让妖怪吃光才好！"

伙计可怜巴巴地说："大姐，你看我是那样的人吗？"

女人说："哼，谁知道呢？有些看起来人模人样的，骨子里比蛇还毒呢。"

女人说完，再也不理人，一摆一扭地走了。

路上又来了一个杀猪匠，穿一身油光光的衣裳，背一个油光光的背筐，里面放着各种各样的杀猪刀和翻猪肠子用的"挺杖"。

挑水的又拉住杀猪匠问：

"大哥，我救了一个人，他倒要吃我，请你评评这个理，他该吃不该吃？"

杀猪匠说："你救了一个人，他又要吃你？这是哪来的混帐东西，看我不给他一杀刀！"

妖怪听见杀猪匠的话不高兴了，在云里"哼"了一声，把自己的鬼脸向杀猪匠闪亮了一下。

杀猪匠贸然看见半天云里现了一张妖怪的脸，心里吓得"咚"地一跳，心想，见了鬼了，今天要是说错了话，只怕是走不了路。他赶紧把话又说回来：

"这个世上呢，也说不上什么该吃不该吃。就说我杀这个猪吧，它又犯什么错了，今天杀这个，明天杀那个，白刀子进，红刀子出的，我哪天不杀几个？不杀猪我又吃啥呢？所以呀，嘿嘿……"

说完，杀猪匠赶紧背上他的油背筐，一溜烟跑掉了。

"哈哈哈。"妖怪笑起来，"别白费心了，还是乖乖地让我吃了你吧。"

伙计说："别，别忙，还有一个人没问呢。"

他们又等了好久，一直没有人过路，妖怪还有耐心，这个挑水的看看没有了活路，已经浑身瘫软了。

这时候，主人家一个三岁的孩子来喊吃早饭，一蹦一跳地在路上跑。

这就是第三个人了。

挑水的知道孩子什么也不懂，自己看来没什么希望了，抱着头蹲在地上不出声。

那孩子看见他，就跑来问："老大哥，你怎么老半天还不回去？饭都凉了。"

挑水的说："你快走，我是回不去了，这里有个妖怪要吃我。"

孩子问："他为啥要吃你嘛？"

挑水的说："他在葫芦里，我救了他，他说我看见了他的原形，就要吃我。"

孩子说："这里没有妖怪要吃你，跟我回去吧。"

妖怪在云里"哼"了一声，又露出那张脸来，想把孩子吓住。谁知孩子向天上看了一眼，一点也不怕，小眼珠子转了一转，反而哈哈大笑起来：

"别信他，妖怪要吃人，什么理由没有呀，偏偏要说自己在葫芦里，这么小的葫芦能装得下它吗？别理他胡说八道，跟我回去吧。"妖怪说："哼，你不信？"

孩子想了想说："你能够再钻进葫芦里，我就信。"

妖怪又开始变小，当变成指拇大时，一跳，钻进葫芦里去了。

挑水人沮丧地说："看，你这下信了吧。"

那孩子却一下子抓起塞子，把葫芦塞上了。

伙计一惊："你怎么……啊……"他这才突然明白过来，不住地亲那孩子的脸。

妖怪在葫芦里急得又跳又闹，大致是骂这些人不讲信义，没有道德之类的话，孩子什么也不听，他捡了个尖石头，在葫芦上刻了张鬼脸，甩进河里去了。

花　棒

　　从前，在茂县北边一个偏僻的村寨里，住着贫困的母子俩，儿子叫香保，他对自己双目失明的母亲十分孝敬，大家都说他是孝子。这个寨子缺水，靠天吃饭，夏天接房檐水，或到很远的地方去背点浸水①，冬天就全靠揽雪来过活了。有一年，庄稼长得特别好，眼看秋后就有一个好收成。可是，正在七八月这段时间，老天爷太不留情，整天太阳暴晒。大家便推选香保带几个人到海子②边去震雨。

　　他们用硝、硫磺和木炭配成的火药，做成手雷形状，站在高处放响几炮，只见乌云滚滚而来，盖过了他们的头顶，一阵倾盆大雨把香保他们淋得落汤鸡似的，一个个赶紧把羊皮褂子翻过来穿起，好让雨水顺着羊毛尖流下。

　　一阵雷声，一阵闪电，香保抬头一看，只见左边天上的乌云中有一根菜花蛇，六七寸粗，一丈二尺长，在乌云中跳来跳去。香保吓得直叫伙伴们快看，可伙伴们什么也看不清，只觉得雨水往他们的脸上打。

　　过了一会儿，菜花蛇仿佛从天上降落下来，大雨同乌云慢慢消散了，只见红红的太阳悬挂在半空中。大伙还在拧身上的水，香保早已向菜花蛇落

①浸水：从地上或岩石边浸透出来的泉水。
②海子：高山湖泊。

下的地方跑去。走近后定睛一看，只见那一片青草分出了一条小路，他就顺着这条小路走下去。忽然，他看见路上有根一尺长的花棒，花棒像马鞭子一样，一截白，一截黄，一截黑，仿佛是别人才丢在这里似的，他拣起来一看，觉得很有趣，就把它塞进自己的怀里。

回家后，他把花棒放在自己的枕头边，想起了就拿出来看看玩玩。有一天，他觉得没趣，就撮了一碗胡豆放在床边的小桌子上，想起了就伸手到碗里抓几颗来嚼，借此解闷。当天晚上，他倒在床上玩花棒，忽然瞌睡来了，就顺手把花棒放在胡豆碗上，早上发现胡豆是满满的一碗。他记得昨天碗里只剩下几颗了，怎么的呢？他问妻子："桂花，昨夜里是你给我装了一碗胡豆吗？"他妻子说："我没有啊！"香保奇怪了。他想，妻子没有撮过，娃儿还小，花棒倒是放在碗上的……

第二天夜晚，他又依照头天晚上的方式摆好，迷迷糊糊地睡着了。过一会儿，他仿佛看见一条菜花蛇在他面前跳了几下，向他点了两下头说："孝子，我知道你不是个贪财鬼，你明天把我放在你的玉米柜子里，多变点玉米出来。今年天干，玉米收成不好，你就把多余的玉米分给别人。"等香保醒来，碗里又是一碗胡豆。他按梦中菜花蛇说的去办，果然变出了许多玉米。后来，他想，粮食解决了，可大伙用水还是难解决，于是就决定出去找水，看是不是能把海子里的水引到寨里来。

临走时，他把花棒放在堂屋的神龛上供起。

一年快过去了，腊月三十这天，家家户户开始打扫扬尘，准备祭灶。这天，香保妻子也正忙着打扫，看见神龛上有截棒子，上面落满了灰尘，她不知道谁放在这上面的，怕得罪了祖先，就把它丢在地上。娃儿看见了，就用一根绳子把棒拴起来，放在地上拖着玩。

香保回来了，拖着受伤的脚，一进门就去看花棒，发现花棒不在，就马上去问妻子："桂花，花棒放在什么地方去了？"桂花说："我不晓得呵！你放在什么地方的？"香保说，"我走时把它放在神龛上。"桂花赶忙说："哎呀！我把它丢了，娃儿又把它拣去耍了！"香保去追问娃儿，娃儿也不知道自己把花棒丢到哪里去了。香保无法找到，整天闷闷不乐。心想，水引不上寨子，又摔伤了脚，花棒也丢了，真是倒霉。

　　第二年八月的一天，下了一场瓢泼大雨，高山上冲下一股大水，水中一根大木头顺坡而下。下午，雨住了，木头走过的地方凿出一条大水沟来。香保觉得很怪，晚上睡着时，又梦见菜花蛇到他面前来说："你娃儿整天把我拖着，我全身都被拖痛了，就只好避回家去。今天，我趁下大雨，为你们寨开了一条沟，今后庄稼就不会再遭干旱了。"说完，朝香保点了点头就不见了。从此，这个寨子因为有了水沟，庄稼年年丰收，牛羊一年比一年多，家家户户再不用接雨水吃了。

玉花姑娘

很早以前，茂县县城四周山清水秀，土地肥沃，气候温和，盛产谷子。在这里定居的羌民，过着无忧无虑的生活。

那时候城边上住着一户姓坤的人家，家里只有阿妈和她的女儿。母女俩种着大片谷子地，白天耕耘，晚上织麻布，有吃不完的粮食，穿不完的衣裳。女儿叫玉花，长得聪明伶俐，她和城里的小伙子保明很要好。

玉花和保明从小在一起长大，小时候，他俩手拉着手，常去学大人们跳锅庄，一起上山砍柴，一起扯猪草。时间一年一年地过去，保明长到了十八岁，玉花也十六岁了。朴实憨厚的保明不再和玉花手拉手地有说有笑了，只是默默地为玉花打猪草、砍柴，还常到玉花家的地里去帮她除草、施肥。聪明能干的玉花姑娘，也不再和他嘻嘻哈哈的了，她总是细心地看着保明的一双大脚板。

一天，保明刚把玉花家地里的草除完，坐在田埂边上休息，玉花姑娘悄悄地来到保明的身边，从花围腰帕里拿出一双翘鼻子云云鞋，递给保明说："保明哥，试试这双鞋子吧。"说完，玉花深情地望着保明。保明双手捧着鞋子，睁着大大的眼睛，两片厚厚的嘴唇蠕动着，想说什么，却又把头低了下去。从此，他俩开始疏远了，但心却默默地联系在一起。

这一带有句俗话："十七十八不嫁女，过了二十没人娶。"玉花大了，母亲也为她的婚事操心。媒人们踏烂了门槛，可就是没有一个叫玉花满意的。有谁晓得，玉花心里早就有意中人了呢？

一年过去了，说媒的接踵而来，母亲也唠叨个没完，玉花急了，可就是没见保明家的媒人来。没有媒人怎能成亲？过了几天，玉花约保明在田埂边说了此事。又过了几天，就来了保明家请的媒人，玉花和保明的亲事就这样定下了。玉花高兴得连走路都在跳。每天收工后，不再是别人来约她去跳锅庄，而是她第一个到跳锅庄的地方去烧火，备上咂酒等伙伴们了。

可是玉花哪里知道，就在这时候，天帝正在为他的儿子挑选媳妇呢。两天前，当玉花姑娘去给在地里施肥的阿妈送饭时，恰巧天帝出宫闲游，他发现地上有个美丽的羌族姑娘，惊呆了："凡间也有如此漂亮的姑娘？"于是就在心里暗暗盘算，要让她成为自己的儿媳妇。天帝就派一个仙姑，叫她去替儿子做媒。

这一天，母女俩正在家里闲聊，仙姑拿来许多彩礼，对玉花说："天帝要你当他的儿媳，你到了那里，就用不着种地、织布了，那时呀，你就再也不愁吃、不愁穿啦。绫罗绸缎任你挑，山珍海味任你选！"

玉花听了，冷冷地一笑走开了。阿妈忙说："仙姑，这咋个行呢？玉花早和城里的保明定了亲，下年子就要成亲了，求求你去给天帝说说，就放过我家的玉花吧。"

"不行呀，天帝已决定了的事是不能改的。"仙姑说着转身就走，来到门口，又回过头来说："八月十五这天，天帝就要来接亲。"

"八月十五就要来接亲？"这突然而来的打击，使阿妈昏了过去，从此一病不起。临死前，她把玉花叫到床边，对玉花说："花儿，我们一家子从来没做过对不起人的事啊！可是这祸事偏偏要落在我们身上。你，你可不要对不起保明，丢下他呀……"话没说完就去世了。玉花含着眼泪说："阿妈呀，你就放心地去吧，我这辈子不会做对不起人家的事情。"

阿妈去世了，留下了这个可怜的姑娘，不知道怎么办好。保明对玉花说："玉花，几根绳子扭在一起才不容易断，人多了才能想得出办法来，我

羌族民间故事

133

们还是去找大家出出主意吧。"

八月十五这天，天帝果然带着人来了。他们先是"好言"相劝，玉花哪里肯离开自己的家乡和她的保明。天帝发怒了，叫人把玉花抢走。就在这时，羌民们从四面八方涌来，他们拿着镰刀、锄头、木棍、扁担，一齐来驱逐天帝。天帝一看这么多的人，怕寡不敌众，赶紧跑了。

他一口气逃到没人的地方，只见眼前一片碧绿，遍地的谷子正在扬花，呈现出一派美好的景象，忽然心生一计，咬牙切齿地从牙缝里挤出几个字来："人怕老来穷，谷怕午时风。"就对着东南方大声吼道："风王，每天一到中午，你就给我刮大风吧，永远地刮下去！"

从此，每到中午，这地方就刮起大风，刮倒了满山遍野的树木，这里的谷子也再不能扬花结籽了。剩下的，就只有光秃秃的山和勉强能糊口的玉米了。羌民们的笑声消失了，欢乐的锅庄也没有了。

从这以后，玉花常常在家里独自发愁，吃不下饭，睡不着觉。她想，我连累了大家，使得大家的生活成了这个样子。这该怎么办呀？如果我能为大家做点什么，让大家过上好日子，那该多好啊。

一天晚上，玉花刚一躺下，就迷迷糊糊地睡着了。梦中，她看见一个白胡子老阿巴①来到她床边，对她说："玉花姑娘，如果你真心希望羌民们过上好日子，不再愁吃的话，你愿意变成一只鸟吗？"

"阿巴，只要能为大家做事，不管什么我都愿意。"玉花姑娘说。

"要是这样，你就不能再变成人了。"

"我愿意，老阿巴。"玉花的话刚刚说完，白胡子老阿巴就不见了。

玉花醒了，看看天，天快亮了。她去拿衣服，一伸手，伸出的是一只翅膀，再一摸，身上长满了羽毛，玉花姑娘两手一张，就扑扑地从窗口飞出去了。她飞啊飞，一直飞到保明家门前的树丫上，开口想叫保明，可一张口，叫出的声音却变成了"包谷！包谷！"玉花姑娘变成了一只布谷鸟。

---

①老阿巴：羌语，老爷爷。

保明被这又新鲜又好听的鸟叫声吸引住了，他拿着锄头从屋里出来，看见门前树上歇着一只从未见过的鸟。这鸟一看他出来，在他面前绕了一圈，就直冲玉花家飞去，保明跟在后面，不一会儿就来到玉花家门前。

　　"玉花，玉花，走，种玉米去。"保明推开玉花的门，不见玉花，那鸟却歇在窗上，"包谷，包谷"地叫个不停。后来保明发现床上有几片羽毛，玉花的衣服却还在床上。保明十分奇怪，玉花到哪里去了呢？"玉花！玉花！"保明在屋里高声喊道。"包谷！包谷！"那只鸟在窗口回答他。保明这一下明白了，玉花变成了布谷鸟。

　　从此，每天天刚麻麻亮，布谷鸟就在保明家门前的树上叫个不停。保明也总是一听到布谷鸟叫，就从床上起来，叫醒大家，下地劳动。就这样，他们勤出工，勤管理，庄稼长得又粗壮又整齐，过上了温饱欢乐的日子。

羌族民间故事

计杀高土司

大寨子有个高土司，传说高土司的祖先是宋朝灭亡以后来这里当土司的。

高土司爱打拳练武，跑马射箭，有一身好本领。他能把两个簸箕夹在腋下，从这匹山飞到那匹山。

高土司经常依仗权势调戏妇女，羌族妇女谁都不敢从土司官寨门口过。

有一次，一个漂亮的羌族姑娘从土司官寨背后过，被房背上的高土司看见了。他丢了一片雀毛在这个姑娘面前，这片雀毛就变成了一只美丽的山雀，姑娘看见美丽的山雀就去逮。山雀跳跳停停，姑娘总是逮不住，姑娘追着追着，追进了高土司的官寨。突然，山雀不见了，只见面前是一根笋子。这姑娘把笋子捡起来，一层一层地剥笋壳。谁知剥一层笋壳自己身上就少一层衣服，笋壳剥完了，姑娘的衣服也脱光了。高土司用这种法术不知奸污了多少羌族妇女。

人们就选了两个年轻人到成都府去告状。谁知人还没有走，消息就传到了高土司的耳朵里。这天晚上，高土司就派了几个兵，藏在去成都的路边洞里，路上横牵了一根索索，索索上一连挂了几个铃铛。两个告状的年轻人正走得起劲，忽然被一根索子绊倒了。几个兵听到铃铛响，赶忙跑出洞来，把两个年轻人捆起来，毒打后丢进了岷江。这两个年轻人，一个被岷江水冲走了，一个落在了半山腰的一棵树上。

第二天早上，有人到河边放牛，听到有人在呻唤，抬头一看，见半山腰树上有一个人，便把他从树上救了下来，又把他送回家去。乡亲们知道后，商量了三天三夜，最后决定造反。这天晚上，各寨的人拿着弓箭刀枪，举着火把，把高土司的官寨团团围住了。高土司见势头不好，便一手抓起一个簸箕夹在腋下，从土司官寨里的一个碉房上，飞到了涂禹山的碉房上。人们也跟着追到涂禹山，把碉房围了起来。这个碉房十分牢固，造反的人们攻不进去，高土司也逃不脱，就这样围了一整天。

太阳快要落山了，有人喊："回去吃饭啰！回去吃饭啰！"没隔多久，几个寨子的人都走了。这时，有个小伙子躲在大树底下，拈弓搭箭，等待高土司出来。高土司听见闹嚷嚷的人群去远了，以为没事了，就朝碉房下看了看。小伙子见高土司得意的样子，"嗖"地一箭，把高土司射落下来。小伙子高兴地大喊："高土司被我射死了！高土司被我射死了！"人们听到喊声，都跑回来，唱啊跳啊，直到天亮。

从这以后，这里的人们就摆脱了高土司的统治。

娃子冬生

有个姓盘的土司，对百姓非常刻薄，但他表面文质彬彬，面带三分笑，寨民们给他取了个绰号叫"阴阳脸"。

一天，盘土司抽足了鸦片烟，出寨门查看地里劳动的娃子。他叫管家把娃子们召集到院坝里训话："你们这些天生的贱骨头，做活路死不溜秋的。从今天起，只有我不吃的东西，才准你们吃！"娃子们不敢吭声。

年轻的娃子冬生，从小父母双亡，是盘土司用十五个铜钱买来的。他长期住在官寨的猪圈里，陪伴着猪过日子。冬生为人诚实，干活勤快，脑壳特别灵活。他听了土司的训话，笑嘻嘻地对大家说："阿爹、阿娘们，常言道：种瓜得瓜，种豆得豆，土司既然说了，我们照办就是了。"大家一听，都愣住了，冬生转过身悄悄对大家说了他的主意，大家顿时又高兴起来。

到了七月半，盘土司叫管家在神堂里摆上羊头、牛头和猪头，他点起香蜡，四礼八拜。祭过祖先之后，他叫冬生把供品撤下去。冬生假装不知道地问他："老爷，这样好的肉你为啥不吃了再撤呢？"

"混蛋，这是供祖先的，不是我吃的！"

"真是这样，我马上就撤。"

冬生喊来大伙，对他们说："伙计们，感谢土司老爷吧！这供品他是不吃的，给我们开恩啦！"于是，大家把供品吃得干干净净。土司气得干瞪眼,但话是自己说出的,又不好说什么。

盘土司吃了哑巴亏,岂肯罢休,一盘算,鬼点子又出来了。他对娃子们说:"从今天起,只有我吃过了的,才准你们吃!"冬生恭顺地应道:"是,老爷!"转身对大家说:"你们都听见老爷说的吗?今后大家都照办。"

过了不久,土司庆五十大寿。官寨里大宴宾客,娃子们忙得脚杆都跑酸了。冬生却特别精神,抬出十坛咂酒。客人到齐后,他恭恭敬敬请老爷先开坛尝酒。土司按照规矩,一坛一坛地开过,然后用指头蘸酒洒祭祖宗,每坛都品尝了一口。这时,娃子们按照冬生的吩咐,把十坛咂酒全部搬走了。

土司看见后吼道:"贱骨头,你们要干什么?"冬生笑眯眯地对土司说:"老爷,你不是亲口对我们说过,你吃过的才准我们吃吗?这十坛咂酒你不都吃过了吗?"

土司被冬生问得目瞪口呆,打不出喷嚏来,当着众客人的面,只好自认晦气。

羌族民间故事

聪明的三妹

多斯多老头有个儿子叫昂东，是个傻瓜。多斯多想，只要我一死，昂东定会遭人家欺负，在我死前一定要让他学点本事，想法给他找个好媳妇。

有一天，老头给昂东一只绵羊，叫他把绵羊卖了，把卖绵羊的钱和绵羊一起拿回家。昂东想，绵羊卖了咋个拿得回来呢？不卖绵羊钱又咋个拿得回来呢？昂东牵着绵羊，一边想一边走，路上碰见三个女子，她们问昂东："男子汉，牵着一只羊干啥去？"昂东把事情的经过说了。这三个女子是三姊妹，都说他老头是个怪人。那三妹给昂东想了个办法：把羊毛剪下来卖了，把卖羊毛的钱和绵羊一起拿回去。昂东觉得这主意很好，就这么办了。

老头见儿子把绵羊和钱都拿回来了，非常高兴，称赞了儿子一番。

第二天，老头又给昂东一只母鸡叫他去卖，卖了还是要他把鸡和钱都拿回来。这次昂东抱着鸡就去找三妹，三妹对他说："这母鸡快生蛋了，你把它生下的蛋拿去卖了，把鸡和钱都拿回去。"昂东又照着做了。

老头更加高兴，心想，我儿子没这个本事，肯定有人教他，是哪个聪明人在教昂东呢？老头问昂东，昂东不肯说。老头想了个法，给昂东一口小锅和一个羊脑壳，叫他在院坝里烧火煮熟，不能把羊脑壳砸烂。昂东只好照着做。他把羊嘴塞进小锅里，羊角却翘得老高，把羊角塞进去了，羊嘴又冒出来。他想，要是三妹在就好了，她一定会想出个好法子来。他没有办法，急得满头大汗。于是，多斯多就追问他，昂东只好全说了。

第二天，多斯多就去找那个三妹。路上，他看见三姊妹在薅麦地上的草，就对她们说："你们真能干！旧麦地新麦地一齐薅。"大姐和二姐听了，都不晓得咋个回答这老头。三妹说："老伯，你说对了。我们这块地左边是冬播，右边是春播，冬播为旧，春播为新。"多斯多一听，心里很高兴，他想，这女子肯定是儿子说的那个聪明的三妹了，我一定要她做儿媳妇。

过了一年，多斯多听说三姊妹的阿爸死了，就把一块银元和吉祥经幡切成两半块，悄悄地拿到三姊妹的家，把一半吉祥经幡搁在屋顶经幡杆脚下，一半银元搁在猪圈的猪食槽下。第二天，他装着来送奠纸，进门就哭起来："我的亲家呀，你咋个这么快就去了呀？……"

那家人听了，都糊涂起来。三妹问："我阿爸咋个是你的亲家呢？"

多斯多说："你阿爸在世的时候，把你许给了我儿子昂东，你还不晓得？"

三妹说："阿爸咋个没有说过呢？我不信。"

"不信？我和你阿爸还留有婚约的信物呢！一块银元和吉祥经幡切成两半边，我和你阿爸一人半边，以这个作婚约的凭证。"多斯多说完，就从怀里取出一半银元和一半吉祥经幡递给三妹，要三妹全家找另外半块银元和半块吉祥经幡。全家人东找西找，最后在经幡杆脚下找到了那一半吉祥经幡，在猪槽下面找到了另一半银元。一对，两个半边合起了，就这样，三妹只得答应嫁给了昂东。

有一年，多斯多外出打仗，出发前对儿媳妇说："在楼梯口木架上搁好马鞍，在绳勾上挂好木瓦片和拐杖，在火塘边倒水搅泥。"聪明的媳妇晓得公公的意思，就在马背上安了马鞍，绳勾上挂了箭和腰刀，在火塘边泡了一坛咂酒。多斯多看了，很高兴，喝了酒就出发了。

仗打败了，多斯多当了俘虏，被关在狱中。他写了一封信给家里，叫监狱派人送去。

信上写着："刀子东边磨，石上不要磨，用两边磨石来磨。礼物有两

个，在路上两处歇气的地方各吃一个。我很恼火，天天抠自己的心口，都快抠出洞了。带木瓦片的从山顶过去，带牧鞭的从下面过去，带拐杖的从中间过去。"

昂东看不懂，全村的人也看不懂。三妹看了信，懂得阿爸的意思。信上说：信不要给昂东看给媳妇看。要把两个送信的人杀了。阿爸在狱中挖地道，都快要挖穿了，要我们派人去接。带刀子的从山上过，带矛的从河坝过，带枪的从中间过，三妹按照吩咐办，最终救出了阿爸多斯多。

三弟兄日白①

　　三弟兄在一起日白，看哪个吹得凶。大哥说："先定下规矩，日白就信白②，如果不信白，罚他三石麦。"两个弟弟都同意后，三兄弟就吹开了。

　　大哥说："昨晚上贼娃子好凶啊！把我们的井都偷起跑了。"

　　二弟说："是啊！昨晚我还听到响动呢。"

　　三弟说："啥子啊，贼娃子偷得怪，把井都偷了，我不相信。"

　　大哥说："你违反了先定下的规矩，对不起，明天我们到你家去拿麦子。"

　　老三吃了亏，家里又穷，哪里去拿三石麦子呢？他焦③得没法。他女人问他焦啥？他说："给你说了等于零。"妻子说："你说嘛，是啥子事？"他说："大哥、二哥同我日白，大哥说，贼娃子偷了他家的井，我不相信，他们就罚我给他们三石麦子。我哪里去拿麦子嘛？"

　　妻子想了想说："不要怕，明天由我来安排。"

　　第二天，妻子叫他睡着别动，让她来对付。不一会儿，大哥，二哥来

────────────────

①日白：方言，扯谎说白，即吹牛。
②信白：相信对方扯谎吹牛的话。
③焦：方言，愁。

羌族民间故事

143

了，还赶了几匹骡子来。大哥在门外喊："老三，开门！"

三弟媳问："啥子事？"

"三弟呢？"

"三弟不在。"

"把你们家的狗逮住，我们要进来啊！"

弟媳把狗拴好，把两位哥哥迎接进屋后，又装烟，又倒茶。

大哥说："我们不吃饭了，请把麦子称出来！"

弟媳问："啥子麦子呀？"

"昨天我们三弟兄日白，三弟输了，罚他三石麦子，今天我们来收。"

弟媳说："真对不起！你们三弟死在床上了。"

大哥说："遇到鬼了，刚才还听到他在说话，咋会死呢？"

弟媳说："大哥、二哥，对不起。你们说好了的嘛，日白要信白，如果不信白，罚他三石麦！今天你们输了呢。算了，两抵了，请你们转去！"

大哥、二哥知道输了，只好蔫茸茸地走了。

大圪篼、二圪篼

有一家两兄弟，哥哥叫大圪篼，弟弟叫二圪篼。他们家很穷，见别人挖金子都发了财，便商量好离家出门去挖金子。

两兄弟走拢挖金子的地方，看到别人挖金子都有金船子，他们没有这种船子，只好用锄头去挖些荞壳子金，后来又去挖了些斧路楔金。几个月过去，他们好不容易挖了七八十两金子，还抽空去河里挡鱼，把挡来的鱼晒成了鱼干。

有一天，两兄弟要回家，把金子放在口袋的下面，把鱼干放在金子上，收拾好后，两兄弟就往家走。路上，他们要经过叫上五里下五里的地方，在这里住了一对老夫妻，有六七十岁了。两兄弟走到这里，要了些冷水喝。喝了水，二圪篼肚子忽然痛得遭不住。大圪篼没法，只好把装干鱼的口袋寄放在这对老夫妻家，把兄弟背回家去。走拢屋，吃了点药，兄弟的肚子才不痛了。

老夫妻俩接受了别人寄存的东西，想把这口袋提到屋角里。他们去提口袋，却提不起来，重得很。打开口袋一看，见上面是些鱼干，下面是金子，便起了贪心。他们把金子搬到后院竹林盘头埋好，把鱼干依旧放在口袋里头。

两兄弟怕挖来的金子丢失，急忙赶路到老夫妻家去取口袋。哥哥一提口袋，很轻，知道金子不在了，问主人家，说不晓得，他们说着说着就吵起架

来。两兄弟没办法，就把这对老夫妻揪去见土官。

土官问明情况后说："你们四个人，明天早点来！现在可以回去了。"第二天早饭后，老夫妻俩和两兄弟来见土官。土官说："这里有两面鼓，你们各抬一个到庙子里去吧。"他指着老夫妻俩说："你们两个年岁大了，走得慢，先抬起走。"老夫妻俩抬起一面鼓便先走了。过了一个时辰，土官又对大屹笨说："你们两个年轻、劲大，走得快，现在抬起走吧！"两兄弟也抬起鼓上了路。

老夫妻俩抬着鼓走在前面，抬到半山腰，老太婆抬不动了，埋怨说："你这个鬼老汉，金子看都还没有看一眼，害得老娘这么大年纪了，还跟你抬鼓上山。"老汉说："你晓得啥子，金子埋在后院坝的竹林盘里嘛。"两兄弟抬着鼓走在后面，抬到半山腰歇气，哥哥埋怨说："就怪你，你的肚子早不痛，迟不痛，偏偏走拢鬼老汉屋头才痛。这下好，金子不在下，还要来抬鼓上山！"他们各自把鼓都抬到了庙子头。

等了一会，土官骑着马来了。土官问大屹笨："你们果真掉了金子？"哥哥说："是掉了金子。"土官又问老汉："你是不是拿了他们的金子？"老汉说："我没有拿。"土官便命令土兵把两面鼓打开，每面鼓里都走出来一个娃来。两个娃儿把各自在鼓里听到的话向土官说了。老汉一听，赶忙跪在土官面前，认了罪。土官把他狠狠教训了一顿，命他把金子如数归还给两兄弟，才放了他回去。

打　酒

　　有个穷小孩，靠帮人下苦力过日子。他在一家茶号的大老板家当佣人，成天跑腿、扫地、担水、打杂，还要给老板娘倒马桶子。晚上，老板算账，穷小孩也要陪着倒茶、递烟，白天晚上没得一点空闲，要是不顺老板、老板娘的心意，还要遭挨打受骂。

　　有天晚上，二更了，老板还在算账，随口吩咐小孩："喂，今天晚上我要赶算账目。你去把夜壶倒了，打壶酒，拿根灯草，把门抵好，办完就去睡觉。明天早点起来还有事。"

　　小孩听了老板的吩咐，眨眨眼，说："是，老板。把夜壶倒了打壶酒，拿根灯草把门抵好，对么？"老板不耐烦地说："对、对，对，硬是张巴①。"小孩赶忙照办。办完就睡觉去了。

　　半夜过后，老板账算完了，顺手去拿酒壶喝酒，酒壶是空的，去拿夜壶屙尿，里面装的是酒，气得他暴跳如雷，冲出房门去找小孩算账。嗨！大门敞开着，小偷正在屋里偷东西，老板大喊："捉贼！捉贼！"邻居们赶来时，小偷已逃得无影无踪了。

　　老板把小孩从床上抓起来，吼叫道："你做的好事啊！"小孩说：

---

①张巴：方言，啰嗦。

"老板，你叫我把夜壶倒了打壶酒，拿根灯草把门抵好，我都是照你说的办了呀！"街坊邻居们听了哄堂大笑起来，老板也哭笑不得，只好溜进屋去了。

三女婿拜寿

　　一富家有三个女儿，大女儿嫁了一个当官的，二女儿嫁了一个做生意的，只有三女儿嫁了一个穷农夫。

　　那年，老丈人满六十花甲，要大做酒席贺寿。论理，女儿女婿都要请到，大女婿二女婿一个当官，一个有钱，前来祝寿自会有挑的抬的，黄的金子白的银子送来，别人看了眼热，老太爷脸上也有光。但三女婿是一个穷农夫，不说金银珠宝，就是自家吃饱肚子也难，如果穿得破破烂烂，走路抖抖缩缩，提一篮豇豆茄子来作贺礼，定会遭人耻笑，伤了自己的脸面。但如果不让他来，在女儿面前又说不过去，还会被别人指着背脊骨骂为势利眼。

　　老丈人想来想去，最好是自己既请了，他又自己不来，那么责任全在于农夫自己，既可以在各方人士面前光光彩彩，还可以理直气壮地指责他不孝顺。

　　要达到这样的效果确实难办，老丈人请了个老秀才来出主意。老秀才眉头一皱，提笔写了一张独特的请柬，派懂事的仆人专门送到三女婿家里去。

　　三女婿接到红红的请柬，展开来一看，写的是这样几行大字：

　　"岳父六十大寿，备有丰盛酒筵，务请前来入席，不必避穷极贪食之嫌。"

　　老丈人这意思再明显不过了：我做六十大寿，请了你了，来不来你看着

羌族民间故事

办吧，如果你来了，那就是"穷极贪食"，如果不来，你就是不孝顺。

三女婿明白了岳父的意思，轻轻一笑，把请柬收起来了。

到了那天，三女婿上山砍了一担柴，挑上街卖得了一文钱。他找来一大堆废纸，左一层右一层的，把这一文钱包成了一个大包，外面用一张红纸贴了。又比照那封请柬的句式，写了个礼单，然后带上这些礼物，到岳父家去了。

岳父接过礼单一看，是这样写的：

"岳父六十大寿，略备薄礼一文，务请收纳入库，不必避一文不舍之嫌。"

这几句话的意思也很明显：不收就是看不起人，如果收了，那就是"一文不舍"的贪财鬼。

岳父叫人把那个大红包一层层地拆开，堆了一大堆废纸，最后才剥出一文小钱。岳父对着这一文钱看了半天，扔也不是，收也不是，扔了是不自重，当官还不打送礼人呢！收下吧，那就是爱财如命"一文不舍"了。

老丈人的脸色一下子变得惨白，成了一张白纸。没想到自己做下的圈套，最后套住的却是自己。

贼娃子偷猪

很久很久以前，离茂县城很远的一座大山下，住着一对老夫妻，他们无儿无女，靠老头子打猎谋生。

有一天，老头准备把打回来的几只山鸡拿到城里去换点盐巴，晚上不能回家，走时就吩咐老伴好好照管屋头。恰好这话被离他家不远的一个贼娃子听见了，心里十分高兴，因为他在前几天就打听到老俩口喂了一条大肥猪。天才擦黑①，贼娃子就带着一根绳子摸到老俩口家，悄悄蹲在高圈②栏上，心想等到天一黑定，就把猪偷起走。事也凑巧，就在这座山的半山腰，一个石洞洞里头，住着一只老虎，它白天睡大觉，夜晚出来找吃的。

天刚刚一黑定，这只老虎就朝这家的猪圈走来了，贼娃子正要动手，忽然看见老虎，吓得他动都不敢动。这只老虎走拢猪圈，看见圈门关着，无法进去，就在圈门口打转转。

圈里的猪看见一只老虎在门口走动，吓得大声惊叫。屋里老婆子听见猪叫，不晓得出了啥子事，点起一盏灯就朝猪圈走。

那贼娃子看见老婆子来了，吓得慌忙往地下跳，不好！

---

①擦黑：方言，天刚黑。
②高圈：粪坑杠下的猪圈。

羌族民间故事

贼娃子心里叫了一声。原来，他恰恰跳在老虎背上。老虎以为是肥猪从圈里跑出来跳在它背上了，赶忙背起就跑。

不晓得老虎背起贼娃子跑了多久，天渐渐亮了，老虎就把背上的东西往地上一抛，准备饱餐一顿。哪晓得，贼娃子脚一沾地，就朝附近的一棵大树子上爬，老虎看见到嘴的食物上了树，毫无办法，就在树下转来转去，偶尔还朝树上盯几眼，贼娃子更不敢下来了。

过一会儿，天大亮了，老虎看见一只猴子在一棵树上耍，就大声喊它："猴弟，快来一下！"猴子听见老虎喊它，就跑过来问啥子事。

老虎说："这棵树上有一个东西，你可不可以想个办法把他弄下来，我们两个分了吃，你看对不对？"

猴子心想，我上去万一对付不了咋办？还是和老虎一块儿上去把稳些。猴子就对老虎说："虎兄，我去找根藤子把你拉上去，我们两个一起来对付树上的东西。"

就这样，它们就找了一根青藤藤，猴子在前，老虎在后，一步一步朝树上爬。

贼娃子一看它们就要爬拢了，吓得尿都从裤筒子里流了出来，尿水恰恰流进了猴老弟的眼睛里头。猴老弟的眼睛经不住尿水灌，手一松，就落在老虎身上。老虎不晓得上面是啥子东西砸了下来，吓得慌忙跳下树就朝山上跑。

跑呀跑，又不晓得跑了多久，老虎才停下来，向身后的猴老弟一看，可怜的猴老弟早就被它活活地拖死了！可是老虎却生气地对猴老弟说："咳！我跑得又饿又累，你还在后头稀起牙巴笑我！"

刘钒开盐井

早前，茂州叫锁阳城。这里的地方官叫刘钒，是个能文能武、有智有谋的清官。他立了不少战功，在平定西域后，被皇帝留在茂州做官。

刘钒替老百姓做了许多好事。他带领羌人、士兵修水渠、治田、改土，变游牧为农耕。老百姓都很喜爱刘钒，称呼他为"刘青天"。可是皇帝得知老百姓对刘钒好，心头却不安逸，便要调刘钒到成都去当一个小官。

老百姓晓得了，都舍不得他走，纷纷上门求他留下，继续为羌民造福。刘钒看见老百姓那么心诚，就上书皇帝，要求留在茂州。

皇帝疑心多，见了刘钒的上书，火冒三丈，加上奸臣挑拨，就断了茂州的盐巴，不准商贩、军队运盐，想逼刘钒走。刘钒是个硬汉子，皇帝不准运盐巴，自己就带领士兵、羌民在城南打井找盐。

他们的行为感动了龙王，龙王就派了一只乌龟到茂州。乌龟从口中不停地吐出带盐的口水，流进他们挖的盐井里。这样，茂州城又有盐巴了，老百姓更加敬爱刘钒了。

皇帝听说刘钒挖井熬盐，威望大增，就派大臣前往茂州捉拿刘钒。

大臣到了茂州，先是规劝刘钒，要他识时务，不要得罪朝廷，惹恼皇帝。刘钒正直，根本不理这些花言巧语。

羌族民间故事

　　大臣见刘钒听不进去，三番五次拒绝皇帝的诏书，就报告了皇帝。

　　皇帝气得发疯，咒骂说："上头开了井，下头饿死人。"又派兵围剿茂州城，把盐井用铁水给封了，又放火烧了城周围的山林，把刘钒也给烧死了。

黑虎将军

　　天台山下的黑虎寨，过去叫黑猫寨，因为山上有一对黑老虎，后来人们就把它改叫黑虎寨了。

　　在清代咸丰年间，黑虎一带的羌民时常遭到外来民族的侵略。为了防卫，他们在险要地方，筑起了七丈高的碉楼。尽管这样，还是抵挡不住，时常挨打受欺侮。就在这时，黑虎寨出了一位勇敢、机智的羌民，他统率一批人马，保护着羌寨的安全，人们称他黑虎将军。

　　有一年除夕，黑虎寨的羌民，每家都买来了无数的火炮子，准备热热闹闹地过个年。谁知正在这时，他们在数十里外发现了一支队伍，分四路朝黑虎寨开来。眼看又要遭灾难，黑虎将军心想，如用武力抵挡，力量悬殊，恐怕难于取胜，便立刻吩咐部下，把全寨各家各户准备过新年的火炮子收集起来，又准备了无数的铁油桶，命部下将这些东西拿到离寨子不远的关口去，那里地势险要，上是悬崖陡壁，下是波涛汹涌的岷江，设下了土台炮和障碍。四路敌军临近黑虎寨时，忽听得山炮齐鸣，霎时间牛角号声响彻山谷，冲呀！杀呀！喊声四起。敌军个个吓得魂飞天外，丢盔弃甲，不战而逃。

　　乡亲们听说敌军已逃走，都感到十分惊讶，不知是怎么一回事。后来听说是黑虎将军施用的巧计，在铁油桶里爆火炮子，吓退了四路敌军。羌民们欢聚一堂，在火塘边喝着咂酒，唱起酒歌，快快乐乐地度过了这个新年。

羌族民间故事

四路敌军并未罢休，一天黄昏，又朝黑虎寨开来。黑虎将军命令部下在距关口不远的五林池砍下无数的树干，在山坡上每隔一丈多远插上一根，这样弯弯曲曲插了一里多路，直插到关口为止。到了晚上就在每根树干上点一炷云顶香。漆黑的夜晚，敌军来了，看见满山满岭都是小火团，以为是羌民的防卫队伍在那里吸兰花烟，人多得不计其数。于是，又逃了回去。

敌军两次都未打进寨，恼羞成怒，又调兵遣将，准备来一次决战。在一天天刚擦黑时，又向黑虎寨开来。这时，正是初冬，寒风凛冽。放哨的羌民发觉敌军大队人马开来，便报告了黑虎将军。将军心想：这次敌军来的人马最多，更是只能智取。他吩咐赶制一双长一尺二的麻窝子草鞋，找来一根杯口粗的竹筒，把竹筒的节巴打通，用麦麸面、荞面和海椒皮混合，紧紧地装入筒内。然后把草鞋和竹筒拿到离黑虎寨十里外的松基埔的口子上，将筒内装的麦麸面挤压出来，盘为一团，远远看去活像一堆人屎。

深夜，敌军乘着朦胧的月光向黑虎寨进发。羌寨山路崎岖难行，敌军个个走得精疲力竭，早已失去了锐气。当打头阵的人马走到松基埔时，在月光下，突然发现有一双又长又大的麻窝子草鞋，横躺在路中，拾起来一看，不觉一惊：这里的羌人难道有这样大的个儿，穿的草鞋足有一尺二长！正在猜疑不定时，又一个士兵惊叫起来，原来他看到一大堆人屎，众人面面相觑，心想：这里的羌人果然个儿大。士兵们便向带兵官禀说："前面发现有羌人失落的草鞋。"带兵官看到草鞋和那一大堆假人屎，早已心虚，立刻下令撤退。

后来，从黑水方向来了一股匪徒，要抢黑虎寨的耕牛。黑虎将军穿着皮盔甲，身背弓箭，手执刀枪，英勇上阵。在这次战斗中不幸中了敌人的毒箭，壮烈死去。

黑虎将军死后，羌民为了悼念这位足智多谋的民族英雄，无论男女老少，一律头包白帕，穿白衣、白鞋。后来，包白帕便成了一种风俗习惯，一直传至今日。

汪特上京

　　汪特是羌族人民很崇敬的一个英雄。每逢节日，他们就会围坐在火塘四周，边喝咂酒，边由一位德高望重的老头带头唱起一首歌颂他的歌来，用歌声表达对他的思念。

　　清朝乾隆年间，羌族百姓受土司的剥削压迫，日子过得很苦。听说汉族这边日子过得好，大家就想摆脱土司制度，归附清王朝。他们决定推选一个勇敢机智，受大伙儿尊重的人去京城晋见乾隆皇帝，当面向皇帝表达羌族百姓的心愿，结果选中了汪特。汪特二话不说，当天就带起女儿从茂汶出发了。

　　一路上，父女俩靠帮人打井或做点其他杂活来维持生活，走了几个月终于到了京城。

　　没想到，进了京城却见不到乾隆皇帝，甚至连皇宫都不准他们靠近。十多天过去，身上的盘缠都快要花光了。有一天，父女俩走到景山宫苑门口，看见站了很多御林军，侧边一打听，才晓得是乾隆的女儿住在里头。汪特灵机一动，喊女儿拿出羌笛来吹。女儿的羌笛吹得很好，周围一下子就围了好多人。

　　笛声婉转，传进了公主的房中。她这几天正闷得慌，和父王赌气，怪他不带自己出去打猎。忽然听见墙外头传来的优美笛声，就喊手下的人去把吹笛的人带进来。公主一看进来的这两个人穿着打扮很奇异，就问他们是从哪

羌族民间故事

里来的。汪特就趁机把为啥子来京城，为啥子打搅公主的原因都讲了。公主很感动，答应把这件事向父王禀报，随后留他们父女住在宫中，要汪特的女儿吹笛陪她玩。

乾隆打猎回来一听说这件事，马上召见汪特，汪特就把自己来京城的目的当面向皇上禀报了。乾隆喜得嘴都合不拢了，当场赐给汪特父女很多东西，又发布一道圣旨让他们带回去。随即，乾隆就派了官员前往土司那里去交涉归属之事。

父女俩带着乾隆圣旨朝回走，刚拢成都，汪特就病倒了。他晓得自己快不行了，就对女儿说："临出发的时候我给大家说过，如果我身边的这只八哥先拢屋，就说明我出事了。你现在赶紧把皇上的圣旨拴在八哥脚上，放它先飞回去。"说完就死了。

在家的人自汪特走了后，每天盼啊盼，终于盼到了八哥带回来的圣旨，高兴得不得了，但是也明白汪特出了事，就赶紧派人去接他们父女。半路上碰到他的女儿，才晓得他已经病死在成都，遗体已经由当地官员安葬了。

大家很悲痛，就把汪特的事迹编成了一首歌来唱，借歌声来表达对他的思念。

汪特死后不久，羌族百姓归顺了清王朝。

火角羊的故事

　　相传在百多年前，松潘、茂汶交界地方的羌族人，由于受不了当地土官的欺压，联合起来把土官杀了，并把土官的家属、家丁赶出这个地方。这事发生后，松、茂两县的官府都认为是羌民造反，就派了大批的官兵来镇压。羌民们听了这个消息，都很着急，因为羌民的武器和人力都不如官兵，再加上这个时候正值秋收，官兵要是来了，肯定要抢粮食，所以得赶紧把粮食收起来藏好。为了抵挡官兵进入羌族地区报复，大家都在想办法，想来想去，终于想出了一个好办法。

　　有天下午，有个六十多岁的放羊老汉，吆起一大群羊子，来到小官子的垭口。官兵要进入羌区就必须要经过这个垭口。放羊老汉估计官兵快要来了，就在每只羊子的角上拴了一根香。等到天要黑尽的时候，把羊角上的香都点燃，并且把羊子吆上了山梁。这天晚上，官兵当真来了，他们原想趁天黑翻过小官子，但是，刚刚走到小官子底下的河坝里，就看到对面山头上，火光一闪一闪的，又有影子在移动。官兵看到这个架势，以为满山都是羌兵，就赶紧停下来不敢前进了。第二天天亮以后，官兵朝对面山上一看，除了一大群羊子以外，连一个人影也没有，估计藏起来了。可是，一到晚上，满山遍野又是星星点点，好像有人在来回走动。官兵们想，这山上不知有好多羌族人，我们不能粗心大意去攻打。于是就在山下驻扎起来。

羌族民间故事

官兵看到从小官子进攻有困难，后来就分出一队兵马，准备抄后路，以黄龙寺下面的小河为突破口来进攻羌区。羌民们识破了官兵的意图后，就在小河口一带的山梁上，用扎扎①绑了很多茅草人。官兵走到小河口的山谷底下时，老远就看到山梁上有很多人影。于是决定等到晚上看一看情况后再动手。到了晚上，羌民们又在每个茅草人的肩上插一支香，官兵从远处看，看到整个山梁子上都有火光。官兵见了，怀疑山上是不是有那么多的人？但又不敢大意行动。

第二天，官兵派出几个人去山上察看，走到一条小河沟边时，发现远处有三个羌族女子在背水，她们上上下下地忙个不停。官兵想，这几个人一天到晚地背水，不晓得山上有多少人吃。看到这种情况，官兵就再也不敢攻山了，只好在山下住着，一住几个月，羌民们趁这个时候，早把粮食割完藏起来了。

后来两边的官兵实在等不住了，又不见山上有什么新的动静，就壮着胆子往上爬。等他们爬到山上一看，发现小官子那边的山上，只有一个牧羊人；而小河这边的山上，只有三个背水的女子。她们虽然一天到晚都在背水，但背的都是空桶。官兵看到这一切，虽然又气又恼，但他们还是不得不佩服羌族人的机智和勇敢。

---

①扎扎：方言，即柴草丫枝。

阿巴锡拉

　　羌族有个祖先，他修炼成了一个法术高强的巫师。他的眼睛是圆的，头顶是尖的，人们叫他巴尼索娃。他有三大决术，就是火诀、飞诀、卦诀，还有九种绝技，上能通天，下能入海。他能和神交往，为人谋利，镇鬼压邪，他是神、人、鬼三方的中间人。

　　有一次，他跟妖魔比法，妖魔把他撵到山上，他就钻进一个岩洞里头躲起，变成一块石头。妖魔追进岩洞去找，连影子都没得，岩洞里只有一块石头。妖魔就砍来很多柴，架在石头上烧起了大火，把岩洞和石头都烧红了。妖魔以为把巴尼索娃烧死了，刚要走，那石头一下变成了巴尼索娃，吓得妖魔跪地求饶。

　　巴尼索娃有三只神鼓，一只黄的，一只白的，一只黑的。做上坛法事用白鼓，做中坛法事用黄鼓，做下坛法事用黑鼓。他每次出门都不带神鼓，要用的时候只消法事一做，不管多远，他的神鼓就会从家里飞去。有一次，他出门了，他的婆娘打整屋头，把他装神鼓的柜子盖盖住了。恰在这时，他在外面需要神鼓。他一做法事，神鼓在柜子里乱跳，但飞不出来。婆娘听到柜子里的神鼓在跳，知道男人要用神鼓了，赶快跑去把柜子盖打开。神鼓一下飞出，正打在婆娘的头上，婆娘被打得头破血流。昏倒在地，巴尼索娃接到神鼓，一看，上面咋个有血呢？他知道家里出事了，连忙赶回家里，把婆娘

救活了。

　　天上的木巴知道巴尼索娃法术很高，就请他到天上当神宫的大巫师。在离开凡间以前，他把自己的本领传给了他的徒弟。除因为神鼓飞腾的法术会伤人没有将其传给徒弟以外，其余法术他都传了下去。他又给徒弟留下了通天经文二十四段，人事经文二十四段，镇鬼经文二十四段，这就是流传至今的有名的七十二段羌语唱经。他叫徒弟们做法时或遇到困难时，就烧柏香、念经文。柏香飘到天上，他知道后就到凡间来帮助徒弟解围，这就是巫师做法事时烧柏香开坛请神的缘由。

　　后来，徒弟就尊称师傅为阿巴锡拉。

时比成仙

一个时比的徒弟去背水，水井里总是出来一个光身子的胖娃娃，跟他纠缠戏耍。他把水一背起来，胖娃娃就跳到他的水桶里，洒他的水，还把他的水倒了。他只得又去舀水，舀水时胖娃娃又来给他洒水戏耍。就这样，他每回去背水，都会耽搁很久的时间。

有天徒弟把水背回去，师傅问："你咋个的呢？背一转水要耽搁这么久。"

徒弟说："师傅，我每回去背水，水井头要出来个胖娃娃，光溜溜的。我把水舀了，他龟儿子'扑通'一声跳到水桶里，水都给打翻了。我又舀水，他就洒我的水。这样七整八整，就要耽搁很久时间，水一下背不回来。"

"原来是这样，你把那娃娃弄回来嘛。"

第二天，徒弟又要去背水。师傅烧了一锅水，对徒弟说："今天，你一定想法把那个娃娃弄回来。"

"对嘛！"徒弟答应，就背水去了。

徒弟到了水井边，还是那样，胖娃娃又来纠缠戏耍。徒弟开始找机会捉那个胖娃娃。当胖娃娃一跳到水桶里时，徒弟就用衣服把桶口蒙住，把水桶抱起就走。

走拢屋子，师傅问："拿回来没有？"

羌族民间故事

163

"拿回来了，在这个桶里。"

师傅一揭桶口的衣服，把水桶倒扣在开水锅里。徒弟看见师傅要煮娃娃，害怕了，他想，这是哪家的娃娃啊，师傅咋个给人家整死呢？于是他就跑了。

徒弟跑到官寨去报案了。时比师傅能掐会算，知道徒弟报了土司，土司一定要派人出来找他。于是他把锅里煮熟的胖娃娃吃了，把剩下的汤洒在房子周围一转。

不多久，官寨派大队人马捉拿时比师傅来了。来的人看见他的房子，但始终走不拢来，走了几天都是这样子。捉拿老时比的人没法，只好回去了。

原来这个老时比煮来吃的胖娃娃，不是人家的儿子，是修炼成仙的何首乌，他吃了也就成了仙。从此，寨子上的人有意去找他，硬是找不着；打山的人却能在无意中碰到他。他一会儿在云雾里头，一会儿又在山林子里，只能老远看得到。后来，他成了时比的祖师爷阿巴色鲁，时比带的徒弟要出师时，都要到山上去敬他。

羌族巫师和张天师

古时候，羌族巫师木果阿铁和张道陵是师兄师弟，一同拜师学道。

木果阿铁学的是武的，有法绳，会咒语，能坐红锅；张道陵学的是文的，只能写经书，画符箓。两人学成以后，一起同道回家。走到半路歇店时，大家坐在火塘边烤火。张道陵对木果阿铁说："师弟，学道多日，我还没有好好看看你的法绳，如今快分别了，把你的法绳拿给我看看嘛！"木果阿铁便随手把法绳交给了他。谁知张道陵见师弟比自己本事强，就起了歹心，一下把法绳丢到火里去了。木果阿铁赶忙伸手去抓，但从火中抓出的法绳，已被烧成了六节，所以，现在羌族巫师用的法绳都是六节，绳的两头还留有火烧焦的痕迹。

阿巴格基

猪耳寨有个时比，人们都叫他阿巴格基。

格基的法术很高。他到哪里，从不自带家什，要用时家什自己会飞来。有一天，他把羊皮鼓锁在柜子里头就走了。一会儿，婆娘听见柜子里头"嘣嘣嘣"地响，晓得鼓还在柜子里头，男人没有带，她赶忙把柜子打开。一打开柜门，鼓就飞了出来，打在婆娘的脑壳上，把她打倒了。

鼓飞到格基那里，他一看鼓上咋个有血嗬？就说："主人家，对不起！法事做不成了，我家里出事了，我要回去看一下。"

他回家一看，见婆娘昏在地上，赶紧救了转来。

后来，做法事的人少了，格基的收入也少了。两口子就到川西坝子去，帮人砌河坎打水井。

一天，正遇到有家财主的老汉死了，在做道场，道士请了八九个。格基两口子也在这家掏水井。吃晌午了，财主只请道士，对格基两口子理都不理。

婆娘对格基说："哎哟！你不是说你的本事很大吗？人家道士要开席了，我们没得人理呢！"

格基说："不怕，等会有人来请。"

"来请？最多喊你吃点剩饭剩菜。"

结果，财主家硬是没有理他们。

第二天，两口子还是去财主家掏井。出门时，格基抓了一把谷子揣在怀里。吃晌午时，又没有人理他们，格基就把谷子从怀里头掏出来，用嘴一吹，谷子就飞到房背后去了。屋里开席了，十张桌子坐满了人。忽然，一群马蜂飞来，嗡嗡嗡的围着人转，撵着人蜇，吆都吆不开，弄得乱糟糟的。掌坛师晓得有人施了法，便问："主人家，你们请了些啥子人？"主人说："除了你们外，还有两个打井人。"掌坛师说："快去请他们来！"

主人家就派人把格基两口子叫来了。他们一坐上桌，格基说了声："去啊！"马蜂就没得了。

第三天开席，又没有人来请他们，格基又施起法术来。客人们坐下，吃菜拿不起筷子，喝酒端不起杯子。掌坛师还是喊主人家去把他们请来。两口子一上席，格基就喊："请啊请啊！"怪得很嘞，筷子、杯子都拿得起来了，掌坛师想，看你有多大本事，明天开席就不喊你。

下一天，又要开席了。只见屋门口堆了个大石包，人进不了屋。掌坛师想显示一下本事，就施起法来，可是石包不但整不开，还在长呢！主人家只好又去请两口子。格基一来，就说："这儿咋个有个大石包呢？出去！"

一股烟起，石头就不见了。

吃完饭，掌坛师问格基："你有好大的法术？我今天给你施个法，你退不下来，我就要宰你的脑壳哟。"

掌坛师喊徒弟在碗里装了些沙子，又丢进两颗胡豆，说："马上长，马上开花！"碗里的胡豆就长出来了，还开了花。

格基说了声："呸，胡豆！"就把法退了。他接着说："我也施个法你来退嘛！"说完，他就把羊毛带子解下，脚一蹬，一口水喷过去，嗬哟，一根又大又粗的蛇盘在地上。

掌坛师退了半天都退不下，便跪下说："师傅呀师傅，我不如你。"

格基说："呸呔！那不是蛇，那是羊毛带子。"地上的蛇真的又变成了羊毛带子。

主人家看见这个时比有本事，怕出事，就说："算了，算账，我不请你

啰，你回去吧！"

账一扎①下来，还对，得了一些钱。主人家喊他们马上走。格基说："做了这么久的活路，我们还是吃顿饭再走吧！"

主人家说："账都扎了，没有饭吃了。"

旁边有人劝主人家说："还是让他们吃一顿嘛！"

主人家给了他们一个锅，一把菜刀和一升米，说没有烧火做饭的地方。格基喊婆娘到河边搬来三块石头，把锅支起，然后就拿刀来砍自己的腿杆烧火，火燃得"轰轰"响。两口子吃完饭，格基拿出一对蜡烛点起，说："主人家，谢谢你们。我们走了！"格基一走，主人家里的神龛倒了，桌椅板凳也断腿了。主人家晓得是格基施的法，就说："去撵。"

旁边的人劝他："还是不去撵的好，免得再惹麻烦。"主人家只好算了。

---

①扎账：结账。

木古基历险

　　木古基和他姐姐都是苦命的孩子，他们的母亲上山砍柴的时候不幸被妖怪吃了。这个妖怪还想装成了他们母亲的样子去吃姐弟俩。不过妖怪在吃他们母亲的时候太心急，没有完全记清母亲的模样。

　　装成母亲的妖怪来到他家的门前，敲了敲门，叫道："孩子们，快开门，妈妈回来了。"

　　姐弟俩从门缝看了看，问道："你怎么不像我们妈妈呀？"

　　"怎么不像？"妖怪问，"那你们的妈妈长什么样？"

　　"我们妈妈半边脸白、半边脸黑。"

　　妖怪立即变成半边脸白、半边脸黑的老妇人，又开始叫门："孩子们，快开门，妈妈回来了！"

　　"你还是不像我们妈妈。"

　　"那你们的妈妈长什么样？"

　　"我们妈妈只有一只手和一只脚。"

　　妖怪立即又变成只有一只手和一只脚的老妇人，但姐弟俩还是不敢开门。这时妖怪就说："我知道，你们是懒得给我开门，既然这样，你们就从窗户给我递一把麦草出来吧。"

　　姐弟俩不知道她的用意，就去递麦草。不料，刚把麦草递到她手中，那

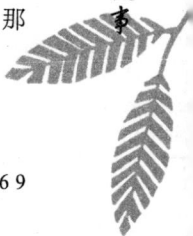

羌族民间故事

妖怪已经顺着麦草进到屋里，而且神不知鬼不觉地坐到了火塘上方。姐弟俩一看，还真以为妈妈回来了。

装扮成母亲的妖怪给他俩做了饭，让他俩吃得饱饱的。到了夜里，妖怪问他俩："你俩谁最喜欢我呀？最喜欢我的睡我怀里，不喜欢我的就睡到脚下去。"

"妈妈，我最喜欢你。"姐姐抢着说。

"哦，是吗？那你就睡我怀里，弟弟就睡脚下吧。"妖怪让姐姐睡在了自己怀里。

到了半夜，木古基隐隐约约听到了"咔嚓，喀嚓"像老鼠啃骨头那样的声音，于是问："妈妈，你在吃什么啊？"

"我在吃胡豆。"

"给我也吃一点。"

"好吧。"妖怪递给他一把东西。

这哪里是胡豆，分明是手指，姐姐的手指！木古基感到万分恐惧，他已经意识到这个妈妈是假的，肯定是妖怪装的。他很伤心，妖怪已经把姐姐吃了。但恐惧也罢，伤心也罢，他得坚强起来，尽快摆脱这个妖怪。于是他对妖怪说："妈妈，我肚子好疼，要下楼去方便一下。"

"怎么会肚子疼？"妖怪不相信。

"真的肚子疼，"木古基捂着肚子说，"我想去楼下解手。"

"你小子想跑吧？"妖怪还是不放心。

"怎么会跑呢？如果你不相信就给我一只铃铛，我下楼后会一直摇铃铛。只要铃声响着，就说明我还在方便。"

妖怪心想："这是个好办法，我也懒得起来守着他。况且我刚吃了他姐姐，现在还不想吃他，还得把他哄好了。再说这小子已经是嘴边的肥肉，料也逃不出我的手心。"于是，妖怪给了他一只铃铛，叫他不要动歪脑筋，快去快回。

羌人的住房都是楼上住人，楼下圈养牲畜。木古基起床后，摇着铃铛来到楼下，然后把铃铛系在一只头羊的脖子上，打开房门飞快地跑了。

妖怪等了很久也不见木古基回来。可铃铛一直在响，说明那小子还在楼下方便。天快亮了，妖怪心里直犯嘀咕："这小子是怎么了，早该解完了，是不是跑了？我得去看看。"等他下楼去看，哪里还有木古基的人影，而铃铛还系在羊脖子上"当当"作响。妖怪知道上当了，立即骑着母猪追了出去。

妖怪追了好一会儿，终于远远望见了木古基。这时妖怪已恢复了他凶狠、残暴的本来面目，边追边骂："臭小子，你竟敢骗我，你的妈妈和姐姐都已经被我吃了，你以为你能逃出我的手心吗？我要吃你的肉，喝你的血！"

木古基听到这话很气愤，但面对比他强悍百倍的妖怪又能有什么办法呢？和妖怪比起来他是那样弱小，他只得继续逃跑。眼看妖怪快要追上了，慌忙中他顺势爬上了一棵高大的杉树。

妖怪也跟着爬上了树，正当妖怪快要抓住木古基的时候，木古基在上面使劲将杉树一摇，"啪"的一声，妖怪被重重地摔到了地上。

妖怪不知道自己怎么会掉下来，他问："臭小子，你是怎么爬上去的？"

"我是倒着爬上来的。"

妖怪就倒着往树上爬，快要抓住木古基的时候，木古基又使劲将杉树一摇，妖怪"啪"地又摔到了地上。

妖怪说："臭小子，你敢骗我，你到底是怎么爬上去的？"

"我是横着爬上来的。"

妖怪开始横着往上爬，快要抓住木古基的时候，木古基又将杉树使劲一摇，妖怪再一次摔到了地上。

妖怪更加气愤了，他恶狠狠地说："臭小子，竟敢骗我，我就不信抓不到你！"说着，拼命往树上爬。当妖怪快要抓住木古基的时候，木古基又使劲摇树，可这次不灵了，妖怪把树抱得紧紧的，怎么也摇不掉。

木古基只好向树顶爬去，可妖怪也跟着爬了上来。这下完了，怎么办

羌族民间故事

呀？只有祈求上天了。木古基拿出一根针插在杉树顶端，默默祈祷："树啊树，快快长高吧，长到天上去！"

真是木古基命不该绝，杉树果然不断地往上长，一直长到了天边。可是天门是关着的，他上不去。他又默默祈祷："天神啊天神，快开开门吧！这个妖怪吃了我的妈妈和姐姐，现在还要来吃我。"这时，奇迹出现了，天门开启了，木古基迅速钻上了天。

妖怪也随着树的生长到了天边，他也想钻上天去抓木古基。正当他将头伸进天门的时候，天门突然关闭，妖怪的脖子顿时被天门卡断。这样，妖怪的脑袋就留在了天门之上，而身体从天上掉下来被摔得粉碎。

为了发泄心中怒火，木古基将妖怪的脑袋在天上拖来拖去，发出"轰隆、轰隆"的声音，天上雷声，就是木古基拖拽妖怪脑袋发出的声音。

摇钱树

从前，麻塘寨有个孩子叫保生，很不幸的是保生小时候就失去了母亲。后来，父亲给他找了一个继母，继母还带来了一个比保生大的儿子。过了几年，保生的父亲也去世了，剩下他与继母和哥哥一起生活。继母和哥哥对他很不好，他只能吃他们吃剩的饭菜，穿哥哥穿旧的衣服。

保生没了依靠，便养了一对猎狗。他和这对猎狗非常要好，即便是只有半碗饭也要分给猎狗一半。

在保生十五六岁的时候，继母和哥哥狠心地把他赶出了家门，霸占了本该属于他的房子和大部分土地，只给了他几块贫瘠的土地和他自己养的那对猎狗。

保生被赶出家门后，只好搭建了一个简易的棚子，和猎狗相依为命地生活。不过，他的这对猎狗可不是一般的猎狗，它们非常有灵性，每次上山打猎，都能为他立下汗马功劳，不仅能抓到獐子、麂子，还能斗过野猪和老熊。他有了这对猎狗，生活过得还算不错。

到了播种季节，保生没有耕牛，他就去找哥哥借，可这位哥哥完全不顾他的困难，借口自己要用，不把耕牛借给他。

没有借到耕牛怎么办呢？他忽然突发奇想：我那对猎狗不是很厉害吗，何不用猎狗来试一试。于是，保生给这对猎狗做了一副耕地用的架子，然后

牵着猎狗来到地里，把这副架子架在猎狗肩上，这"二牛抬杠"就变成了"二狗抬杠"。接着，保生左手扶犁，右手挥舞着木条，嘴里吆喝着"哦罗嗵，哦罗嗵……"像用牛耕地那样开始耕起地来。

嘿，奇迹真的出现了，这对猎狗还真行，它们的力量似乎不比耕牛小，又听话又灵活。不一会儿工夫，保生那几块地就耕完了。

保生用猎狗耕地的情景被寨子里的人看见了，很快，猎狗耕地的消息传遍了整个麻塘寨。

哥哥也听到了这个消息，感到很新奇，他找到保生问道："弟弟啊，听说你在用猎狗耕地，是真的吗？"

"是真的，我的猎狗真神！"保生回答。

"借给我用一下好吗？"哥哥想图个新鲜，用这对猎狗来耕自家的土地。

"好吧。"善良的保生把爱犬借给了哥哥。

哥哥把这对猎狗牵到自家地里，可这是一对通人性的猎狗，它们认识哥哥，对哥哥早就怀恨在心，不肯为他耕地。哥哥就用木棍抽打猎狗，可任凭他怎样抽打，猎狗嚎叫着就是不肯为他耕地。哥哥气极了，大骂道："烂狗，在保生那里能耕地，在我这里就不能耕地，真是气死我了，我要将你们乱棍打死。"说着，他越打越狠、越打越重，最后活活打死了这对猎狗。

到了夜晚，保生到哥哥家去索要爱犬，而哥哥却对他说："你那对烂狗，不肯为我耕地，我已经把它们打死了。"

保生听到这话，气得两眼发黑，脑袋嗡嗡作响！他怎么也没有想到，自己的爱犬竟遭如此毒手。他大哭道："哥哥啊，你太狠心了，我的猎狗可不是一般的狗，它们跟我上山打猎，为我看门守家，还能为我耕地。我的生活全指望这对猎狗，它们可是我的命根子呀！现在猎狗死了，我可怎么办啊。"他越哭越伤心，但猎狗已经死了，再怎么责怪哥哥也没有用了。

保生抬回猎狗的尸体，在自家房后找了一块向阳的地方，掩埋了这对猎狗，垒起了一座坟墓，还在坟墓四周砌了一道石墙。

第二年，猎狗的坟墓中央长出一棵野樱桃树，野樱桃树长得很快，没过

174

几年就长成了参天大树。到了夏天，野樱桃树挂满了红红的、小小的野樱桃。保生闲来没事，经常到野樱桃树下乘凉，吃树上的野樱桃。到了冬天，他就靠在坟墓的石墙上晒太阳。每当这时，他都会触景生情，想起他的那对猎狗。

一天，保生靠在坟墓的石墙上晒太阳，暖烘烘的太阳照在他身上，保生又想起了他那对猎狗，想着想着就睡着了。这时，他见到了那对朝思暮想的猎狗，它们正摇着尾巴向他跑来，在他身边欢快地跳来跳去，和他嬉戏。他见到猎狗也很高兴，抱住猎狗久久不肯松手，说道："我的猎狗啊，真想你们！"

"主人啊，我们也想您！"猎狗说道："所以我们死后变成樱桃树，守候在你身边。"

"你们对我好忠心啊！"保生激动地说。

"主人啊，"猎狗说，"我们还要告诉你一个秘密，这棵野樱桃树不是一般的树，而是一棵摇钱树！当您生活困难的时候，找一张红地毯铺在树下，然后爬上树摇一摇，那树叶、果实全都会变成金银财宝掉到地毯上的。"说完，猎狗就不见了。

"不要走！"正当他在竭力呼唤猎狗的时候，忽然被惊醒，原来这是一个梦。这个梦让他感觉太真实了，想起梦中猎狗说的话，保生将信将疑，难道世上真有摇钱树？忠实的猎狗是不会对主人说谎的，他决定试一试。

他不敢白天爬到树上去试，怕别人看见会笑话他。到了夜深人静的时候，他扛着红地毯，手里抱着一些柏香，怀里揣着刀头肉和青稞酒，来到了猎狗的墓地。到了树下，他铺好红地毯，虔诚地敬了天地，敬了各路神仙，敬了祖先，也敬了这对猎狗。然后爬上了树，使劲一摇，只听到"噼里啪啦"就像石头重重砸在地上的声音。等他滑下树来一看，金银财宝果真铺满了整个红地毯。

保生有了这些金银财宝，修了漂亮的房子，还买了很多土地，成为了全寨子最富有的人。

羌族民间故事

保生成了富人，哥哥感到很奇怪，弟弟靠什么发财的呢？他找到保生问道："弟弟啊，你是不是偷了别人的钱财或者是挖到了宝藏？"

"哥哥想到哪里去了，"保生说，"我既没有偷也没有挖到宝藏。"

"不会吧，"哥哥不相信地说，"过去你有那对猎狗，现在猎狗已经死了，你还能靠什么发财呢？"

既然哥哥把话问到了这里，好心的保生就把自己靠摇钱树发财的经过告诉了哥哥。

哥哥也想靠摇钱树发财。他来到那对猎狗的坟墓前，学着保生那样，铺好了红地毯，上了香，敬了神，然后爬到野樱桃树上使劲一摇，只听到"稀里哗啦"的声音，他心里美滋滋的，还以为金银财宝掉下去了！等他下树一看，红地毯上并没有金银财宝，只有一堆又一堆奇臭无比的屎尿。

哥哥的发财梦破灭了，气极之下，他抡起斧头砍掉了那棵野樱桃树。从此，世界上再也没有了摇钱树。

芭哈子

有个女孩叫芭哈子，不幸的是芭哈子十七八岁的时候母亲病逝了。没过多久，她父亲又娶了一个女人，这个女人成了她的继母。继母还带来一个比她大的女儿，也就成为了她的姐姐。由于芭哈子既听话又能干，人也长得很漂亮，继母生怕她强过自己的亲生女儿，于是经常打骂她，给她穿破旧的衣裳，叫她成天做事不得休息。而继母对自己的亲女儿却非常宠爱，从不让亲女儿做事。芭哈子的这个姐姐呢，自己不做事不说，还成天数落她，欺负她。

有一次，年轻的土司要举行盛大的歌舞比赛，目的是想从跳舞的姑娘中选出土司夫人。继母就带着她的亲生女儿去比赛，她想，如果女儿被选为土司夫人，自己就有权有势了。她给亲生女儿做了新衣服，把亲生女儿打扮得漂漂亮亮准备去参加比赛。

芭哈子也想去，继母却说："不许去，你也不看看自己的样子，穿得这么破烂还去凑热闹，你就在家里做事。"

"我只是想看看她们跳舞，不会参加比赛的。"芭哈子央求道。

继母让亲女儿拿来一斗菜籽放在芭哈子面前，说道："这样吧，你今天必须选完这斗菜籽，把所有的烂菜籽都给我选出来，选完才能去。"

菜籽那么小，选完一斗菜籽不知要选到猴年马月，芭哈子很伤心，这分明就是不想让她去嘛，继母怎么对自己如此狠毒！伤心时刻，她最想念的还

是自己的亲生母亲，如果亲生母亲还活着的话，也会像继母对她亲生女儿那样，把自己打扮得漂漂亮亮去参加歌舞比赛。即使不能参加比赛，看看热闹也好啊。孤独的芭哈子有一肚子的委屈找不到人诉说，她只能到自己母亲坟前说说心里话。

她来到母亲坟前，烧了纸、磕了头，哭诉道："妈妈啊，你走了我却受苦了。现在这个继母和她的女儿对我很凶，成天叫我做事，伺候她们，我没有一点休息的时间，还经常挨打挨骂。有好吃的都她们吃，我只能吃她们剩下的饭菜。有新衣服都给那个姐姐穿，我只能穿她不穿的破旧衣服。我想去看歌舞比赛，她却叫我选菜籽，故意不让我去。这样的生活我实在过不下去了，你如果在天有灵，就帮帮我吧！"

第二天，继母和她的亲女儿又要去参加歌舞比赛了，临行前又把一斗菜籽放在芭哈子面前，并说不选完就不许去。她们走后，芭哈子开始选菜籽。忽然，一群麻雀飞到她身边，麻雀叽叽喳喳地开始帮她选菜籽，它们把所有的烂菜籽都选了出来，不到半个时辰，一斗菜籽就选完了。芭哈子心里很激动："难道是母亲显灵了？要是再有件新衣服就好了，可以像姐姐那样穿着新衣服去看跳舞。"她这样想着，天空中果然飘来了一件衣裳，一件用绸缎做成的漂亮衣裳。这衣裳摸上去柔软的、滑滑的，还镶嵌着美丽的花边。她急忙穿上新衣裳，梳妆打扮一番后去了举办歌舞比赛的地方。

来到比赛的地方，芭哈子和很多观众站在一起，显得特别光彩夺目。人们都用惊奇的目光看着她，他们从来没有见到过如此美丽的姑娘，也不知道这是哪里来的姑娘，就连继母和那个姐姐也没有认出她。土司的目光也被观众里的美少女吸引，全然不顾舞台上还在跳舞的美女们，向芭哈子跑去，抓住了她的手。土司的举动让她不知所措，她立即挣开土司的手，慌忙地跑了。

芭哈子跑回家后又换上了原来的破旧衣服，恢复了原来的样子，继续做家务事。而土司呢，他已经完全被这个不知从哪里蹦出来的姑娘给迷着了，他吩咐士兵们，一定要找到这个姑娘。

第三天，等继母和姐姐出门后，芭哈子又唤来麻雀选完菜籽，换上漂亮的衣裳去了歌舞比赛的地方。她哪里知道，土司早就在各个路口安排了士兵等着她呢，她还没有到比赛的地方就被士兵们发现了，士兵们立即围住了她。然而趁士兵们不注意，她又冲出士兵的包围，逃脱了。不过，慌乱中她的一只绣花鞋丢了，被一个士兵捡到了。

士兵们把姑娘逃脱的消息报告给土司，把这只绣花鞋也交给了土司。土司看着这只还留有姑娘芳香的绣花鞋，下决心要找到这位姑娘。于是他拿着这只鞋，亲自带人挨家挨户搜查这位姑娘。每到一家，他们就给那家的姑娘试穿这只绣花鞋，看是否合脚。他们查找了很久都没有找到这个姑娘，最后来到芭哈子家里。他们先给姐姐穿，可是她的脚太大，怎么也穿不进去。年轻的土司有些沮丧，每家都查过了，怎么没有那个姑娘呢？这时，他看到火塘边还有一位身着破旧衣衫的姑娘正在煮猪食，于是吩咐士兵："让她试试。"

继母没有想到土司会让芭哈子试鞋，急忙说："她是个又脏又丑的姑娘。"

然而士兵们没有理会继母的话，还是把芭哈子叫了过来，给她穿上这只绣花鞋。结果这只绣花鞋穿在她脚上不大不小，正好合脚。于是土司带走了芭哈子。

到了土司家，芭哈子换上了母亲给她的新衣裳，梳妆打扮后出落成了一位美若天仙的少女。这样，芭哈子就成为了年轻土司的新娘，过上了衣食无忧的幸福生活。

露丝基和露丝满

岷江上游的羌人来自河湟一带。传说羌人来到岷江上游后，又用白石头战胜了当地的戈基人。因此，羌人从房顶的神塔到窗户和大门的挡头，再到地中间，都要放上白石来供奉。这里讲述的就是羌人迁徙时发生的一个爱情故事。

有一对恋人非常相爱，小伙子叫露丝基，姑娘叫露丝满。露丝满家里很富有，所以她家随部落南迁到了岷江上游。而露丝基家里很穷，没有随部落南迁，留在了原来的地方。从此，这对恋人天各一方，不能相见。

这对恋人分开后，他们彼此都十分思念对方。露丝基每天都要到山上遥望着恋人的方向，想起恋人，他感到撕心裂肺的痛。为了倾诉自己的思念之情，他随手折了一根蒲公英的花茎，含在嘴里不停地吹，花茎虽然能吹出声音，但吹不出旋律。于是他到山上砍来竹子，钻了孔，做成笛子来吹。他做的笛子和其他笛子不一样，他把两支笛子绑在一起，以此代表他和露丝满忠贞的爱情，这就成为了后来的羌笛。

露丝满也非常思念露丝基，她也用竹子做成了口弦，然后每天坐在房顶上，用手弹着口弦，以表达对恋人的思念之情。露丝满发明了口弦。

他们用悠扬的羌笛和铿锵的口弦相互诉说着自己的思念，乐声从未间断过。这样过了很长时间，他们的真情感动了阿巴斯，阿巴斯真的让他们听到了也听懂了对方的乐声。他们彼此约定：不论路途多么遥远，他们也要相会。

于是，他们追寻着乐声向对方走去。露丝满家里有钱，起初她雇了一辆轿子抬她走；抬轿子的人太累了，她又买了一匹马，骑着马继续往前走；后来马累死了，钱也用完了，就开始步行继续往前走。而露丝基一直是步行，磨破了一双草鞋，他又做一双草鞋继续往前走。也不知趟过了多少河，翻越了多少山，走了多少年，磨破了多少鞋，真是功夫不负有心人，他们终于有了见面的那一天。

见面的那天，他们彼此已经认不出对方，因为他们已经两鬓染霜，皱纹丛生，步入了中年。露丝满问露丝基："你要到哪里去？"

"我要去找弹口弦的人。"露丝基回答。

"我就是啊！"露丝满回答道。

这对有情人历尽千辛万苦终于见面了，他们抑制不住内心的激动，抱头痛哭了一场。激动过后，他们开始憧憬美好的未来。他们不想再走了，准备就在这里定居下来。

看着这个陌生的、没有人居住的地方，露丝满有些担心地说："这里既没有房子也没有土地，既没有吃的也没有穿的，我们怎么生活啊？"

"不用怕，"露丝基满怀信心地说，"只要我们无病无痛、平平安安就行了，我们下半辈子就在这里生活。这里很不错，对面有森林，背后有荒山和水源，我们可以靠自己的双手建设新的家园。"

露丝基和露丝满就在他们相会的地方修了房子，开垦了荒地，安家落户幸福地生活在了一起，还繁衍了很多子孙后代。

羌族民间故事

端午传歌

　　黑钵寨有六个寨子，分别是固加寨、腊夏寨、洛窝寨、别咯寨、纳哈寨和热儿寨，因此又称黑钵六寨。在黑钵六寨上面是西湖寨。很久以前，黑钵六寨遇到了非常严重的自然灾害，要么遇到暴雨和冰雹，要么遇到干旱和虫灾，庄稼连续几年都没有好收成。没有粮食，人们只能靠野菜和菌子来充饥，时间长了，很多人都得了病，流行起了瘟疫，没办法防治，一家人接一家人地死去。

　　黑钵六寨的腊夏寨有个陈时比法术很高，他上知天文，下知地理，还能知道过去，预知未来，是寨子里最有知识的人。遇到这么严重的灾难，六寨寨首就联合起来请陈时比作法，消除天灾，解救受苦受难的人们。陈时比领命后就开始设坛作法，他祭天、祭地、祭神明、祭先祖，诚心祷告，可是面对这么严重的灾害，陈时比使出了浑身解数也没能控制瘟疫的蔓延。

　　有一天清晨，太阳升起的时候，陈时比还在为瘟疫的流行发愁，忽然从最高处的西湖寨方向传来了一个女人美妙的歌声，不过，这歌声唱了一会儿就停了，到了下午太阳落山的时候，西湖寨方向又传来了那美妙的歌声，接连几天都是如此。

　　陈时比很奇怪，这歌声似乎很熟悉。他仔细聆听并认真做了记录，把女人唱的歌词整理出来后，他有了惊人的发现：唱词居然和时比的经文一模一样，时比的经文是七十二句，女人的唱词也是七十二句。

陈时比心想，这也许是阿巴斯的旨意，阿巴斯要拯救受苦受难的人们！他来不及多想就直奔西湖寨后面的山头，想看看究竟是谁在唱歌。到了西湖寨后面的山头，陈时比没有看见唱歌的女人，但发现了很多小脚印，还有一只绣花鞋。根据小脚印和绣花鞋，陈时比断定唱歌的是一位汉族姑娘，因为羌族姑娘没有裹脚的习俗。

回至腊夏寨，陈时比告诉六寨寨首："我发现西湖寨山上有位汉族女神，她唱的歌词和时比的经文是一样的。她就是阿巴斯的三女儿，来拯救我们的女神。我们应该在西湖寨后面的山上修一座神塔来供奉这位三姐，这样才能消灾免祸，永保太平。"

大家都同意陈时比的提议，于是就在西湖寨后山上修建了一座神塔。神塔修好后的第二天，人们看见塔上留下了很多小脚印。人们都相信，这些脚印就是汉族女神三姐留下的。

修建了神塔，供奉了汉族女神三姐之后，黑钵寨年年风调雨顺，庄稼有了好收成，瘟疫也得到了控制。

陈时比是位很有才华的人，他结合汉族女神唱词和时比的经文编了很多歌曲：有过年时唱的年歌十二首，有开展活动时唱的鸟歌十二首，还有就是端午节时传唱的歌曲十二首等等。

因为这座神塔敬的是女神，所以每年端午节那天，黑钵六寨都要组织所有的妇女举行盛大的传歌仪式来祭拜、歌颂三姐，祈求太平。传歌仪式很有讲究，接歌路线从哪个寨子开始到哪个寨子结束，在哪个地方唱什么歌，由哪些人传唱等，都有着严格的规定。

从端午节前的初三那天开始，黑钵六寨的妇女们就都打扮得漂漂亮亮的，组成庞大的传歌队伍，唱着歌到西湖寨神塔去接歌。到了神塔后，首先要杀鸡宰羊祭拜女神，然后妇女们开始祈福。塔边有上下两个草坪，西湖寨的妇女们站在上方的草坪，黑钵六寨的妇女们站在下方的草坪。

先由黑钵六寨的妇女们向西湖寨的妇女们齐声高喊："今年有没有疾病啊？"

羌族民间故事

西湖寨的妇女们齐声回应："今年没有疾病哦。"

黑钵六寨的妇女们又齐声高喊："今年有没有冰雹啊？"

西湖寨的妇女们又齐声回应："今年没有冰雹哦。"

黑钵六寨的妇女们又齐声高喊："今年庄稼好不好啊？"

西湖寨的妇女们又齐声回应："今年庄稼很好哦。"

祈福完毕，传歌仪式开始。妇女们首先唱着《婀娜三子》，绕神塔转上三圈，然后从神塔出发开始下山。传歌队伍先到黑钵六寨的腊夏寨，然后再一个寨子接一个寨子走下去。妇女们每到一个寨子，就把女神的祝福带到了这个寨子、把欢乐带到了这个寨子。

之后的几天，妇女们都不参加劳动，她们载歌载舞，尽情玩耍，非常热闹。而男人们则只能在自己的寨子里准备好酒好菜，招待传歌的妇女队伍。因此，端午节也就成为了妇女们的节日，这也让男人们练就了比妇女更好的烹调手艺，每次遇到红白喜事都是由男人掌勺。

白银飞了

　　从前，有一家人很富有。家里有一儿一女，姐姐看上去聪明伶俐，弟弟却显得比较笨拙。这家的老太爷本想让儿子来继承家业，可是人们都说他儿子笨，这让他拿不定主意。究竟谁才能撑起这个家呢？老太爷决定试试姐弟俩。

　　有一天，老太爷把姐弟俩叫到跟前，他要考考姐弟俩，看谁更聪明。老太爷问道："世界上最好吃的东西是什么？"

　　姐姐抢先答道："是蜂糖。"

　　弟弟也给出了自己的答案："我认为是盐巴。"

　　老太爷继续问："世界上最暖和的东西是什么？"

　　姐姐又抢着回答："是棉袄。"

　　弟弟慢吞吞地答道："我认为是太阳。"

　　老太爷继续问："世界上让人最凉快的东西是什么？"

　　姐姐又抢先答道："是冰块。"

　　弟弟却说："我认为是一阵凉风。"

　　听了姐弟俩的回答，老太爷对姐弟俩谁是真聪明、谁是小聪明有了自己的答案。

　　又一天，天气特别晴朗，老太爷就在自家屋顶上晒了一些白银，他想试

探姐弟俩谁能守住财。他先对女儿说："女儿啊，我在屋顶的筛子里晒了些白银，你去看一下。"

女儿爬上屋顶去看，下楼后对父亲说："大大，筛子里什么也没有。"

老太爷心想，女儿怎么连银子都视而不见，看来女儿没有财运。老太爷又对儿子说："儿啊，你姐姐说筛子里什么也没有，那你到屋顶去看看。"

儿子回来后对父亲说："大大，我看到筛子里晒的是白花花的银子。"

女儿听弟弟说晒有银子，很不高兴地说："弟弟不要乱说，我刚才在屋顶什么也没有看见，哪有银子？"

老太爷叫女儿再到房顶去看看，核实一下弟弟说的是不是真的。女儿又爬上了屋顶，这次她看到筛子里有一群雪白的鸽子。她随口"喔嗬"地吆喝了一声，大部分白鸽飞到了对面山上，筛子里只剩下了两只白鸽。

女儿回来后对老太爷说："大大，我看见了一群白鸽，我把它们赶走了！"

老太爷心想，我在筛子里晒的明明是白银，怎么变成了白鸽？他也爬上屋顶去看，结果，筛子里只剩下了两锭白银。

"哦，原来是这样！"老太爷心想，"在女儿眼里白银变成了白鸽，女儿还让白银飞走了！女儿不但没有财运，还守不住财。看来，儿子看上去笨拙，其实什么都知道，并不愚蠢，能够继承家业；女儿看上去聪明，其实是小聪明，不见得能够撑起这个家，我还是把女儿嫁出去算了。"

后来，老太爷还是把家业传给了儿子。

财主和百姓

从前，有个财主非常吝啬。他不愿意和老百姓交往，不去吃老百姓的饭，更不愿意把自己的东西拿出来分给老百姓。财主还专横跋扈，欺压老百姓，经常冤枉穷人欠他家的租子。

而寨子里的老百姓却相互请客，相互帮助，邻里关系十分融洽。这家说："我煮了肉，来我家吃饭。"那家说："你家还有没有面？如果没有就到我家来拿。""要酸菜不？我家有……"

财主家有一个儿子，看到寨子里的老百姓热热闹闹地迎来送往，非常羡慕。他向往老百姓的这种生活，就对父亲说："大大，别人家那么穷但他们经常请客，而我们家这么富裕却从来也不请客。我们家只知道收老百姓的租子，这样不好吧？我们也该请请客呀！"

"你懂什么？"财主不以为然地说，"我们家吃穿不愁，你不要羡慕那些穷人的热闹。"

有一次，有个年轻人请客，请了寨子里所有的年轻人，包括财主的儿子，他想试试财主的儿子会不会来。财主的儿子接到邀请自然也很高兴，因为他很想去。于是他问财主："大大，今天有人请我吃饭，可以去吗？"

"如果你想去就去吧，看看他们能够请你吃什么。"财主勉强答应了儿子的请求。

羌族民间故事

财主的儿子第一次到别人家做客。他去后，那个年轻人宰了一只羊来招待他们。他和寨子里的年轻人整整玩了一个晚上，他从来没有这样快乐过。

回到家，财主问儿子："他请你们吃了什么？"

"很丰盛，他们宰了一只羊。"儿子说。

"哦，宰了一只羊？"财主说，"那你去看看我们家羊圈里那只羊还在不？"

儿子老老实实到羊圈去看，回来后说："还在啊。"

"哦，还在啊？"财主说，"我看已经不在了。你不是吃了别人家的羊肉吗？现在轮到我们请客了，我们家的羊其实已经不在了！"

财主家也只得杀了只羊回请了寨子里的年轻人。之后，别人家请财主的儿子吃饭，财主再也不让儿子去了。久而久之，别人也就不再请财主的儿子了。

没有人请，财主的儿子就心里发慌，在家吃什么都不香。只要寨子里有人请客，他就爬到别人家的窗户上或院场的栏杆上去偷看别人家吃饭，还喊道："喂，你们在吃什么？怎么不请我呀？"时间一长，人们就越来越讨厌他。

老百姓本来就很憎恨财主，也就更加讨厌财主的这个儿子了。于是在一天夜里，几个年轻人商量好后，把财主的儿子狠狠毒打了一顿。

财主认定是那些穷苦老百姓干的，于是变本加厉地欺压老百姓。老百姓们气不过，逮着机会又将财主的儿子打得半死，然后扔到森林里。财主知道后，将全寨的老百姓抓起来严刑拷打，非要找出凶手不可。但任凭财主怎样严刑拷打，还是没有人承认打了他的儿子。

财主的儿子被打成了痨病，整天躺在床上，吃不下饭，而且病情越来越严重。财主看着很着急，儿子还没有结婚，自己家的香火就要断了。这时，寨子里来了一个时比，时比看了看儿子的病情，对财主说："你家原来也是穷人，靠剥削老百姓起了家，现在欺负穷苦老百姓真是太不应该了。你就一个儿子，要为自己留条后路啊！"

"有什么办法可以医治？"财主听后有点不高兴，但为了儿子的病他不得不问时比。

"办法当然有，只要你多为百姓做点好事，积点阴德，儿子的病自然会好的。"

但财主还是不听时比的劝告，继续欺压百姓，继续对百姓严刑拷打，非要查出打他儿子的凶手。这样，他又冤枉了很多百姓。

到了年三十那天，节日的气氛越来越浓，老百姓都忙碌着做年夜饭、放鞭炮，准备热热闹闹过年，而财主家却没有一点过年的气氛。财主还让长工到地里去耕地。

长工正耕着地，这时耕牛说话了："哎哟，别人家都在准备过年，而我们还在这里劳动，真是没有天理啊！"

长工很惊讶，耕牛居然会说话，他不敢再让耕牛耕地了，立即回去向财主报告。财主骂道："你自己不想劳动还找这样的借口。耕牛会说话？世上哪有这样的事。"

"是真的，不信你自己去看看。"

财主来到地里，他要亲自耕地，看看耕牛会不会说话。耕了一会儿，耕牛显得很不耐烦了，不时地用脚往后踢，而财主还不停地用木条抽打耕牛。这时耕牛一脚踢向了财主的脑门，气愤地说："年三十不给我喂点好饲料，还让我劳动！"

财主愣住了，耕牛果真会说话！耕牛又说道："我为你劳动已经变得很瘦很瘦了，即便我前世欠了你债现在也该还清了吧，从现在起，我不再为你劳动了。"

见到耕牛发怒了，还踢了财主，树枝上的小鸟和乌鸦大笑了起来："哈哈，耕牛这么好的脾气也会生气，踢死他算了，他罪有应得。"

财主听到动物们的话吓惨了，连忙跑回了家。

这时，财主家的猪、狗、牛、羊、鸡等所有的牲畜都冲出了圈舍，就连借住在他家的老鼠、麻雀、蜜蜂、苍蝇、蚊子等等动物也都冲了出来，它们把财主的房子团团围住。动物们聚集在一起，七嘴八舌地说："这个财主太

羌族民间故事

没有人性了，干脆把他的房子烧了吧……"

于是动物们抱来了玉米秆、麦草和干柴堆在财主房子的四周，开始点火烧房子。

年三十晚上，老百姓们家家放着鞭炮，热热闹闹过年，而财主家却燃起了熊熊大火。众多的老鼠蹿到院场的栏杆上，麻雀、乌鸦飞到半空中，猪、狗、牛等动物围着大火，都幸灾乐祸地欢叫着："哈哈，烧得太好了，烧得太好了……"

老百姓知道是财主家失火，没有一个人愿意去救火，火烧毁了财主家所有的财物，这个财主又变成了普通老百姓。

藤缠藤

有一个姑娘和一个小伙子非常相爱，但姑娘的母亲不同意这门婚事。姑娘不顾母亲的反对，继续和小伙子来往。母亲明里没法阻止他们，暗地里却想害死这个小伙子。

有一天，小伙子来到姑娘家，姑娘的母亲就在给小伙子休息的床铺上埋藏了很多小刀，床下还放了一口大锅。小伙子翻身的时候，翻过来被小刀扎几下，翻过去又被小刀扎几下，小伙子被扎得鲜血直流。

第二天清晨，姑娘送小伙子出门。出门后小伙子对姑娘说："亲爱的姑娘啊，我给你们母女都准备了礼物，给你的礼物放在枕头下，给你母亲的礼物放在床铺上，我走后你就把礼物取出来。"小伙子说完就急匆匆地走了。

姑娘觉得小伙子的神情有些异样，立即转身进屋，想看看小伙子送的礼物。她拿起枕头，下面放着一只手镯，这是小伙子给她的礼物。再掀开床单一看，顿时被吓得目瞪口呆——床板上安装了很多小刀，小刀上还血迹斑斑。再看床下，床下放置着一口大锅，锅里盛满了红红的鲜血！

姑娘一切都明白了，母亲想害死自己的心上人，她立即追了出去，一路上都是血迹，她沿着血迹追了很久，终于在一棵大树旁找到了小伙子。但是小伙子已经断气了，身边还流了一摊鲜血。

心上人死了，姑娘悲痛欲绝，她也不想活了，她要追随小伙子而去。于

羌族民间故事

是，姑娘解下腰带，在这棵大树上上吊了。

姑娘的母亲也追来了，但已经晚了，女儿和小伙子都已经死了。她非常后悔，也很伤心，自己不仅害死了小伙子，而且也害死了自己的女儿。她把女儿和小伙子并排着埋在了大树旁。

次年，姑娘和小伙子的坟墓上都长出了长长的青藤，两股青藤紧紧缠绕在一起，越长越茂盛。

衍经足和眼镜足

眼……啦眼镜……足呵……啦，

眼镜希莫嗬呀嗬啦，

眼镜……足呵……呀！

这是一首羌族萨朗①曲，与此有关的事，发生在红军长征时代。当长征路过茂县城时，有一个红军战士病了，留在维城农村一户羌民家里养病。他是个近视眼，经常和羌民往来，当地的恶霸头认为这个戴眼镜的人来历不明，就想找机会把他杀了。农民看到恶霸头就提醒红军病员小心。

有天晚上，恶霸头以喝咂酒为名，把人们集中起来，这位红军战士也在中间。恶霸头打算等咂酒喝得差不多的时候，就下毒手。

有位叫二支姆的羌族农民，晓得今晚要出事。想把事情告诉红军，又不敢说，他着急惨了。他忽然心生一计，跑去给这位红军敬酒，同时唱着上面那个歌曲。那位红军战士听后，就悄悄走了。

"眼镜足"的"足"字，草地话是"走"，羌族叫"格撒"，这是一首羌人根本听不懂的歌词，把他们哄了，也救走了红军战士。

这位红军走后，恶霸头的计划落空了，他们追问原因，谁都没说。

①萨朗：羌语，即舞蹈。

恶霸头想，今晚上唱了一首歌，唱的是"眼镜足"，这一定有名堂，他就问唱歌人："你把今晚唱歌的歌词意思讲出来呢！"

二支姆说："嗨呀，今天晚上我唱的歌嘛，就是我们羌族自己的萨朗舞曲嘛，哪个又不晓得我们萨朗舞曲《衍经足》①呢？我唱《衍经足》都错了吗？"

"衍经足"与"眼镜足"的读音相同，恶霸头没话可说，蔫耷耷的，只好收场算了。

―――――――――――――――

①衍经足：羌语，是一种萨朗舞曲名。

豹子的来历

早些时候，阿巴木比塔造天地万物时，没有造豹子。那么豹子是怎样来到世上的呢？让我来告诉你。

我们羌族地区曾有个爱钱如命的寨首，名叫系格巴止。他把家里盘剥来的粮食和牛羊换成了钱，装进他的大钱袋里。钱袋填满了，他的心却填不满，他随时都在算计别人的钱财。哪知他算得太精、太尽，反算丢了自己的性命。系格巴止死时，老吊着一口气不断，他老婆晓得他一辈子就贪个钱，赶紧把钱袋抱来放在他身边，他这才断了气。家里人就把钱袋同他一起葬了。

系格巴止太贪婪了，到了阴间，阎王就罚他去变兽类。他扑通一声跪下，请求说："阎王爷，我在人间是寨首，投生兽类也应当是个大家伙哟。还有，我的钱袋子是万万不能离身的呀。"阎王原以为他不干，一听这个，就说："好，那你就去投生老虎吧，你的钱袋子也可以随身带去。"说罢，一脚将他踢入兽门。

系格巴止投生在一只母虎肚里。后来母虎生下三只虎儿，其中一只虎儿形象似虎，但皮毛不是老虎的扁担花纹，而近似铜钱花纹。这是因为系格巴止带了钱袋投生，所以铜钱印在了他的身上，从这时起，世上才有了这似虎非虎的豹子。至今民间还有"三虎夹一豹，三斑夹一鹬"的说法，意思是斑

羌族民间故事

鸠孵三个儿，其中必有一只是鹞子，老虎生三个子，必有一只是豹子。

系格巴止变成豹子以后，仍不改其作恶贪婪的本性，经常窜到各处村寨偷吃牛羊，惹得羌人个个痛恨，都把豹子叫作系格巴止，就是"有钱的贼"的意思。

夫妻鸟

在川西北地区，有一种鸟叫夫妻鸟。

很早以前，黑水河边住着一位有权势的头人，他有两个漂亮的女儿。两个女儿长大成人了，头人便把大女儿俄美基嫁给邻山的阿旺土司，将小女儿俄满初许给年轻的山格头人。俄满初早已爱上年轻忠厚的饲马娃子阿加河江波。头人的小姐要与娃子成婚，这是万万办不到的事情，就在阿爸为俄满初订婚的当晚，俄满初找到阿加河江波，两人私奔了。

一天，他俩来到一个山寨，俄满初知道阿姐俄美基嫁在这里，便再三要求自己的丈夫去阿姐家住一夜，阿加河江波只得依了她，在阿姐家住了一晚。第二天早上，俄满初醒来，见丈夫满身是血，冷冰冰地躺在床上，才知道丈夫已经死了。原来，狠心的阿姐俄美基也不满阿妹与穷娃子结合，便派人在半夜里把阿加河江波杀害了。

俄满初恨透了阿姐，悲痛欲绝，背着死去的丈夫，来到山前的喇嘛寺。她跪在菩萨面前祈祷，请求法力无边的喇嘛为丈夫念经，用火送他的灵魂升天。

阿加河江波的尸体搁在木柴堆上，木柴燃烧起来。烈火滚着浓烟，直冲云霄。俄满初那美丽的容貌，使站在一旁念经的喇嘛动了心，对她产生了邪念，喇嘛上前抱住她，向她表示爱情。俄满初说什么也不肯，她发誓除了阿加河江波，不会再嫁人的。喇嘛纠缠着俄满初，使她无法脱身。她对喇嘛

羌族民间故事

说："你既然爱我，就将这个东西捡回来吧。"说着将身边的毛线团子甩到了很远的河边。

喇嘛赶紧跑去捡羊毛团子，俄满初向火堆里加足了木柴，纵身跳进了火堆。一会儿，火堆里飞出一对红嘴鸟，双双飞进灌木林去了。

从此，这对红嘴小鸟便在空中飞翔，林中栖息，人们又叫它们为"夫妻鸟"。

耳环的来历

原先，有个猎人上山安索子。獐子、岩羊、盘羊，啥子野物都绑得到。这天，猎人又上山去，拿出家什，找个路子，就在地下打个窝窝。他把绳子挽个不大不小的圈圈，放在那儿。

这一天，猎人来看索了，看到套着一个漂漂亮亮的女子。

那个女子说："我的动物快拿给你捕光了。今天，连我都被你绑到了。"

猎人说："哪个喊你到这儿来呢？"

女子说："你今天放不放我？"

猎人说："把你绑到了，就不放你走！"

女子说："告诉你，我一直在天上守动物，每天都要少几个，天神不高兴了。你放我呢，今天可以原谅你，你不放我呢，我叫天神收拾你。"

猎人想了想，说："我要放你，咋个不放呢？你还是个娃娃。不过放了你，你给我啥子报答呢？"

那个女子说："放了，我给你十二只麝香。"

猎人说"你不要说假话。"

女子说："对嘛！你转过身去。"

猎人背转身，等转回来时，十二只麝香就绑到索子上了。

羌族民间故事

女子说："那该放我了。"

猎人舍不得姑娘走，说："你是仙女，给你打个记号，今后我也好找你。"猎人捡了个骨牌牌在仙女耳朵上钻个眼眼，把骨牌牌套在她的耳朵上。

仙女不想再见到猎人，就在羌族女子耳朵上都穿个眼眼，并给她们都戴上骨牌。

后来，人们以骨牌为耳环，妇女们都爱戴耳环了。

溜索的起源

　　有个小伙子，家里很富，人才也好。有个姑娘呢，长得漂亮，又能干，可家里很穷。他们一个住在河那边，一个住在河这边，两个人天天都看得见，就是不能在一起。

　　有一天，小伙子告诉爸爸妈妈，说要娶河那边那个姑娘。他父亲不同意，嫌那家子穷。小伙子仍不死心。有一天，他叫家里的放羊娃儿去问一下姑娘叫啥名字。小娃儿去了，走拢姑娘家门口，姑娘在坝子头织麻布。小娃儿问："大姐，你叫啥名字？"

　　姑娘说："我叫拉德喀什巴。"

　　"拉德喀什巴，拉德喀什巴。"小娃儿一边往回走，一边念。突然，脚底下一个石头把他绊倒了，爬起来就忘记了姑娘的名字。他又不好再去问，就这样回去了。小伙子只好叫小娃儿又去问。

　　第二天，放羊小娃儿又去问了，回来边走边念："拉德喀什巴，拉德喀什巴。"走着走着，见一只老鹰猛地飞下来，抓走一只山鸡。放羊娃儿一惊，又把姑娘的名字搞忘了。

　　放羊娃儿回去了，小伙子又问他姑娘叫什么名字。放羊娃儿说："路上飞了一只老鹰下来，抓走了一只山鸡。我抬头一看，就忘了姑娘的名字。"小伙子有些生气了，还是没法，只好叫他再去问。

第三天，放羊娃儿走拢就问："大姐，你叫啥名字啊？我昨天记住了，走在路上又搞忘了。"姑娘反过来问这个小娃儿："你咋个天天来问我的名字呢？有啥子事吗？"

开头娃儿不敢说，最后就说了："我们家那个小主人喊我来问的。前天呢，绊了一跤，搞忘了；昨天，老鹰飞下来，抬起脑壳看了一下，又搞忘了，今天喊我又来问。"

"哦！是这回子事，你记不起就算了。明天我要到山上去砍柴，回去告诉你们主人，到那边山上来见我就对了。"

放羊娃儿回家给小伙子说了，小伙子很高兴。第二天，小伙子到河那边山上，姑娘到河这边山上，中间隔着条大河，河上没有桥。

姑娘唱起山歌："河对门的大哥哟，你过河来。"

小伙子回唱："我想过河哟，又没有桥。"

姑娘听到了，扯下一绺头发一抛，一根溜索就搭起来了。

姑娘唱："扯下头发搓成索哟，搭个溜索哥哥过。"

小伙子看到溜索，高兴极了，但又没得溜壳子，咋个过呢？

小伙子就唱："姑娘溜索搭得好哟，没有溜壳过不了。"

姑娘取下手上的银圈子，顺溜索滑过去了。

姑娘又唱："取下圈子当溜壳，吊住圈子溜过河哟。"

小伙子双手吊住圈子溜到河对面去了。

小伙子和姑娘在一起，就说起了自己的心事。以后，他俩就通过溜索你来我往，从此羌寨就有了溜索。

锦鸡和老鸹画毛

原先，锦鸡和老鸹是最好的朋友，两个经常在一起飞来飞去，从不分离。它们在一起耍的时候，看到其他的雀鸟都穿得很好，打扮得漂亮，它们也想打扮一下，好出去和其他雀鸟比美。颜色找到了，老鸹说："我们两个哪个来先打扮嗬？我先给你画嘛！"

锦鸡同意了。老鸹把颜色调好，给锦鸡画毛，画得很美丽。锦鸡飞出来，大家都很喜欢，都问它："哪个画的啊？画得这么漂亮。"

锦鸡回来了，该给老鸹画了。锦鸡起了歪心，它想，不能把老鸹画得比自己美。于是它弄了些黑颜色，往老鸹身上一画，老鸹飞出去，雀鸟们都不盯它。老鸹感觉不对头，去问喜鹊。喜鹊喊老鸹是舅舅："它把你画得一团漆黑啰！"老鸹一听，着急了，就回去找锦鸡。锦鸡心虚，就藏到竹林头去了。老鸹遍山找，找来找去，硬是找不到锦鸡。

所以，现在山上的锦鸡，见到老鸹飞来，就躲到林林头去，它怕老鸹来找它麻烦。

羌族民间故事

熊家婆

有一家子，三娘母，阿妈和两个小女娃娃。她们住在离寨子不远的山坡坡上，是个单户子。阿妈到地头做活路，寨上住的老家婆就常来照管两个小外孙女。

有一天，阿妈要上街赶场，给两个女儿说："孕吉①，阿妈今天上街赶场，你两姊妹把大门闩紧，就在房背上耍，有人喊门，不要开，就说阿妈不在屋头。如果有事，就在房背上喊家婆过来。"阿妈说完，背起药材上街去了。

姐姐把大门闩紧，背着妹妹到房背上耍去了，没大人管她俩，她们耍得忘了一切。天黑下来了，阿妈还没有回家，姐姐心想，还是喊家婆过来搭伴儿，她就在房背上大声喊："家婆，过来搭伴儿哟，家婆……"刚吼两声，被老熊精听到了，它就装着家婆的声气，回喊道："来了哟，来了！"姐姐听到家婆答应了，就没再喊。两姊妹下到屋头等着，不一会儿，"家婆"来到门前喊开门。两姊妹把大门打开，把"家婆"接到屋头。姐姐要去点灯，"家婆"挡着说："不要点亮，家婆在害火眼，见不得亮。"姐姐给"家婆"端板凳坐，它挡着说："不坐板凳，家婆生了坐板疮。"姐姐去搂"家婆"，手摸到身上毛茸茸的，吓了一跳，说："家婆，你背上咋个净

---

①孕吉：羌语，我的女儿。

是毛呢？""家婆"说："噢，瓜娃子！家婆把皮褂子翻起在穿嘛。"姐姐听到"家婆"说话莽声莽气的，就问："家婆，你的声气咋个不像往天呢？""就是嘛，昨天淋点雨，给凉着了。问这问那的，你硬是话多呢。快睡觉，早睡早起，明天你妈给你们买个'紧走'①回来呢。"

睡觉时候，妹妹硬要跟"家婆"睡一头，姐姐就睡在脚底下。睡到半夜，一阵噼噼啪啪的声音把姐姐给惊醒了。她把细一听，原来是"家婆"在吃东西。她就问："家婆，你在吃啥子嘛？""家婆"说："没吃啥子，是你家公给我的几颗沙胡豆。"姐姐说："给我吃点嘛。""没得了。"姐姐又说："不信，我爬起来搜你的包包。""家婆"说："睡着，看凉着，这里还有一颗，拿去吃！"姐姐接过手一摸，粘糊糊的，哪里是沙胡豆，是一个小指头尖尖，这个家婆像吃萝卜一样，吃着妹妹的脚杆。她明白了，吓得直打颤，心想，这下完了，跑也跑不掉，喊又没人救，只有想办法逃走才是。姐姐就装着屎胀了，惊叫唤说："家婆，我要屙屎了。"这时，老熊肚子也吃饱了，想她把屎尿屙干净，好吃一些，就说："就在床边边屙嘛。"姐姐说："屙到屋头臭得很，我下圈头去屙吧？"熊家婆怕姐姐跑了，就说："不忙，你去拿根绳子来，一头拴在你腰杆上，一头我逮着，免得你绊倒。"姐姐说："对，我去找根绳子来。"她悄悄把剪刀、锥子揣在怀里，又在灶门前拿起弯刀，再把阿妈背柴用的绳子打散，一头捆在自己的腰上，一头交给熊家婆，顺梯子下到猪圈头。熊家婆手拉着绳子，怕姐姐跑了，等一会儿扯一下绳子，问一声："屙完没有？"姐姐在圈头说："还没有。"问了几回，熊家婆不停地扯绳子，姐姐赶紧把腰上的绳子解开，拴在猪槽上，轻脚轻手地打开门跑出去了。

出门后，她想，天这么黑，我咋个跑得赢老熊呢？她很快爬上门前的梨子树躲起来。熊家婆睡在床上，拉着绳子，问了几声没人答应，以为姐姐睡着了，就使劲地一拉，哗啦一声，把猪槽拉翻。熊家婆赶忙爬起来朝门

①紧走：羌语，意为空气或零蛋。

外去撵。走到树子下，听见姐姐说："家婆，这梨子好甜哟，我是来给你摘梨子呀！你把嘴张开点，我先给你丢个大梨儿，你尝尝吧。"熊家婆想吃甜梨儿，在树下张着嘴巴。姐姐取出锥子，说声"你接住啊！"丢向熊家婆嘴头，锥子扎穿了它的喉咙。它一声惨叫，向树上爬。姐姐手拿剪刀，使劲一戳，剪刀尖插进了熊家婆的眼。熊家婆痛慌了，拼命往树上爬，姐姐用弯刀砍断了它的两个前爪，熊家婆就滚下梨树摔死了。

石狮子吐金

　　一家两弟兄，哥哥贪心，想霸占财产，就把弟弟撵出去了，给了他一根绳子和一把弯刀。弟弟每天上山砍柴卖，维持生活。他每天上山时，要经过一个大石包，上上下下，他都要坐到石包上歇息，顺便在石包上磨弯刀。一天，他正磨弯刀，大石包说话了："哎，小伙子，小伙子，你不要磨我的背嘛，把背都给我磨烂了，好疼哟！"小伙子吃了一惊，忙解释道："我要卖柴维持我的生活呢！"大石包说："你明天拿个麻布口袋来，以后就不用磨弯刀了。"

　　第二天，小伙子拿了一个麻布袋来到大石包前。那大石包形状像个石狮子，石狮子说："你把口袋牵到我的嘴上。"弟弟牵起了口袋，石狮子把嘴巴张开，吐了一口袋金子。弟弟高兴地谢过石狮子，把金子背回去了。

　　弟弟用金子买了木料，修了一座漂亮房子，又买田地、牛、羊，制了家具，接着，他又接了婆娘。弟弟想，我发财了，还是应该把哥哥请来耍一下。有一天，弟弟办起九大碗，请哥哥一家人来吃饭。哥哥看到弟弟发财了，自己虽然不穷，但不如弟弟，就问弟弟："兄弟兄弟，你是怎么富起来的呢？"弟弟很老实，就把自己得金子的情况一五一十摆给哥哥听了，哥想，我也照弟弟的办法，去弄些金子回来。

　　一天，哥哥穿起烂衣裳，拿了一根绳子和一把弯刀，来到大石包前。他

羌族民间故事

207

坐上大石包，就在石头上磨起弯刀。那石包又开口了："哎，小伙子，小伙子，你又在我背上磨什么呀，你把我的背磨得好疼哟，你不要磨了嘛！"哥哥说："我要砍柴卖，供婆娘娃娃哟。"他这样一说，石包说："小伙子，你明天拿个麻布口袋来，以后你就不用砍柴了。"哥哥十分高兴，回到屋头缝了个大口袋。第二天，他跑到石狮子跟前牵起口袋，石狮子吐了一口袋黄金。他看到石狮嘴巴张起，牙齿上还粘着一些金子，就伸手去抠。他正抠得起劲，石狮子把嘴闭了，咬住了他的手，他无论怎样扯都扯不出来，越扯越痛。这下，他婆娘、娃娃只好天天给他送饭来。那一口袋金子呢，也变成了石头。一年过去了，他家里的金、银、田产几乎卖光了，只剩下一座房子了。一天，他婆娘不耐烦了，说："本来家里好好的，你还那么贪心，这下完了，我俩只好分家哦！"男人伤伤心心地哭了起来，他对婆娘说："要分开嘛，我们两个亲个嘴吧，以后，我饿死了也心甘啊。"于是，两口子就在石包边亲起嘴来。那石狮子扑哧一笑，嘴巴张开了，哥哥顺势从石狮子嘴里抽出了手。

从此，哥哥再不敢贪心了。

义狼案

　　先前，有个医生经常一人出去行医。一天，他到山那边去给人医病，在密林中遇到一群狼挡住去路。狼不咬他，也不让他走。医生想了想，对狼说："狼啊，你有事就点头三下，没事就放我走吧。"狼会听人话，冲他点了点头。医生就跟着狼群来到一个岩洞里。原来洞里有一只老狼，头上生了脑疽，原来狼是请医生给老狼治病的。

　　不久，老狼的脑疽医治好了。老狼千恩万谢，送给医生一个褡裢，里面有一根金烟袋，还有麝香，这群狼还高高兴兴地送他翻过了大山。

　　医生回来，把老狼酬谢的褡裢、麝香、金烟袋摆在大街市上卖。不一会儿，有人看见了这三件东西就说是他爹的，还说东西在人在，他爹一个多月前出门，就一直没回来，东西在医生手里，要向医生要人。医生再三申明，说东西是老狼送给他说，小伙子都不依，红不说白不说，拉着医生告到县官那里去了。医生把给狼医病，酬谢东西的事说了一遍。县官不相信，派了两个差人押着医生到了洞口，医生叫出老狼，说明来意。狼见了医生就摇头摆尾，看见差人就张牙舞爪要吃他们。医生为了洗清冤屈，便挡着狼，不准伤害差人。老狼带着群狼用山珍野味请了医生，然后跟随差人，陪同医生到了县衙。

　　县官升堂审案，公堂上挤满了看热闹的百姓。县官命公差将医生和老狼

羌族民间故事

带上公堂，把惊堂木一拍，喝道："大胆老狼！图财害命，伤害无辜，赃证俱在，如实招来！"并命人把褡裢、二十两麝香和金烟袋摔在医生和老狼面前。老狼摆头三下，表示不是它们的。县官又问："被害人的肉是你们吃的，就点三下头，不是就摇三下头。"老狼摆头三下，县官就明白了几分。这时，看热闹的人群中有个贼头鼠眼、神色慌张的人急急忙忙往外冲，匆忙中掉了一只鞋。这个人回转来找鞋时，老狼一口将他衣角咬住拖到大堂上

这个人吓得像筛糠一样发抖。县官喝道："大胆刁民！老狼为何要拉你上公堂？如实招来！"这人晓得不招不行，便如实招了。

原来，他是一个棒老二①。一天，有个人路过山林，他看这人身上背了个褡裢，心想肯定有钱，就把人打死，抢了银子。正在这时，一群狼围了过来，他只顾逃命，没来得及带走褡裢。这群狼将被害人拖进山洞，吃了肉，褡裢留给老狼。就这样，老狼为医生澄清了冤屈，抓到了凶手。

县官当场释放了医生和老狼，将凶手下令押进死牢，秋后处决，斩首示众。

①棒二老：土匪。

青山绿水打官司

从前，青山和绿水是好朋友。不管啥子地方，只要它们在一起，就要漂漂亮亮的。有一年夏天，天空突然起了很多乌云，大雨如瓢泼般地下起来。

大雨一直下，山上发了洪水，河水猛涨，平地积水三尺。大水把青山弄脏了，绿水开始嘲笑它。青山气不过，就把大块大块的石头，大堆大堆的泥巴朝水里甩，弄得水稀脏，绿水就开发脾气，去抠青山的脸，把身子变得像蟒蛇一样去缠它，抓扯它。这样，它们就打了起来，互不相让，最后闹到天神那里去评理。

青山说："绿水嫉妒我长得漂亮，故意发大水，把我弄成这么难看。"

绿水说："青山无情无义，本来就没有我漂亮，故意用泥巴把我弄得脏兮兮的。

天神听完了，对它们说："算了，算了！你们都不要争，也不要闹，怪就怪这场大雨。常言道：山青不如水秀，秀水难胜青山。你们和好吧！"

从此，青山绿水又和好如初了。

羌族民间故事

蝴蝶和蜜蜂

有只蝴蝶很爱打扮，又喜欢跳舞，一天到晚只是玩耍，啥事不做。一天，蜜蜂劝它说："蝴蝶姐姐，趁现在春光明媚，我劝你抽点时间做个窝，还要储备点粮食，不然……"没等蜜蜂把话说完，蝴蝶就扇扇翅膀，向蜜蜂作了个鬼脸，便飞走了。

秋天来了，蜜蜂又关心地对蝴蝶说："蝴蝶姐姐，现在又是秋天了，我劝你抓紧时间做个窝吧，还得储备点粮食，不然，冬天来了，大雪封山，怕不好过啊！"

蝴蝶不耐烦地说："做窝？储备粮食？那要费多少工夫，流多少汗，我才不干呢！"说完又耍去了。

蝴蝶一天到晚打扮得花枝招展，到处跳舞玩耍，把做窝、储粮的事放在脑后。

转眼冬天来了，百花凋谢，林木枯黄，冷风萧瑟，雪花纷飞。蝴蝶没有窝住，没有存粮，冷得浑身发抖，肚子饿得咕咕叫。它突然想起蜜蜂家的房子筑得好，粮食储藏得多，何不到它那里去借宿几天，躲过冬天，明春再作打算，便向蜜蜂家飞去。谁知风大雪飘，飞到半路就被冻饿死了。

虎豹比武

　　从前，豹子是老虎的徒弟，在老虎那里学到了十八般武艺。后来，它看见山林中的野兽都尊称老虎为大王，心里很不服气。

　　有一天，豹子对山林中的百兽说："老虎虽说是我师傅，但论武艺它并不比我高强，没有什么了不起的。"

　　百兽惊奇地问："你说这话有什么凭据？"

　　"当然有凭据，它会的十八般武艺，我全都会，我会的武艺，它却不会。"豹子吹起牛来。

　　百兽们怀疑地说："随便咋个说，你的武艺也不可能比师傅高！"

　　"如果不相信，明天我就与老虎比武，你们看了就会相信了。"说完，它就去找老虎了。

　　豹子找到老虎说："别看你是兽中之王，你的武艺不见得比我高！"

　　老虎听了豹子的话很是生气，心想，你才在我这儿学了点武艺，就什么都忘记了，真不像话。

　　豹子见老虎没有开腔，以为是怕它了，便更神气地说："如果不服气，明天我俩就比个高低，请山中百兽来作证。"

　　老虎说："好吧。"于是它俩决定第二天在山上比武，还请了山中百兽来参观作证。

羌族民间故事

比武一开始，豹子就凶猛地向老虎扑了过去，老虎不慌不忙往旁边一闪，豹子扑了空，头碰在岩石上昏了过去。

豹子醒来非常羞愧，老虎说："学武艺要踏实，光会点花架子有什么用？"

牛王会的起源

这个故事，在百里羌寨流传了很久很久。

有一天，牛王菩萨骑着一头大牯牛，在云端漫游，欣赏凡间奇景。美丽的景色目不暇收，但使他赞叹不已的却是聂比娃①用一根羊角木钩钩挖地。烈日当头，汗流浃背，他仍然弯着腰挖呀挖的，累了，渴了，便到泉边洗洗脸，喝喝水，又继续挖地。从早晨挖到太阳落山，羊角木钩钩都磨得只剩下短短的一节了，牛王菩萨记不清他一天洗过多少次脸，喝过多少次水，而且也没见他吃过一顿饭。

牛王菩萨看到聂比娃这样勤劳，很是感动，于是下了牛背，对牛说："你下去给聂比娃说，一天洗一次脸就行了，可要吃三顿饭，挖起地来才有劲。"

牛王菩萨的坐骑听了主人的吩咐，驾着白云到了凡间，对聂比娃说："小伙子，我主人牛王菩萨说，你一天要洗三次脸，吃一顿饭，挖地才有劲。"牛说完就驾云走了，聂比娃没有理它的，只管拼命挖地。这一切，牛王菩萨在云端听得清清楚楚。

牛回到牛王菩萨身边，牛王便问："你下去是怎么说的？"

_____

①聂比娃：聂指羌人，比娃是姓名。

羌族民间故事

215

"我说一天要洗三次脸，吃一顿饭。"

牛王菩萨听后大怒："你胡说！"狠狠在牛嘴上踢了一脚，顿时把牛嘴里的上门牙给踢掉了，这就是牛嘴里没有上门牙的原因。牛王菩萨叹了一口气，说道："好吧，你立刻下去，再给聂比娃说清楚，一天吃三顿饭，洗一次脸。还有，你下去后不再上来了，就在凡间永远给聂比娃拉犁。聂比娃心地很善良，他要给你好吃的，还要给你唱好听的歌。你就去吧！"

牛洒着眼泪，拜别了牛王菩萨，来到凡间，给聂比娃拉犁。

聂比娃十月初一这一天得了牛王菩萨赐给的牛，很是高兴，连夜赶制犁头、枷担等耖地用的工具。每当耖地时，牛在前头拉犁，聂比娃在后边掌犁，口里唱起耖犁歌：

> 啊啦嗨，啊啦嗨，
> 牛王爷赐了牛给我，
> 我聂比娃有了好帮手。
> 啊啦嗨，啊啦嗨，
> 花椒树儿做犁头，
> 犁头弯弯翻土黑油油；
> 桦木树儿做犁杆，
> 牛儿拉犁不回头；
> 杨柳树儿做枷担，
> 又轻又绵不用愁；
> 八月瓜①儿做犁扣，
> 嘎吱嘎吱牛加油。
> 啊啦嗨，啊啦嗨，
> 一犁胜过一千钩（锄）。

---

①八月瓜：一种野生植物，牵藤结瓜，藤很牢实，常做吊磨绳、犁扣等。

牛儿哟，快快拉，

感谢牛王不停留！

啊啦嗨，啊啦嗨，

年年到了十月一，

聂比娃敬你牛王爷。

聂比娃掌着犁头，总是长声吆吆地唱起耖犁歌，牛儿听着歌声，昂起头，甩着尾巴，雄赳赳快步如飞，转眼间就耖了一大片地。唱耖犁歌就是从那时兴起的。我们山里耖地，至今也是要唱耖犁歌的，要是不唱，牛儿就没有精神，步子也拖得很慢。

牛王菩萨是十月初一那天赐牛给聂比娃的，为报答牛王菩萨，十月初一就定为"牛王会"。牛王会这天，三家五户一伙，专门办会，轮流当会首，由会首主办，每家都要拿几升面，由会首把面捏成疙瘩喂给牛，再把牛赶上牧场。吆牛上牧场那天，有的还要做一些小小的青稞、麦面馍馍，穿成一串，挂在牛角上，到了牧场再喂。有的还要给牛挂红，有的还要用清油把牛角抹得油光水滑，把牛儿打扮得威凛凛、漂漂亮亮。办会时，主人们要吃酒席，跳锅庄，聚合三天左右，把牛王会办得闹闹热热。

搭　桥

　　很多年以前，有个叫木依的小伙子和一个叫格基的姑娘，他俩从小放牧。木依在山这边，格基在山那边，中间相隔一条大河。木依的羌笛总是不离身，时间久了，他的牛羊也能分辨出主人在用笛音指挥它们，什么音调是吃草，什么音调是进栏，什么音调是有虎狼出没。格基却是用口弦来训练、使唤她的牛羊的。木依和格基之间的很多对话也是靠羌笛和口弦来表达。木依的羌笛和格基的口弦已经对流了十几年，可谁也没有尝过对方的卡吕（馍）和查且（茶）。木依的牛羊一天天多起来，他放牧的草山眼看就没有草吃了，心里很是着急。木依看到格基放牧的草山是那么宽敞，满山遍野都是绿油油的嫩草，格基的口弦又是那么扣人心弦，多想过去，可是两山间横流的大河，浪涛滚滚，河面又宽，布谷鸟都难飞过对岸。多少个夜晚，木依翻来覆去，考虑的事像一朵接着一朵的白云，总是想个不完。

　　木依决心搭一道桥。于是，他顺着河流往下走，寻找搭桥的地方。谁知，越是往下走，河水越大，河面越宽，他又转身逆水而上，直奔到河源尽头。河源处绝壁万丈，瀑布从天而泻，也找不到好搭桥的地方。回头看看，牛羊已爬上山顶，牛儿个个把颈脖伸得老长，望着对面山上"哞—哞—"地叫个不停，夹杂着"咩—咩—"的羊叫声，好像说："我的好主人哟，这山上的草啃光了，快想想办法吧！"

格基的牛羊听到木依的牛羊的叫声，也都一个个伸长脖子叫起来，好像说："好朋友们，我们这里有吃不完的草啦，到我们这边来吧！"格基的口弦声更使人眉开心醉。

　　木依听那牛叫声、羊叫声、口弦声，像是黄蚂蚁①钻进心窝，啃噬着他的心，恨不能把河水劈成两截。

　　这时，木依想起了腰间的七孔笛儿②，吹奏起来。七孔笛儿能吹出七种音调，云雀听到笛声飞来了，松鼠、猴子听到笛声也都跑来了。木依请松鼠帮帮忙，松鼠说："摘松果我能帮忙，搭桥我不行，落雨时我还得躲雨呢。"木依请猴子帮忙，猴子说："我只会爬树、摘野果，搭桥我帮不了忙。"木依又请兔子帮忙，兔子说："我的腿太短了，小河沟都跳不过啊。"木依又请狐狸帮忙，狐狸说："我有急事不得空。"木依说："今天不空还有明天，明天不空后天也行。"狐狸说："哎呀，捉麻雀，钻洞子我还可以，下河可不行，毛湿了一步都拖不动啊，别见怪吧。"

　　木依纳闷了，云雀焦急地"啾、啾、啾"地叫了几声，好像它有什么办法似的。

　　木依被云雀的叫声提醒了，于是对云雀唱起来。

　　　　我的好云雀啊，
　　　　你可知道——
　　　　我那跳蹦蹦的牛羊，
　　　　饿得连天叫。
　　　　小犊儿没有奶，
　　　　跟不上妈妈跑；
　　　　小羔儿没有奶，

---

①黄蚂蚁：是一种较大的蚂蚁，又称大叶子青杠蚂蚁，咬人极厉害。
②古羌笛有七孔，故又称七孔笛。

　　双足都跪坏了。
　　求求你吧，
　　请把我的难处向天王禀告，
　　可怜可怜小牛犊，
　　可怜可怜小羊羔。

云雀点点头飞走了，木依望着河流寻思起来……
这时，传来了对岸格基的歌声：

　　我解下腰带当做索，
　　解下裙子当桥板，
　　木依阿哥你快来吧！

木依唱：

　　你的腰带太短了，
　　你的裙子太软了，
　　格基阿妹呀，我怎么过来？

格基唱：

　　我的口弦当做船，
　　你的笛儿当撑杆，
　　木依阿哥你快过来吧！
　　……

木依和格基的对歌像泉水，有谁知道流淌了多少个花开和花落。

云雀受木依之托，飞呀飞，可它难于飞上天，便委托了小鹰，小鹰飞了一程，又转托了凤凰，凤凰很快飞到天上，禀告了天王。天王木比塔早有所料，于是派蜘蛛仙下凡为木依搭桥。蜘蛛仙在波浪滚滚的河流上，来回飞渡牵丝织网，忙了三天三夜，终于牵织好了一道又宽又结实的桥。

　　木依正在为难时，蜘蛛仙跑来对他说："小伙子，桥搭好了，快把牛羊赶过河吧，格基姑娘正在桥头等着你呢。"蜘蛛仙说完就不见了。

　　后人说，这就是羌族地区索桥的来历。

羌族民间故事

卡噶余木吉

　　传说在理县蒲溪沟的老雅寨，有个小伙子名叫卡噶余木吉。他身高体壮，力大过人，为人正直，好打抱不平。卡噶余木吉从小父母双亡，孤身一人。有一天上山砍柴，遇到一个白胡子老人，教了他一身武艺，走时还送给他一根一丈二尺长的铁拐棍。

　　在这条沟的大韩寨住着一个姓徐的人，养了九个儿子。他心毒手辣，想霸占整条沟的十二个寨子，人们都叫他"徐辣子"。徐辣子因为害怕卡噶余木吉，想霸占蒲溪沟十二个寨子的愿望一直得不到实现，临死前，他把九个儿子喊到身边说："统管这一条沟看来我是不行了。我死了以后，就看你们九兄弟，在我死之前，想听一听你们怎样来实现我这个愿望？"

　　老大说："要制九支枪。"

　　老九说："还要喂九条狗。这样，我们九兄弟有九支枪，九条狗，就不愁霸占不了这十二个寨子。"

　　"徐辣子"听完后，笑了笑就闭上了眼睛。

　　一天，大韩寨杨家接媳妇，事先就请了徐家九兄弟。九兄弟有意要为难杨家，一早就带着枪，牵着狗，到寨子对面山垭口的岩窝里耍。

　　老大说："我们不在，看今天哪个敢喊开席。"

　　耍拢中午过后，老大在垭口上看了一阵，没有开席，隔了一阵，老二又去看……太阳都快落坡了，杨家还是不敢开席。老大说："今天我们不下去，开不成席，看他这个媳妇咋个接。"说完就发出一串狗哭一样的笑声。

正在得意的时候，只听得三声铁铳放响①，老九从山垭口上边跑边喊："大哥，开席了，杨家开席了！"

老大一听，火冒三丈："这还得了，跟我马上下山！"

是谁喊开的席呢？原来是卡噶余木吉路过大韩寨，听说杨家接媳妇，亲戚乡邻到齐，就是徐家九兄弟没有来，不敢开席。卡噶余木吉就说："只要我卡噶余木吉在这里，你们就只管开席，他们敢来闹事，我这根铁拐棍就不认人！"

坛子酒打开刚喝得上劲，只见九兄弟背着九支枪，带着九条狗，气势汹汹地闯进寨子。

"哪个喊开席的？"

卡噶余木吉手提铁拐棍，不慌不忙地站起来说："杨家接媳妇，杨家请客，要哪个喊开席？"

老大上前一步："卡噶余木吉，你简直吃了豹子胆，从老鸦寨跑到我大韩寨来充歪人！"话音刚落，立即放出九条狗向卡噶余木吉扑去。卡噶余木吉两足一蹬，挥杖一扫，三条狗便倒在血泊之中，九兄弟吓得目瞪口呆，神了好一阵，老九才在后面喊："大哥，枪，枪！"九兄弟"唰"地一下，把九只枪一齐对准了卡噶余木吉。卡噶余木吉见势不妙，纵身跳进门后的洞里②。洞下是羊圈，九兄弟一齐围上去，一些人封洞口，一些人守圈门。老二找来松光③打开圈门，九兄弟端着枪，畏畏缩缩地走进圈里，点燃的松光把羊圈照得透亮，却找不到卡噶余木吉。羊子看见火光，直往屋角钻，挤成一团。老九带着狗把羊群驱散，仍然连卡噶余木吉的影子也没有。九兄弟只

---

①铁铳：一种装火药的小铁炮，声音很大。
②羌族的住房最下层是牲畜圈，住房大门后留有一个方洞，扫地时，垃圾从洞口扫到圈里。
③松光：油多的松木，可以用来照明。

羌族民间故事

好垂头丧气地走了。

原来，卡噶余木吉见势不好，跳下洞去后，只见下面黑乎乎又是一个大地洞。他顺着地洞不知走了多久，忽然前面透进一股光来，还隐隐约约听到有鸟叫声。卡噶余木吉三步当成两步走，急急忙忙钻出洞外。眼前是翠绿的一条山沟，两边是森林，沟水洁白得象匹新织的一麻布，从山顶上铺下来。这里是什么地方呢？连从小就在山野到处跑的卡噶余木吉也弄不清楚。

徐家九兄弟称王称霸，不除这个害，蒲溪沟十二个寨子都不得安宁。但是，他们九兄弟有九支枪，九条狗，我一个人又怎么斗得赢呢？卡噶余木吉左思右想，总想不出办法，最后，他决定去求白胡子老人。

卡噶余木吉杵着铁拐棍，跨过了九十九条沟，翻过了九十九座山，一丈二尺长的铁拐棍拄得还有六尺长了，可是，仍然没有找到白胡子老人。他又累又饿，在丛林里采了些野果子充饥，喝了几捧山沟水，就躺在一块大石头上休息，真是"踏破铁鞋无觅处，得来全不费工夫"。正在走投无路之时，一朵白云从天上飞来，白胡子老人从云端飘然而下。卡噶余木吉慌忙扑地跪倒，请求老人为民除害。老人说："寨子上的事我已经知道了，你做得对。不畏艰险，跋山涉水，前来找我，现在我给你一颗丸药，服下之后，就可力大无穷，一定能战胜徐家九兄弟。"

老人说完，从怀里取出一颗丸药，卡噶余木吉双手接过，连忙给老人磕头谢恩，等他拜罢起身，老人已不知去向。卡噶余木吉朝着白云飞来的方向跑去，刚跑几步，一个跟头栽了下去，他大叫一声醒来，原来是一场梦。

一起身，发现面前放着一颗红艳艳的珠子，就像熟透了的樱桃，和梦中白胡子老人给他的丸药一模一样。他小心翼翼地把它拿起来，捧在手里，向白云飞来的方向连磕了三个头，然后把丸药送到嘴边。说来也怪，卡噶余木吉嘴刚刚一张，丸药就自己滚进来。顿时，只觉得肚子里犹如翻江倒海，骨头咯咯作响，浑身是劲。他高兴得不得了，一掌击在刚才睡觉的大石头上，大石头一下子被击得粉碎。

自从卡噶余木吉离开蒲溪沟后，更没有人敢惹徐家九兄弟了，徐家九兄弟也乘机把十二个寨子都霸占了过来。

一天，九兄弟背上九支枪，牵着九条狗，到山上去打猎。走到一个岩窝前，老九说："大哥，歇一会儿再走嘛。"于是，九兄弟就进去了。这个岩窝很大，里面还有一股泉水，这股泉水又清亮又甜，上山砍柴、打猎的人都爱在这里歇脚打尖。九兄弟进去后，就开始喝酒，打尖，九条狗也守在主人面前等待恩赐。

卡噶余木吉吃下白胡子老人给他的丸药后，有了无穷无尽的力量，他决定回去找徐家九兄弟算账。进了寨子，乡亲们都来欢迎他，围着他问长问短。他们说："卡噶余木吉，你可回来了，你走了以后，我们更惨了。"

卡噶余木吉说："我就是回来给你们出这口气的，猎人手中的枪不会放过扑羊的豹子。"

乡亲们说："九兄弟又上山打猎去了。"

"好，等我除掉了这群祸害再来看你们。"

卡噶余木吉来到山垭口，听到岩窝里又是人笑，又是狗叫，正吃得闹热。他顺着山梁转到岩窝顶上，把铁拐棍朝下一杵，只听得"轰隆"一声巨响，整个岩窝塌了下来，徐家九兄弟，九支枪，九条狗全部压在里面。

据说，人和狗在塌下的岩窝里一直叫了九天九夜，从那以后，岩窝里流出来的泉水再不是清亮香甜的了，而是一股又脏又臭的污水。后来，人们就把这个塌了的岩窝叫着"阔溪石"，意思是压狗的地方。

卡噶余木吉为羌族人民除害后，拄着铁拐棍走进了深山老林。从此，再也没有人见到过他，蒲溪沟的羌族人民只有一代一代地把这个动人的故事传下来。

同心帕

羌族妇女的花围腰，绣工精巧，素雅大方，图案美丽。

万事总有个开头，我们羌族妇女为啥子喜欢围花围腰呢？听老人们讲，还有个由来呢。

再早，羌族妇女比男人聪明能干，家里家外的活路都是妇女在操持经管，无论驾牛耕地，春种秋收都是妇女在做。男人们嗨？只是打帮手做杂务事情。

有一年冬天，天气异常寒冷。大河成冰，小河断流，几天鹅毛大雪，一直下了三尺三寸厚，关在圈里的牛羊没得草吃，饿得"哞哞"叫。

单说一家夫妻二人，羌女自然聪明能干，她容颜俊美，只是心眼太多，别的不说，对她男人就嫌弃得很，说她男人愚笨老实不中用，自己是个秀秀气气的女人，哪能做那么多活路。眼下家里的牛羊没得草吃快要饿死，便叫男人去阳山坡割牛草，说："割不回来一背牛草就认不到你是我的男人，不准再进家门。"

男人原是听从羌女吩咐惯了的，心想，割一背牛草还不容易，就坐在火塘边烤火，喝咂酒，等到周身暖和了，才拿起镰刀背绳走了。

哪晓得踩着齐腿深的雪，爬了一坡又一坡，坡坡都被大雪盖住，找不到一根牛草。找来找去，麻布衫冻得硬邦邦敲得响，裹腿冻成了硬筒筒，才在西山草坡岩窝边找到了一窝牛草。

男人找到了牛草天都快黑了，就是这窝牛草也只有一抱，咋个敢回家嘛，急得抱着牛草哭了起来。

你说怪不怪？老实憨厚的人硬是有福气。这哭声惊动了山神，心想，一个男人家，为啥子抱着草哭？

于是摇身一变，变个放牛娃儿，轻轻巧巧地踩着雪跑到正哭得伤心的男人面前，嫩声稚气地喊了声："大哥，你为啥子抱着草哭嘛？"男人闻声抬头一看，原来是个放牛娃儿笑眯眯地看着他哩，就把今年子天上连下大雪，牛羊找不到草吃快要冻死，羌女要他天天割一背牛草，割不到一背牛草，不认他是男人，不准进家门的话说了一遍。说完又抱着那窝牛草哭了起来。

放牛娃儿眼见这情景，心想，这个老实人难怪在哭，顺手往草坡上一指说：

"大哥，不要哭了嘛，那不是牛草是啥子嘛，只是这件事情千万不要告诉别人哈。"

男人抬头一看，果然满坡都是牛草，就赶忙拿起镰刀拼命地割。

从此以后羌女的男人不愁没牛草了，割得快，这牛草长得也快，硬是割不完。所以羌女的男人天天都是喜喜欢欢地背一大背牛草回屋。聪明的羌女心想这才怪哩，这么大的雪，割一背牛草很不容易，何况背回家的牛草全是嫩鲜鲜青幽幽的，便寻根究底要男人讲明白，在哪里割到这么好的牛草。男人想起放牛娃儿说的不要告诉别人，不管羌女咋追问，问死都不说这牛草在那里割的。羌女看问不出话来，眼珠一转故意说："你不讲明白也没来头，不问你啰。明天我不出门，限你在太阳当顶的时辰，割一背牛草回来，到时候割不回来，休想进屋！"

其实羌女心里头打了主意。第二天，等她男人前脚出门，后脚就跟到男人后头偷看，说来也怪，她男人爬到长草那个坡去一看，哪里有草啊，又急得坐在雪上哭。

那山神见状，变了个美貌少年，骑着马来到羌女门前。羌女坐在家门口绣花，听见马蹄响，抬头一看，只见一个英俊少年，骑匹金鞍银蹬、鞍蹬上

还用珍珠、玛瑙、珊瑚、象牙嵌花的高头大马，周身珠光宝气，鲜艳夺目地打门前路过。不由嫣然一笑，轻声细语说："过路的客人，天寒地冻，不下马歇息下么？"

少年恭敬地把手一拱，笑嘻嘻地回答道："多谢大姐的美意。我想请问往前头那个寨子行走，还有多远才能走到？"

羌女起身站起，眼珠一转随声答道："客人不是步行，只有一里就到。"

少年一想这个羌女果真伶俐，即刻随声问道："敢问大姐马行好多步数够一里？"

羌女听了问话，立即一脚踩在门槛上，右手放在胸口，脆生生地回答说："先不敢回客人的问话。请问客人，我是要进门还是要出门？"

少年听了羌女这话哈哈大笑，立刻下马，从怀里取出一张花帕，双手捧到羌女面前："大姐果真聪明伶俐，回答巧妙，心地也好。这张花帕送给大姐使用，算是过路人的谢意，请大姐收下。"

羌女看这花帕异香扑鼻，绣着活生生的百花、异草、鸟、兽、虫、鱼，说不出心里有好喜欢，便接过花帕仔细观看，看了一阵贴在胸前，转眼之间花帕变成长短大小合身的花围腰了。

羌女围上这花围腰以后，心胸忽然宽阔，心里忽然明亮，容貌更加娟秀美丽，人也更聪明灵巧，猛然想起男人正在割牛草，不由一阵心疼。

羌女正要向少年道谢，抬头一看，哪里还有骑马的少年，只见头顶一朵五彩祥云，越升越高，冉冉而去，隐隐约约听见天空中传来那个骑马少年的声音："开拓生活，创造财富，羌男羌女，各尽其能。夫妻和睦，相爱相敬，同心花帕，永勿离身。"

听说从那以后，我们羌族妇女，都喜欢围花围腰，尤其准备当新娘子的时候围的花围腰那才漂亮得很哩。

野人偷西瓜

从前，古老的羌寨有兄弟两个，老大很富裕，有成群的牛羊，大片的花椒树和土地，成堆的金银和华丽的房屋。但他是一个贪心懒惰的人，对人非常凶恶，人们对他是又恨又怕。

老二是一个勤劳善良的人，对人挺和气，大家都愿意和他来往。他和自己的妻子、孩子住在一间破草屋，耕种着一块火烧地。老二在那小小的火烧地里种上了西瓜。每天起早摸黑的浇水、捉虫、守野兽，盼望着西瓜的成熟。

七月里西瓜成熟了，可是全部被住在老林子里的野人偷走了，一年的辛苦全落空，老二心里难过极了。

过年了，山寨人家杀猪宰羊，老二家里却什么也没有，孩子们闹着肚子饿，要吃水巴馍馍，到哪儿去拿呢？没法，只好向别人借了一桶苞谷米米，炒苞谷花吃。

第二年，老二在小小的火烧地里又种上了西瓜，他每天浇水呀，捉虫呀，一刻也不停。在他辛勤地培育下，西瓜长得很好，其中一棵长得特别好，老二对这棵照顾得很细心。这个西瓜长得像面簸箕一样大，两个人都抬不起，老二看了，心里说不出的高兴。

但是，这里的野人年年来偷西瓜，这次总得想个法子才行。他左思右想，终于想出了一个巧办法。

羌族民间故事

晚上，老二把那个西瓜剖了一个口，钻到西瓜里面去，然后把口封好，自己蹲在里面，手里拿着铜铃等待偷西瓜的野人。

夜深了，月亮升到半空中，一群野人偷偷地来到西瓜地里，找到了那个大西瓜，几个野人欢天喜地抬起就往山林走，一路上大家高兴地说："这个西瓜多好啊，有二百多斤重吧？这回该我们吃个痛快了"。

"当啷。"老二不小心碰响了铜铃。

"你们听，什么响声，是猎狗在跟着我们吧？"野人都停了脚步，细听，什么也没有听见，一个胖子野人责怪地说："什么也没有，你们的耳朵听错了吧，不要大惊小怪。"大伙又抬着这个"西瓜"，边唱着《苔西》边往山林走去。

野人们回到岩洞旁休息了一阵，一个野人拿着一把亮晃晃的大刀，大家围成圆圈准备吃西瓜了。

"当啷！当啷！当啷！"西瓜里响起了急剧的铜铃声，这个野人一听，吓得丢下大刀，抱起脑壳撒腿就跑，其余的野人也都吓得大声地叫着，你挤我撞地往外面跑，多数野人在慌乱中都滚下山崖摔死了。

一个跛脚的野人没法跑，他连忙跪下磕头，嘴里高喊饶命，并献出了一袋金银。老二要野人不再偷他家和其他百姓的西瓜，跛脚野人一一答应了。

老二背起金银，高高兴兴地唱起山歌《拉及拉拉》往家里走去。他把这些金银中的一部分用来添制农具和改善自己家里的生活，其余的全部分给穷苦的农民，自己仍然在一块小小的火烧地里辛勤的劳动着。

老大看到老二生活得这样好，他眼红了。有一天，他准备了一坛青稞酒，一只大山羊，一锅玉麦蒸蒸饭，把弟弟请到家里吃饭。老二想，哥哥为什么变得这样客气呢？老大突然开口了："弟弟，你只有一块小小的火烧地，生活是怎样好起来的呀？"老二是个老实人，便一五一十地告诉了他，并说："野人洞里的金银多极了，我只拿了很少一点。"老大一听高兴得跳起来了，立刻就提出用全部家产和老二对换。

老大把全部家产给了老二，自己住在老二的破草房里，白天就下地种西瓜。七月，西瓜成熟了，天麻麻黑，他也钻到一个大西瓜里等待野人来偷西瓜。

半夜，月亮照得山寨像麻布衣服一样白，这时，一群野人，蹑手蹑脚地走进西瓜地。刚要抬走大西瓜时，一个瘦精精的野人上前说："要小心呀，这个大西瓜里该不会又有人吧。"野人们七嘴八舌地说："这次不会，天快要亮了，快走吧！"就这样把大西瓜抬起走了。

一心以为数不清的金银马上就归自己的老大，简直高兴得发狂。大西瓜刚被抬到半山腰，他就以为到了野人洞里，使劲地摇响了铜铃，野人们一听见铃声就大喊大叫，丢掉大西瓜，不要命地向山里跑了。

"西瓜"从岩上掉到无底深渊里，把老大跌得粉身碎骨。

从此以后，山林里的野人再不敢到羌寨来偷西瓜了。

狗和粮食的故事

　　在木吉珠制下农业，人间有了粮食的时候，青稞、麦子和现在可不一样，吊吊有一尺多长，玉米包包有两尺多长，而且每一张叶子上就有一个吊吊或者一个包包，粮食那么好，多得吃不完。玉比娃把粮食看得比水还贱，不管是路上、院坝、圈里、茅厕里，到处都是粮食，让鸡随便吃，让鸭子随便吃，牛马随便踩来踩去。灶神菩萨见了好不心疼，上天奏了一本，天王木比塔打开天门一看，果真如此，于是降了一场冰雹，打得颗粒无收。本来是想吓一吓玉比娃，尝一尝没有粮食吃的苦头，使其回心转意。谁知粮食多了无荒年，收一年要吃十年，人们还是根本不把粮食当一回事，照样和以前一样大抛大洒。天王被激怒了，带着青苗土地菩萨，决心把粮食收上天庭。

　　一个漆黑的夜晚，伸手不见五指，木吉珠和儿子们睡了，只有关在门外的看家狗还没有睡。这狗本来勤快，长着一双夜眼，刚刚把野猪和猴子撵跑，正守护在庄稼地边，一下看见天王在地里从下往上将掉青稞和麦子上的吊吊，晓得坏事了，急忙跑到天王面前求情。

　　天王说："如此糟蹋粮食，留着也没有好处，还不如收回上天，免造这份罪孽！"

　　狗大哭起来："天王爷爷慈悲，粮食是我们的命，剩菜剩饭我都在吃，从来没糟蹋过粮食，望天王爷爷开恩！"

几句话使天王想起了打开天门俯瞰人间的情景来，玉比娃用麦子面团给男娃娃擦屁股，用青稞面团给女娃娃擦屁股，只有狗吃完了食子，还把饭糟舔得干干净净，遍地抛洒着的菜饭，拣吃得精精光光。

天王起了怜悯之心："好吧，念在你还能爱惜粮食，就比着你的尾巴尖尖上的毛留下一点，只要够吃就行了，往后不准再抛洒！"

这个时候，青稞和麦子的吊吊只剩下杆杆尖上的一吊了。天王比着狗尾巴尖尖上的毛，掐去多余的一长截，所以现在的青稞、麦子的吊吊只剩下寸把长了。天王回身对青苗土地说："还是给狗、鸡、猪、羊、牛、马、人都留上一点，照着狗尾巴尖尖上的毛印给他们。"

青苗土地在捋苞谷，正好剩下秆子尖上和夹窝中的两个包包，只听到天王说狗尾巴尖尖，没听到比着尖尖上的毛来留，于是包包留成了狗尾巴尖尖样粗大，有五、六寸长。

天王又补充了一句："尖尖上，狗尾巴尖尖上的毛。"

青苗土地误听成：秆秆尖尖上长个狗尾巴，从此，包谷秆秆尖上长出和狗尾巴尖尖一样的天花，再不结包包了。

按一辈又一辈老人的传讲，苗子青嫩的时候，秆叶长着细细的茸毛，那就是在比狗尾巴的时候留下的狗毛。

羌族民间故事

吴箭爷射蟒蛇

沙坝两河口这地方，原来根本没有桥，但是，却又经常有一座长长的拱桥横架在岷江河上，白天灰扑扑的，夜晚白晃晃的，凡是不知底细的人，只要一走近它，一下子就不见了。

原来，这并不是一座什么"桥"，而是一条修炼多年的大蟒蛇变的。它把头搁在岷江的这边，把尾巴搭在岷江的那边，身子一弓，就变成了一座长长的石拱桥，那些过"桥"的或走近它身边的人，都被它吃掉了。

蟒蛇就住在岷江边上的一个大石岩洞里，洞子又黑又深，阴暗潮湿，发出一阵阵腥臭气。周围的岩石都被它爬得溜溜光了，草都不长一根，周围的河滩也是光秃秃的，没有一棵树子，也是因为平时它在那里打滚造成的。它又吃人，又吃牛羊，四山寨子上的羌民，真是被它害苦了。大家商议着怎样除掉这条蟒蛇，可是一批批出去的人，不是被它咬伤，就是被它吃掉，成了送上门去的佳肴。

那时侯，两河口边，岷江河畔，有座高耸入云的火山，叫做"老雕窝"。这座山的岩石很奇特，上面有许多窝窝眼眼，是山鹰老雕们最理想的寝室和宫殿。

老雕窝山顶上，住着个身高八尺的壮实青年。这人生得虎背熊腰，因为他姓吴，又会射箭，因此人称"吴箭爷"。吴箭爷生性倔强，臂力过人，有人说他的手杆骨都是圆的，有竹筒筒那么粗，说他一箭能射落三只老雕，一拳能打死三只豹子。

吴箭爷早就恨死这条可恶的蟒蛇了，决心要把它杀掉，为民除害。他在山背后垒起了丈多高的三堆石头，天天对着石头堆堆射。

阴雨绵绵的大雨天，山上的野草都被淋霉烂了，他冒着大雨射。狂风呼啸的大风天，林中的树木都被吹断了，他迎着大风射。骄阳似火的太阳天，就连凶猛的老雕都被晒得躲进窝巢里去了，他还是顶着日头射。

就这么，整整练了九九八十一天。

头个三九二十七天，石头堆堆被他射成了蜂窝眼；第二个三九二十七天，石头堆被他射掉了一半；最后一个三九二十七天，石头堆终于被他射成了平地，吴箭爷想："现在对了，我该去收拾那条畜牲了！"

这天，吴箭爷爬到老雕窝山顶上，找好了地方，对着"蛇桥"嗖嗖就是几箭，殊不知这些箭一碰在"蛇桥"上，就"当当当"地折断了，全都掉进了河里。原来，这座蟒蛇变的石桥比老雕窝的岩石还硬。

吴箭爷并不灰心，这天晚上，他又去射。"蛇桥"在月光下闪闪发光，白晃晃的，吴箭爷弯弓搭箭，对着"蛇桥"嗖嗖嗖又是几箭。哪晓得这回更不行了，那些箭还没有碰到"蛇桥"，就被它的光裹化了。原来，蛇是阴性的东西，夜晚间它更厉害。

这么一来，吴箭爷生气了，他把弓箭朝地上一甩，一屁股就坐在石头上，把手指拇的骨头捏得"咯咯"响，眼里直冒火。

也不知坐了好久，突然，他一下子想起了聪明的将果①老爹，他想，将果老爹一定有办法，就连夜朝将果老爹住的碉房走去。

将果老爹对他说，你只要如此这般，那条蛇就不难制服了。

第二天，吴箭爷用豹子的骨头做成箭杆，用老雕的羽毛做成箭翎，带着箭头有犁头一样大的弓箭又上山了。他在老雕窝顶上等呀等呀，好不容易等

---

①将果：羌语，聪明、智慧的意思。

羌族民间故事

到正晌午，太阳当顶的时候，只见那座"蛇桥"浑身一抖，突然现了原形，两只眼睛发出可怕的绿光，和太阳斗起光来。

吴箭爷赶紧抓住这个时机，"嗖嗖"两箭，射爆了蟒蛇的两只眼睛，接着，又使出全身力气，射出第三箭。这支箭不偏不倚，正好射在蟒蛇的腰上。只听见"轰隆隆"一声巨响，蟒蛇就掉到岷江里去了。它在水里面翻呀，滚呀，满河的水都被它的血染红了……

从此，两河口这个地方，就平安无事了，再也没有蟒蛇作祟，吞吃人畜的事情发生了。

歧山岩的传说

茂州西路一带，长久以来，流传着这么两句民谣：垮了歧山岩，涨断飞虹桥。

那么，歧山的岩为啥会垮？飞虹桥又为啥要断？这里边有一段好听的故事。

早年间，歧山岩下，有座十来户人的寨子，叫做花红园。花红园有户姓冉的人家，他们祖祖辈辈就在花红园前的一块空地上，种着几亩薄地，同时也兼顾着放羊，打猎，用这些收入来过日子。

那一年，年辰还好。为了多积点银钱，冉家的男人就专门打猎，两个娃儿也专门放羊子，门前那块地就由冉家的妻子一个人来做。

冉家两个娃儿，生得来憨厚可爱，又很勤快，每天一大早，兄弟俩就把羊子吆出了羊圈，赶上了山坡。羊儿啃饱了青草，就在草坡上撒欢蹦跳，和煦的阳光照耀着山坡，风儿吹拂着嫩草。兄弟俩就躺在软绵绵的草地上，信手拔下一根思茅草草，打起"官司"来。几只雪白的羊羔，亲热地睡在他们身边，"咩咩"地叫，那情景，真是一幅再好不过的"牧羊图"了。

歧山菩萨的儿子，也在那里放羊子，可是，他又懒又奸。本来，他是不想放的，无奈歧山菩萨非要他放，所以他对羊子恨得很，每天都要等到羊子饿得咩咩叫了，才放它们上山去，太阳还没有落坡，天色还早得很的时候，

他又早就把它们吆回去关在圈里了。

这天，冉家两弟兄又在那儿打"官司"，歧山菩萨的儿子看看人家的羊子，长得又大又肥，再看看自己的羊子，瘦得就像骨头架架，心头那股嫉妒劲呀，就不用提说了。他偷偷看了两弟兄一眼，见他们没有注意到他，就悄悄地溜进一蓬乱刺笼笼里，就地一滚，变成了一只花豹子，张牙舞爪地大吼一声，从乱刺笼笼里跳出来，猛地扑倒一只羊子，大口大口地吃起来。冉家两弟兄吓慌了，赶紧躲到一块大石头后面，腔也不敢开，气也不敢出，等到豹子把那只羊子吃完后走了，他们才哭着把其余的羊子吆回家去。

从此，兄弟俩再也不敢在原来那个地方放羊子了。可是，不管他们换到哪个地方，这只豹子都跟着他们，还是每天都要吃掉他们一只最大最肥的羊子。

弟弟看见羊子越来越少了，就对哥哥说："哥哥吔，我们去给阿妈说吧。"

哥哥说："不哩，阿妈晓得我们丢了羊子，要骂我们哩。"

弟弟又说："那么，我们去给阿爸说吧。"

哥哥赶忙说："更不哩，阿爸晓得我们丢了羊子，要打我们哩。"

就这样，又过了几天。有一天，阿爸打猎回来，走到羊圈一看，羊子好像少了好多只，又一数，真的少了许多。阿爸气极了，当下就把两兄弟喊进门去，问他们是怎么放的，为什么羊子少了那么多。两弟兄一看瞒不住了，就老老实实地说了。

阿爸不信，第二天，等两弟兄又把羊子吆上山去以后，就悄悄地跟在后面，要看个究竟。

果然，不一会工夫，那只豹子又窜出来，咬住一只羊子就跳到一块岩石上吃起来。阿爸一看大怒，忙从腰间抽出一支箭来，抬手就射，豹子惨叫一声，倒地死去，只见一股青烟从它身上飞出，慢慢飘散，随即豹子也就不见了。

当天晚上，歧山菩萨左等右等，儿子都没有回来，心里就着急起来，赶紧出门去找，东找西找，找到歧山岩上，看见了一摊血，闻一闻，正是自己儿子的，又一看，还有一支箭，上面刻着冉家的名字，于是便什么都明白了。歧山菩萨气得暴跳如雷，浑身发抖，他大声叫道："好呀，你姓冉的把我的儿子射死了，我要你们全寨子的人不得好死！"说着说着就抬起脚来，用力一蹬，只听得"哗啦"一声，歧山岩崩塌了，不但花红园整个寨子被埋在下面，就连奔流在大歧山脚下的岷江也被堵断了！一霎时汹涌的江水猛地回过头来，咆哮着倒流三十里，直向飞虹桥扑去。

飞虹桥，本是坐落在歧山岩上游长林这地方的一座索桥，怎禁得住大波扑、大浪打、大水冲，一下子就散了架，折断了。从此，"垮了歧山岩，涨断飞虹桥"这个民谣，就从这一带传了出去。

后来，因为岷江断流，下游没有水了，成都的衙门就派人来调查。一问，才晓得是歧山菩萨一怒之下，堵断了岷江，于是赶紧给他修庙塑像，又杀鸡杀羊来祭他。

长林一带的羌民气极了，心想，他的儿子把人家的羊子吃掉，人家才射死他儿子的，他又把人家一个寨子的人都压死了，现在还要享受香火供果，太不公平。歧山菩萨听到这个风声后，害怕了，于是赶紧把岷江河打通了。

牛王拉犁

从前，牛王和羌民住在一起。

这一年，天下大旱，赤地千里，炎热的太阳就像一团火球挂在天上。地上什么吃的都没有了，饿死了很多人。牛王把这一切都看在眼里，心里很难过，他想："这些羌民真可怜，我能够帮助他们做点什么呢？"他想了很久，还是连一个办法也想不出来，直怨自己太笨了。

后来，羌民实在熬不下去了，就来找牛王，请他到天上去问问，看天神有什么办法没有。牛王当下就答应了，于是马上动身到天上去。

牛王来到天宫，见天神正在喝酒吃肉，嚼得满脸红光，酒杯倒在桌上，骨头丢了一地。牛王不管这些，一直来到桌子旁边，对天神说："天王，今年干旱厉害，下界羌民没有吃的，饿死了很多。他们托我来问问你，看有没有什么办法让他们度过饥荒。"

天神喝得酩酊大醉，见牛王跑来为下界讨办法，心里很生气，怪他多管闲事，理都不想理他。牛王想到羌民的苦状，只得耐着性子一再请求。

天神酒兴正浓，不愿牛王在旁多啰嗦，这才醉醺醺地说："没有吃的？地下不是就有吃的吗？"

牛王听到这句话后，才回到凡间。

羌民一见牛王回来了，都围拢上去，问他问到办法没有。牛王把天神的话告诉他们，羌民们就用手在地下使劲挖扒起来。结果，挖出来许多白生生的草根。原来，地面上的草给晒死完了，地下面还有根根，羌民们就用草根来充饥。他们吃了几天，虽然饿不死了，但是怎么也吃不饱，就又来找到牛王，请他再到天上去一次，再去问问天神，看有什么办法可以使他们吃饱。

牛王第二次来到天上，这次见天神正在看仙女们跳舞，笙箫鼓乐，在天宫回荡。天神一看牛王又来了，脸色一下沉下来，气呼呼地问："牛王，你又来干什么？"

牛王说："羌民们还想问问，他们怎么才吃得饱。"

天神一听，心中大为气恼，暗想："头次我喝醉了，泄露了天机。这次你还想来问我，办不到，我才不给这些穷鬼们好处呢！"

天上本来很富裕，宝库里有的是吃的，可是天神既吝啬，又恨牛王败了他的雅兴，于是说道："就叫他们把三天的做一顿吃吧，这样就吃得饱了！"

牛王听到这句话后，就急急忙忙往回走，因为他一连跑了两趟，实在太累了，眼睛一眯，就在天地交界处睡了一觉，醒来后，赶紧跑去给羌民传达天神的话。但是，因为他睡了一觉，原话记不清了，那句话就变成了"把一天的做三顿吃吧"。

羌民弄到的那一点点草根，本来一天一顿都吃不饱，现在一天改吃三顿，就更吃不饱了。他们只好更拼命的在地下挖呀扒呀，把膀子都扒肿了，手也挖痛了，还是挖不到足够的草根，仍然吃不饱。他们又饿又痛，就嗡嗡哄哄骂起天神来。

天神在天宫耳朵一阵阵发烧，仔细一听，原来是下界羌民在骂他，心想："难道是他们晓得我有吃的，却不给他们解救饥荒，反而叫他们把三天的做一顿吃，不安逸，所以就骂我吗？"于是，天神就把牛王招上天去，要问个清楚。

牛王第三次来到天上，天神劈头就问，他是怎样把他的话给羌民说的。

牛王回答说："你不是叫他们把一天的做三顿吃吗？我就是这样给他们说的

羌族民间故事

呀。"

天神一听大怒,说:"怪不得下界羌民骂我,原来是这样。好哇,你让他们吃三顿,你就下去给他们犁地吧!"

哪知牛王见天神发怒,不但不害怕,反倒高兴起来。

我们不是说过,牛王早就想要帮助羌民吗,可是当初第一次苦于想不出办法来,没奈何;第二次看到羌民挖草根,十分艰苦,虽然他有的是力气,却又不敢违反天规。这回是天神自己喊牛王去给羌民犁地,牛王自然非常高兴。

牛王兴冲冲离开天宫,但是来到地上,忽地又皱紧了眉头,收住了脚跟。

原来,他仔细想了想,又不晓得地究竟是怎么个"犁"法。牛王愁闷地在那里低着头来回地转啊转啊,总也想不明白。

"牛王,牛王。"

忽地,他听到有个声音在喊他。牛王回头一看,原来是棵老树子在喊。这棵老树在牛王头次经过这里时,都还没有倒,现在是已经倒在地上了,老树见他回过头来,就问他:"牛王,牛王,你为啥在这里唉声叹气地转啊?"

牛王说:"老树呀老树,天神叫我给羌民犁地,可是我又不晓得怎么个犁法,你说怄人不怄人呀。"

老树说:"你看,我也老了,背也驼了,天这样旱,我也快要死了。我到很想帮帮你,也给羌民出点力,就是不晓得我还有用没有用啊!"

他俩正说着话,刚好一个身强力壮的年轻人走过来。年轻人一眼看见上了岁数的老树倒在地上,很不忍心,赶忙去把它扶起来。这时,牛王忽地叫住年轻人,要他把老树扶好,不要丢手,牛王就飞快地奔走了。

不一会儿工夫,牛王从山沟里跑回来,还带来了一根又韧又长的藤子,他把藤子一头拴在老树上,一头套在自己的脖子上,然后用劲一拉,老树的足就深深地插进地里去了。这时,老树才恍然大悟,它兴奋地叫着:

"拉呀!拉呀!"

就这样,力大无穷的牛王在前,弯腰驼背的老树居中,身强力壮的年轻人在后，顺着他们一路走过的地方，泥土被翻了起来，草根都露在外面，羌民们有了好多的草根，也就勉强度过了那个又干又旱的饥荒之年。

从此，牛王就为人们拉犁，他还叫他所有的子子孙孙都来为人拉犁，人们感谢它们的帮助，所以对它们也特别好，从那以后，人们又用同样的方法耕田犁地种庄稼，而且不断地改进着犁头和犁地的方法。

龙　女

　　茂汶县的坪头村有座山叫龙坪山，龙坪山梁上有两个小水塘，它的名字叫龙池，它确像龙的两只眼睛一样，圆鼓鼓地睁着。

　　很早以前，村子里有一家人姓余，家里只有两人，一个老母亲和她的独生女儿，老母亲的女儿叫婢英，这姑娘长得又聪明，又伶俐。村里的小伙子们都向她求婚，可是都遭到她的拒绝。

　　婢英终年四季都在放羊，她最爱在龙坪山放羊，也最爱龙坪山上的龙池水塘。因为龙池水清澈如镜，草木茂盛，羊儿很喜欢去，婢英也爱在塘边洗发照影，婢英就这样在龙池边上不知度过了多少个春秋。

　　一天，婢英照常把羊群放到龙坪山上去。她在池边用池水洗了一个脸，那长长的辫子落到了水里，惊飞起一只小蜜蜂。小蜜蜂对着婢英的脸团团转，嗡嗡嗡地叫唤着："婢英，我背你，婢英，我背你……"婢英见蜜蜂在喊要背她，感到十分惊奇，想赶走这蜜蜂，可是，蜜蜂却赶不走，一直叫唤到婢英收羊回家。

　　婢英归家，便把白天龙池那只蜜蜂喊要背她的事给母亲讲了，母亲听后，也感到惊奇，不相信女儿的话是真的，于是说："傻孩子，你简直在说梦话，蜜蜂背得起人吗？"

　　第二天，婢英又照常到龙池边上去放羊。那只小蜜蜂又从池里边飞出来，绕着她不断叫唤着："婢英，我背你……"婢英也没有理睬那蜜蜂。下午收羊回家，她又给母亲说了蜜蜂还是像昨天一样，叫着要背她。母亲说："既然蜜蜂这样天天喊要背你，你明天干脆就回答，喊它背你，看它背得起不。"

婢英记住了母亲的话，第三天又把羊群放在龙池边上，她又用池塘的清水洗脸。正在这时，那只蜜蜂又从水里飞了出来，像往天一样，绕着婢英的脸直叫唤："婢英，我背你，婢英，我背你。"婢英想起母亲的话，鼓起勇气对蜜蜂说道："你一只小小蜜蜂能背得起我吗？你来背罢！"话音刚落，那只小蜜蜂高兴极了，便在地上打了一个滚，就变成一个非凡的小伙子。他殷勤地对婢英姑娘说："我求了你这么几天，今天你可答应了，我们现在就是夫妻了。快闭上你的眼睛吧，我背你回龙宫去。"说完，便把婢英背起往池中一钻，只见一个漩涡在池面上旋转，人影不见了。刹那间，狂风四起，风雨大作，片刻，风也住了，雨也停了，太阳又露出了笑脸。

到了傍晚，羊子一个一个自己回家来了。没见婢英，阿妈着急了，托人四处寻找，找遍所有的山林和沟壑，都没有找到婢英，又到龙池去看，只见池水清清能见底，怎么淹得死人。阿妈很悲伤，心想：前几天女儿在说蜜蜂在喊要背她，是不是那蜜蜂真的把女儿背起走了？

一晃半年过去了。一天晚上，婢英阿妈想起了女儿，又悲伤起来，渐渐进入梦乡，正在这时，突然眼前一亮，一个漂亮的姑娘出现在面前，阿妈一看，是婢英回来了，高兴极了。阿妈赶忙去拉，怎么也拉不着，又伤心地哭起来，醒了才知是梦。

第二天，阿妈坐在门口望着龙坪山，等待着女儿回来。中午时候，婢英果然回来了，母女俩抱头痛哭一场，婢英便把到龙宫去成亲的事一一告诉了母亲，母亲自然高兴。婢英回到房中，把随身带来的一个长方形小匣子放在神龛子上面。

有一天，婢英要去赶场，临走时对母亲说："阿妈，我要去赶场，那个小匣子你千万不要去动它。"母亲说："我动它干啥？你放心赶场去吧。"

羌族民间故事

中午时候，阿妈心想："女儿究竟带回了啥子宝物，是金子还是银子，我一定要看一下。"于是，她就轻轻拉开小匣子一看，哎呀，里边是两个啥东西，小蛇不像小蛇，蚯蚓不像蚯蚓，正在睡觉哩，有一只便抬起了头，望着她，她心慌了，急忙把匣盖关上。可巧，这一关却把那只正抬头的小东西给夹死了。

婢英赶场回来，快拢三棺坟时，便知道家里出事了。回来时，忙问母亲："阿妈，你搞过我这个小匣子？"母亲装着不知道："我没有搞过你那些东西。"

婢英低头不语，转回房中。阿妈跟进房中，心里又难过，又心疼女儿。这时，女儿对母亲说："阿妈，这一下只有你送我回去了，明天就得走。"

第二天，阿妈送女儿回龙池，到了水塘边时，婢英又伤心地对母亲说："阿妈，我回去以后，龙王太子一定不会饶恕我的，因为他的儿子死了一个。我去后你如果看到水在冒泡，龙王就在骂我；如果看到水浑，龙王就在打我；如果看到水红，龙王就在杀我；如果水中漂出柴花子，你就把它拣起背回去。"话音刚落，顿时，一阵狂风吹得飞沙走石，等母亲睁开眼睛，早不见女儿的身影。片刻，阿妈看那水塘果然在冒水泡，她知道龙王在骂婢英了，对着龙池哭起来，越哭雨越大，越哭风越猛。一会，水又浑了，她知道龙王在打她女儿了。阿妈就更哭得伤心，水却涨起来流出了水塘，果然水中冒起来很多柴花子，阿妈便把柴花子装在背篼里，一路哭着背回家。走到"之"字拐的山路时，左一拐，右一拐地就更难背了，脚也被崴着了。她就只好把所有的柴花子往岩下倒，背着空背篼走回家。

晚上，阿妈刚要去睡觉，突然看见背篼里边金光闪闪，她忙走过去一看，原来是白天没有倒完的一块小柴渣，现在变成了金条子。阿妈突然想起那一背篼柴花子倒下岩去了，如果背回来多好啊！阿妈第二天，一早想去把它捡回来，可是，走拢那里一看，哎呀，倒柴花子的地方，现在已变成一座陡峭的悬崖，悬崖上镶嵌着一个金拐耙子，在阳光照射下，闪闪发光。

回家后，阿妈便使用那剩下的金条子盖房子，买田地，享受着幸福的晚年。

可是，自那以后，这个村寨便再也不见雨点了，骄阳似火，禾苗干枯了。

有一天，阿妈正在晒玉米，突然那龙坪山上的莲花云里婢英在喊："阿妈，快收粮食，天要下雨了。"

阿妈听了婢英的话，急忙把玉米收了，可是等啊，等啊，不见一滴雨洒下来。

有一天，阿妈正在晒衣服，婢英又在龙坪山上的莲花云里喊："阿妈，快收衣服，天要下雨了。"

阿妈听了婢英的话，急忙把衣服收了，可是等啊，等啊，不见一滴雨洒下来。

地里干裂了一尺宽的缝，不见一点雨，眼看着人们只等饿死。村里人都骂阿妈，说她不该将龙王的儿子弄死，现在龙王降罪了。阿妈听了很伤心，便又走到龙池边上去哭女儿，哭得很悲伤，哪知当阿妈一哭，天就阴了下来，接着便下起倾盆大雨。阿妈越哭，雨越下得大，地里的禾苗得救了。

一年，二年，三年，阿妈每年都要上龙池去哭几回。只要天干，阿妈在龙池边上哭着，雨立刻下起来，从此，这个村子再不缺雨水了。

羌族民间故事

247

阔依"许"

莫玉山顶的东南边有个寨子，因为土地辽阔，那里盛产油麦和青稞，绕田一周有着茂密的森林，林子里有野猪、老熊、獐子、山驴、岩羊和各种鸟类。寨里的羌民们依靠自己的辛勤劳动和山林的各种资源，年年肉食不缺，生活过得很富裕，百里以外的老百姓都称这里为阔依寨。寨子里有个非常能干的"许"①，因为他处事公道，为民敢于闯风挡险，深受百姓敬佩。由于他的名声远传百里他乡，人们都习惯叫他为阔依"许"。

一个丰收年景，阔依寨家家粮满仓、户户畜满圈、每家火塘上挂满了各种野畜的肉食，眼看就要欢度一个丰收节。在一个漆黑的夜晚，全寨的狗汪汪汪地叫个不停，阔依"许"感到很不寻常，便提起皮鼓走上房顶，向四处仔细瞭望，突然发现有几个黑影在隔壁二之母门前搬动什么家什。阔依"许"一听动静就辨别出是盗匪在撬二之母的家门，便咚咚咚地猛敲皮鼓，大喊道："全寨弟兄快出来啊，有盗匪呀！"那些盗匪被这雷鸣般的皮鼓声和呼喊声吓慌了，等全寨人到齐时，盗匪已经跑得很远很远了。

---

①许：羌语，相当于汉族的端公，而不同于端公。他们是一种不脱离生产的搞迷信活动者，在羌族社会中有着一定的地位，"许"必须通过师承学习而来，懂得经典。有一定的社会历史知识和经验，可说是羌族中的知识分子。

事过一年后，阔依"许"因事外出途经纳呼寨，不幸被几个小伙子拦路绑架，关在一个土司的楼下羊圈里。原来那次盗窃就是这个土司指使的，因为阔依"许"擂鼓召众，阴谋未逞，他怀恨在心，为了报复便无故地关押了阔依"许"。他虽然关了人，可是心里却很害怕阔依"许"超人的智慧和高明的计策，因此，虽然逮了人但也不敢下毒手。

有一天，土司对阔依"许"说："你是个百里闻名的'许'，今天落到我的手心里了，看你还有多大本领和我这个一寨之首耍威。"阔依"许"轻蔑地看了他一眼，说："你是一寨之首，要考我，你是蛮有资格的，但是小弟没多大能耐，为了满足你的要求，请你马上拿出一张生羊皮给我。"土司一听只要一张生羊皮，那好办，忙吩咐手下人，杀了一只山羊把皮剥下，交给了阔依"许"。中午时分，阔依"许"做好了一个皮鼓，第二天，他便开始跳起皮鼓舞。说来也怪，阔依"许"在这方跳，相隔八十多里远的阔依寨的"许"家里，他那个皮鼓和铜铃没人敲打，也自个儿咚咚当当地响个不停。"许"妻一听便预感到丈夫遇到困难了，知道这是他用的计谋，于是，忙把皮鼓和铜铃拿上房顶，不到片刻，皮鼓和铜铃便升上天空，向纳呼寨方向飘去。

阔依"许"唱着跳着，忽闻半空中响起他的皮鼓和铜铃声，忙叫土司快上房顶接客人。土司走上房顶一看，哪有什么客人，而是一个皮鼓和铜铃咚咚当当地从半空中向他劈头盖脑地倾泻而来，土司吓得拉了一裤子的尿水，耳朵里"轰轰"地响个不停。他三步跑下楼，上气不接下气地喊道："阔依'许'，不好了，不好了，求求你快想个法子，有两个怪东西向我房顶砸下来了！"阔依"许"看他那个狼狈相，差一点笑掉了牙。过了片刻，阔依"许"对土司说："你本是一寨之首，怎么见了这点小小奇事就大惊小怪的呢？好吧，看在你的面上，我去应付应付。"说罢就走上房顶，那皮鼓和铜铃一见自己的主人，就不声不响地停在阔依"许"的面前，阔依"许"随手提起皮鼓和铜铃，对土司说道："这是我的唯一家宝。俗话说：好人受冤万人愤，只因你无故扣押百姓，所以它们前来营救，更要紧的是你一贯损人利己、无恶不作、丧失良心，所以一场大祸即将降临你家。"土司一听要降祸，心里冷了

羌族民间故事

249

半截，他那老鼠眼一边死盯着皮鼓和铜铃，生怕又向他扑来。过了好一阵他好像从昏迷中猛醒一般，扑通一声跪在阔依"许"的面前，央求道："'许'大哥，求求你饶了我这一次吧！"阔依"许"看着那虚弱无能的纸老虎，心中有些好笑，他紧接土司的话题，忙说："要免除大祸，你必须从即日起办到三件事。"土司一听办三件事就有消灾免祸的希望，便连连点头说："照办，照办。""许"搬起手指数："第一，不许再欺压和迫害百姓，更不能再搜刮贫民财钱；第二，把以前在阔依寨所盗窃的财产如数退还原主，不然天神是不会饶恕你的。"土司听到"不会饶恕"四字，吓得全身发抖，大颗大颗的汗珠从头流到脚底。阔依"许"又道："最后一件，献一千斤玉米、五百斤青稞，宰一头牦牛，献出两坛咂酒来向百姓赔情道礼。"

第二天，院坝上挤满了人，他们有说有笑，好像过节一样。院坝中央的两个大晒箕上堆了两堆冒尖尖的粮食。这一天土司好像个泄了气的皮球，面色如土，走起路来都在打跟斗了。而阔依"许"红光满面地手持皮鼓和铜铃，跳起激动人心的皮鼓舞，他那洪亮的声音回荡在山寨、原野。咚咚的皮鼓声，激励着人民的斗争意志，阔依"许"一边跳一边唱道："百姓们呀团结紧，斗垮山寨大小霸，全靠大家一条心……"在一片欢呼声中，阔依"许"结束了鼓舞人心的"皮鼓"舞，随后把金黄色的玉米和颗粒饱满的青稞分给了百姓。一个白发苍苍的老阿爸抓了一把粮食，紧紧地捧在胸前，过了片刻，他伸出那粗糙而长满了厚茧的手，紧紧握住阔依"许"的双手，感激地说："好兄弟，你用的这一计为山寨父兄弟们争了气，使我们用汗水浇出来的粮食又回到了自己手里，我从内心感谢你。"

打这以后，这个土司再不敢欺压百姓了，他生怕阔依"许"那巧妙而高明的计策再给他第二次惩罚。

不久后，阔依"许"回到了阔依寨，全寨老幼一听"许"用计胜土司而归来，大家连日杀鸡宰羊饮咂酒，老人们唱起动人的喜庆酒歌，青年们跳起了欢乐的"锅庄舞"大举庆贺。从此，阔依"许"为民闯风担险的事迹，传到百里以外的山寨去了。

云云鞋的传说

    很久以前，在羌寨的大羊山上，有一个少年，他每天都要赶着羊群到大羊山上去放牧，大羊山的半山腰间有一个小海子，湖水碧绿明静，湖岸四周生长着一圈羊角花林。春深夏初的时节，景色非常迷人。站在山巅俯首望去，像是一颗蓝色的宝石镶嵌在一个大花环中。这个牧羊少年每天都要赶着羊到湖边去饮水。他的父母双亡，是因为给寨主交不起青稞，被寨主活活打死的。所以他衣服挂破了没人补，鞋子穿烂了没人做，成年累月都赤脚亮膊地往返在牧场上，真是孤苦伶仃，无依无靠。

    有一天他赶着羊去湖边饮水，看见一条大鲤鱼跃出水面，游到湖边吃着从羊角枝上凋落在湖水边的花瓣。第二天，他照常赶着羊去湖水边饮水，同样看到那条大鲤鱼跃出水面游到湖边吃花瓣。一连几天都是如此。牧羊少年想，要是能够把这条大鲤鱼钓起来，可还真够自己美美地吃一顿。这天晚上，他趁寨主的二小姐不在家，偷偷地溜进她的房间，在针筒里抽了一根绣花针，回到自己的破棚子里点燃松明做了一把钓鱼钩。

    第二天，他拿着钓竿，赶着羊群匆匆忙忙地来到湖边，刚坠下鱼饵，那条大鲤鱼就上钩了，牧羊少年急忙把钓竿往湖岸上甩，把那条大鲤鱼拖出水面，大鲤鱼立刻变成了一位年轻美丽的姑娘，彩裙拖在水里，倒影映在湖中，真是美丽得像仙女一样。牧羊少年正纳闷，鲤鱼姑娘说话了："阿哥别怕，我

羌族民间故事

251

就是为了您，为了做一个自由善良的凡人才离开水晶宫，离开父亲到人间来的。您为什么赤着脚来山里放羊呢？您的阿爸和阿妈呢？"

牧羊少年还是呆呆地站着，不敢相信鲤鱼姑娘的话，鲤鱼姑娘又说话了："阿哥，我说的都是实话，您收下我吧，我什么都能做，不但能够给您做饭、洗衣，还能够把天上的云块撕下来做衣衫、布鞋。您收下我吧！"

牧羊少年被鲤鱼姑娘诚实、火热的话语感动了，他微微地点了点头，鲤鱼姑娘猛地一下扑到了牧羊少年的怀里，他们俩紧紧地偎依在一起，许久许久才分开。

太阳落山了，鲤鱼姑娘抚摸着牧羊少年那双生满厚茧的赤脚，心疼得快要裂了，她顺手撕来一片天上的云块，摘来一束湖畔的羊角花给牧羊少年做了一双漂亮的云云鞋。就这样，牧羊少年与鲤鱼姑娘结成了夫妻，他们在大羊山上耕耘、织布、生儿育女。

到现在羌族地区形成了这样一种传统风俗，小伙子只要同姑娘恋爱上了，就免不了要穿上一双美丽的绣有羊角花的云云鞋，姑娘呢，也必须做一双精致的云云鞋赠与小伙子做定情信物。

狡猾的娃沙①

在茂密的山林里，住着一群野鸡，每天由野鸡爷爷带领着儿孙们在坡上开荒种地。为了过好日子，它们十分艰苦勤劳，用嘴挖土，用爪子刨土，干得热火朝天。

一天，要下种了，金黄色的玉米种子摆在地边，野鸡们忙着打窝、撒肥、丢种、盖土，累得不可开交。一只狡猾的猴子打从林边走过，一眼看见了野鸡们金黄的玉米种子，口水直往肚中流。它眨巴着两只黄眼，心里打着坏主意。于是装着一副正经的样子，向野鸡爷爷行礼打招呼，甜言蜜语地说："阿巴如右②，清明前后，快种没误！听说你们家下种，我赶来帮个忙。"接着又撒谎说："我看别家的玉米已经冒芽了，你们再不快种，可要误失农时啊！看，你们丢种太慢了，一粒一颗地衔，还要种多少天呀？这样吧，我丢最快，一次能丢几十窝，我丢种，你们全部打窝，好吗？"

野鸡爷爷看看猴子，的确手爪灵便，就同意了猴子的意见。它们开始下种了，野鸡们只顾前面打窝，谁也没有往后瞧。狡猾的猴子在后丢种，边丢边将大把大把的玉米往嘴里塞。猴肚子渐渐装饱了，还藏了很多玉米在腮帮

---

①娃沙：羌语，猴子。
②如右：羌语，野鸡。

羌族民间故事

253

下面。

　　等到种完这块地，野鸡爷爷看到所剩玉米种子没有几颗了，心里有点诧异："怎么着？把我家的口粮都给种下地了？"猴子怕露马脚，赶忙说道："我看你们家种籽不好，怕瞎窝，丢籽丢得重些！"

　　野鸡爷爷看见猴子有些慌张，心里有些犯疑，又发现猴子腮帮隆起很大，就指着猴子问："这是怎么的？"猴子无言可答，红着一张脸，赶忙收收脖子睁睁黄眼儿，狡猾地说："阿巴如右呀，你不晓得，我有一个病，经常犯闹，一遇劳动脖子就要肿大，你看嘛，刚才替你家丢种，劳动一下，又肿起来了，唉，真是！"这时野鸡爷爷对猴子的狡诈已经看出了几分，风趣地说："谢谢你的好意！"猴子趁机一溜烟跑了。

　　野鸡种的玉米很快长成了，玉米棒子像牛角一样，满田都是。狡猾的猴子好逸恶劳，看在眼里，馋在心里，于是坐在玉米地边歇气的一块青石板上，发讪地唱道："我的爹，我的妈，猴儿我会守庄稼！"野鸡爷爷知道猴子狡猾，不上猴子的当，严厉地说："猴儿怪，猴儿精，守庄稼有我自己人！"猴子贼头贼脑地东看西盯，心里打着坏主意，快快离去。

　　果然，猴子在晚上偷偷地梭到野鸡种的玉米地边，先坐在青石板上听听动静，然后跳下田狠狠扳了很多玉米包，正要搬走，野鸡爷爷赶来了，猴子怕被捉住，慌慌张张地抓了一包玉米溜跑了。所以现在的猴子，一到田里偷玉米，不管扳好多，只能拿走一包，这就是它们祖先留下的贼毛病。

　　狡猾的猴子没有偷到多的玉米，改变了办法，厚颜无耻地又来到玉米地边，坐在青石板上，装做可怜的样子唱道："我的爹，我的娘，猴儿我快饿断肠！"野鸡爷爷听到，正没好气，心想，昨晚遭蹋了我的庄稼，今天又来讨要，就愤怒地骂道："猴儿贼，猴儿盗，偷了玉米又讨要！"猴子惭愧，红着脸跑了。

　　野鸡爷爷看见猴子不怀好意地溜走，就叫儿孙们加强看守，并搬了很多干柴，见太阳落坡，点燃柴火把地边的青石板，烧得通红灼热以对付猴子。

　　狡猾的猴子没有讨到吃喝，肚子饿得咕咕叫，回到洞中又打着坏主意。

它想到，昨天偷玉米去迟了，老野鸡已经起床，险些被捉到，今天早点去。天黑不久，猴子就溜到野鸡的玉米地边，东看西瞧，先坐在青石板上看看动静，刚一屁股坐下，谁知石板滚烫，把猴子烫得嘶嘶乱叫，屁股巴在青石板上，扯了好久才扯脱。这时四面在喊："捉贼！捉贼！"吓得猴子摸着屁股一跛一跛地逃跑了。

所以现的猴子仍然见人惊惶，红着脸，屁股烫焦了的伤疤还可看见。

附　录
本书所选故事的资料来源

1. **阿补曲格创世**　讲述者：余青海；采录者：罗世泽；采录地点：四川理县。选自冯骥才主编：《羌族口头遗产集成·神话传说卷》，中国文联出版社，2009年，第2—3页

2. **狗是大地的母舅**　讲述者：刘光元、肖德生；采录者：罗世泽；采录地点：四川茂县。选自冯骥才主编：《羌族口头遗产集成·神话传说卷》，中国文联出版社，2009年，第4页。

3. **人是咋个来的**　讲述者：郑友富、周贵友；采录者：王康、龚剑雄、吴文光；采录地点：四川茂县、汶川。选自冯骥才主编：《羌族口头遗产集成·神话传说卷》，中国文联出版社，2009年，第5—6页。

4. **兄妹射日制人烟**　讲述者：苟玉书；采录者：王羽中；采录时间、地点：1987年5月18日于北川县墩上羌族乡岭岗村。选自冯骥才主编：《羌族口头遗产集成·神话传说卷》，中国文联出版社，2009年，第14页。

5. **月亮和九个太阳**　讲述者：韩长清；采录者：李冀祖、杜松荣；采录地点：四川理县。选自冯骥才主编：《羌族口头遗产集成·神话传说卷》，中国文联出版社，2009年，第19页。

6. **木姐珠和斗安珠**　讲述者：苟玉书；采录者：王羽中；采录时间、地点：1987年7月3日于北川县墩上羌族乡岭岗村。选自冯骥才主编：《羌族口头遗产集成·神话传说卷》，中国文联出版社，2009年，第23—24页。

7. **山和树的来历**　讲述者：陈兴云；采录者：蓝寿清、刘仁孝；采录地点：四川汶川。选自冯骥才主编：《羌族口头遗产集成·神话传说卷》，中国文联出版社，2009年，第33页。

8. **燃比娃取火**　采录者：罗世泽；采录地点：四川汶川。选自冯骥才主编：《羌族口头遗产集成·神话传说卷》，中国文联出版社，2009年，第37—40页。

9. **白石神**　讲述者：许贵福；采录者：吴廷安、思泽、林忠亮；采录地点：四川茂县、黑水。选自冯骥才主编：《羌族口头遗产集成·神话传说卷》，中国文联出版社，2009年，第41页。

10. **羌戈大战**　采录者：李冀祖；采录地点：四川茂县。选自冯骥才主编：《羌族口头遗产集成·神话传说卷》，中国文联出版社，2009年，第44—45页。

11. **洪水潮天**　讲述者：王久清、王甲；翻译者：韩香芝；采录者：周巴、昂旺·斯丹珍、理平；采录地点：四川理县。选自冯骥才主编：《羌族口头遗产集成·神话传说卷》，中国文联出版社，2009年，第51—52页。

12. **瓦汝和佐纳**　采录者：周巴、昂旺·斯丹珍、理平；采录地点：四川理县。选自冯骥才主编：《羌族口头遗产集成·神话传说卷》，中国文联出版社，2009年，第53—54页。

13. **阿巴补摩**　讲述者：刘光元；采录者：罗世泽；采录地点：四川汶川。选自冯骥才主编：《羌族口头遗产集成·神话传说卷》，中国文联出版社，2009年，第60—61页。

14. **峨眉山神和黑水山神比大小**　讲述者：王长富；采录者：李冀祖、杜松荣；采录地点：四川茂县。选自冯骥才主编：《羌族口头遗产集成·神话传说卷》，中国文联出版社，2009年，第67页。

15. **岐山大王和罗和二王**　讲述者：肖德升、刘光园；采录者：罗世泽；采录地点：四川茂县、汶川。选自冯骥才主编：《羌族口头遗产集成·神话传说卷》，中国文联出版社，2009年，第68页。

16. **欧吾太基和欧吾太密**　讲述者：木尖基；采录者：江国荣；采录地点：四川黑水。选自冯骥才主编：《羌族口头遗产集成·神话传说卷》，中国文联出版社，2009年，第69页。

17. **美布和志拉朵**　采录者：周觐章；采录地点：四川理县。选自冯骥才主编：《羌族口头遗产集成·神话传说卷》，中国文联出版社，2009年，第

70—74页。

18. **尔尕神**　讲述者：高云安；采录者：王世云；采录地点：四川汶川。选自冯骥才主编：《羌族口头遗产集成·神话传说卷》，中国文联出版社，2009年，第75—76页。

19. **夏禹王的传说**　讲述者：焦光清；采录者：任开贵；采录时间、地点：1986年3月15日于北川县治城羌族乡湔江村。选自冯骥才主编：《羌族口头遗产集成·神话传说卷》，中国文联出版社，2009年，第78—79页。

20. **阿里嘎莎的故事**　讲述者：林波；采录者：王康、龚剑雄、吴文光；采录地点：四川松潘。选自冯骥才主编：《羌族口头遗产集成·神话传说卷》，中国文联出版社，2009年，第87—93页。

21. **周仓的传说**　讲述者：窦瑞昌；采录者：窦春娥、杨志军；采录时间、地点：1987年10月5日于四川茂县凤仪镇。选自冯骥才主编：《羌族口头遗产集成·神话传说卷》，中国文联出版社，2009年，第95—96页。

22. **姜维的传说　维关和维城**　讲述者：袁世琨、阳俊臣、郭光伟；采录者：罗世泽；采录地点：四川汶川。选自冯骥才主编：《羌族口头遗产集成·神话传说卷》，中国文联出版社，2009年，第102页。

23. **九顶山的传说**　讲述者：秦世民；采录者：蒋宗贵；采录时间、地点：1983年5月2日于茂汶县凤仪镇。选自冯骥才主编：《羌族口头遗产集成·神话传说卷》，中国文联出版社，2009年，第141—142页。

24. **口弦崖的传说**　讲述者：何秀云；采录者：王羽中；采录时间、地点：1986年12月18日于四川北川县青片羌族藏族乡上五村。选自冯骥才主编：《羌族口头遗产集成·神话传说卷》，中国文联出版社，2009年，第151页。

25. **回龙的传说**　讲述者：董光华；采录者：杨志军；采录时间、地点：1985年7月21日于茂汶羌族自治县凤仪镇。选自冯骥才主编：《羌族口头遗产集成·神话传说卷》，中国文联出版社，2009年，第166页。

26. **萝卜寨的传说**　采录者：张旭刚；采录地点：四川汶川。选自冯骥才主编：《羌族口头遗产集成·神话传说卷》，中国文联出版社，2009年，第242—243页。

27. 羌族葬仪的来历　讲述者：陈金明、曾光明；采录者：杨朝宇、杨龙；采录时间、地点：1984年于茂汶羌族自治县维城乡。选自冯骥才主编：《羌族口头遗产集成·神话传说卷》，中国文联出版社，2009年，第304—306页。

28. 荞鞋的传说　讲述者：汪玉凤；采录者：王康、龚剑雄；采录地点：四川茂县、汶川。选自冯骥才主编：《羌族口头遗产集成·神话传说卷》，中国文联出版社，2009年，第309页。

29. 机灵的小哈木基　讲述者：王文理；采录者：杨代贤、曾肖进；采录地点：四川。选自冯骥才主编：《羌族口头遗产集成·民间故事卷》，中国文联出版社，2009年，第205—207页。

30. 羌笛的来历　讲述者：杨小芳、陈庚；采录者：李家骥、李冀祖；采录时间、地点：1984年5月11日于四川茂县三龙乡、曲谷乡。选自冯骥才主编：《羌族口头遗产集成·神话传说卷》，中国文联出版社，2009年，第316—317页。

31. 羊角花　采录者：梁和中。选自冯骥才主编：《羌族口头遗产集成·神话传说卷》，中国文联出版社，2009年，第334—337页。

32. 聪明的兔子　讲述者：王子明；采录者：李冀祖、杜松荣；采录地点：四川茂县。选自冯骥才主编：《羌族口头遗产集成·民间故事卷》，中国文联出版社，2009年，第1—2页。

33. 犏牛和羊　采录者：罗世泽；采录时间、地点：1980年于四川茂县。选自冯骥才主编：《羌族口头遗产集成·民间故事卷》，中国文联出版社，2009年，第4—5页。

34. 喜鹊和乌鸦　采录者：周晓钟；采录地点：四川平武县。选自冯骥才主编：《羌族口头遗产集成·民间故事卷》，中国文联出版社，2009年，第

9—10页。

35. 老熊和兔子　讲述者：严光华；采录者：王喜龙、李冀祖；采录时间、地点：1988年5月14日于四川茂县赤不苏区维城乡前村。选自冯骥才主编：《羌族口头遗产集成·民间故事卷》，中国文联出版社，2009年，第12—13页。

36. 狐狸给锦鸡拜年　采录者：罗世泽；采录地点：四川茂县。选自冯骥才主编：《羌族口头遗产集成·民间故事卷》，中国文联出版社，2009年，第16—17页。

37. 爱夸海口的青蛙　讲述者：袁野；采录者：李明；采录地点：四川汶川。选自冯骥才主编：《羌族口头遗产集成·民间故事卷》，中国文联出版社，2009年，第20页。

38. 两兄弟敬塔子　讲述者：余德生；采录者：张甫臣；采录时间、地点：1985年6月于四川茂县曲谷乡河西村热尔寨。选自冯骥才主编：《羌族口头遗产集成·民间故事卷》，中国文联出版社，2009年，第36—37页。

39. 若摆求婚　讲述者：阵清明；采录者：朱大录；采录时间、地点：1987年秋于茂汶县黑虎乡凤仪镇。选自冯骥才主编：《羌族口头遗产集成·民间故事卷》，中国文联出版社，2009年，第47—49页。

40. 余尼格布　讲述者：殷寿长；采录者：张甫臣；采录时间、地点：1988年11月15日于四川茂县曲谷乡。选自冯骥才主编：《羌族口头遗产集成·民间故事卷》，中国文联出版社，2009年，第53—54页。

41. 聪明的三女儿　讲述者：李会平；采录者：李会林、杨志军、五福永；采录时间、地点：1987年2月10日于四川茂县较场乡小关子。选自冯骥才主编：《羌族口头遗产集成·民间故事卷》，中国文联出版社，2009年，第65—66页。

42. 贪心的药侠子　讲述者：李永林；采录者：李冀祖；采录时间、地点：1982年于四川茂县凤仪镇。选自冯骥才主编：《羌族口头遗产集成·民间故事卷》，中国文联出版社，2009年，第73—74页。

43. 两兄弟的故事　讲述者：王寿全；采录者：吴文光、龚剑雄、王康；采录地点：四川茂县。选自冯骥才主编：《羌族口头遗产集成·民间故事卷》，中国文联出版社，2009年，第79—80页。

44. 花仙女　讲述者：秦世民；采录者：蒋宗贵；采录时间、地点：1983年8月4日于四川茂县凤仪镇。选自冯骥才主编：《羌族口头遗产集成·民间故事卷》，中国文联出版社，2009年，第108—110页。

45. 贪心的土司　讲述者：杨牙牙；采录者：杨宝生；采录时间、地点：1985年6月于四川茂县雅都乡卡窝。选自冯骥才主编：《羌族口头遗产集成·民间故事卷》，中国文联出版社，2009年，第116—117页。

46. 放羊娃和毒药猫　讲述者：李德贵；采录者：杨志军；采录时间、地点：1984年12月7日于四川茂县凤仪镇。选自冯骥才主编：《羌族口头遗产集成·民间故事卷》，中国文联出版社，2009年，第123页。

47. 长工智斗毒药猫　讲述者：杨大娘；采录者：杨志军；采录时间、地点：1984年12月7日于四川茂县凤仪镇石大关乡。选自冯骥才主编：《羌族口头遗产集成·民间故事卷》，中国文联出版社，2009年，第125—126页。

48. 方宝智斗"七妖魔"　讲述者：徐相生；采录者：王丁德、吴贤哲；采录地点：四川理县。选自冯骥才主编：《羌族口头遗产集成·民间故事卷》，中国文联出版社，2009年，第132—134页。

49. 葫芦里的魔鬼　采录者：周晓钟；采录地点：四川平武县。选自冯骥才主编：《羌族口头遗产集成·民间故事卷》，中国文联出版社，2009年，第152—154页。

50. 花　棒　讲述者：邓克端；采录者：蒲明生；采录时间、地点：1982年10月3日于四川茂县。选自冯骥才主编：《羌族口头遗产集成·民间故事卷》，中国文联出版社，2009年，第165—166页。

51. 玉花姑娘　讲述者：坤芝禄；采录者：坤巧荣；采录地点：四川茂县。

选自冯骥才主编：《羌族口头遗产集成·民间故事卷》，中国文联出版社，2009年，第173—175页。

52. 计杀高土司　讲述者：汪友伦；采录者：刘尚乐、李明、孟燕、周辉枝；采录地点：四川汶川。选自冯骥才主编：《羌族口头遗产集成·民间故事卷》，中国文联出版社，2009年，第181—182页。

53. 娃子冬生　讲述者：何金山；采录者：俊锋；采录地点：四川理县。选自冯骥才主编：《羌族口头遗产集成·民间故事卷》，中国文联出版社，2009年，第201—202页。

54. 聪明的三妹　讲述者：皮基；采录者：江国荣；采录地点：四川黑水。选自冯骥才主编：《羌族口头遗产集成·民间故事卷》，中国文联出版社，2009年，第208—209页。

55. 三弟兄日白　讲述者：余光林；采录者：兰寿清、刘仁孝；采录地点：四川理县。选自冯骥才主编：《羌族口头遗产集成·民间故事卷》，中国文联出版社，2009年，第215—216页。

56. 大圪笊、二圪笊　讲述者：赵邦龙；采录者：李明、林忠亮；采录地点：四川汶川。选自冯骥才主编：《羌族口头遗产集成·民间故事卷》，中国文联出版社，2009年，第238—239页。

57. 打　酒　讲述者：罗世泽；采录者：周辉枝；采录地点：四川汶川。选自冯骥才主编：《羌族口头遗产集成·民间故事卷》，中国文联出版社，2009年，第254页。

58. 三女婿拜寿　采录者：周晓钟；采录地点：四川平武县。选自冯骥才主编：《羌族口头遗产集成·民间故事卷》，中国文联出版社，2009年，第255—256页。

59. 贼娃子偷猪　讲述者：任吕华；采录者：任维智、任维智、李冀祖；采录时间、地点：1986年8月30日于前锋乡顺城村。选自冯骥才主编：《羌族口头遗产集成·民间故事卷》，中国文联出版社，2009年，第294—295页。

60. 刘钒开盐井 讲述者：坤秀珍；采录者：余锋；流传地区：四川茂县、汶川、北川。选自孟燕，归秀文，林忠亮主编：《羌族民间故事选》，上海文艺出版社，1982年，第106—107页。

61. 黑虎将军 采录者：潘远志；流传地区：四川茂县。选自孟燕，归秀文，林忠亮主编：《羌族民间故事选》，上海文艺出版社，1982年，第108—110页。

62. 汪特上京 讲述者：陈志松；采录者：戴敏、雷文雄；流传地区：四川成都。选自孟燕，归秀文，林忠亮主编：《羌族民间故事选》，上海文艺出版社，1982年，第111—112页。

63. 火角羊的故事 讲述者：周定安；采录者：王康、吴文光、龚剑雄；流传地区：四川茂县。选自孟燕，归秀文、林忠亮主编：《羌族民间故事选》，上海文艺出版社，1982年，第113—114页。

64. 阿巴锡拉 讲述者：刘光元；采录者：罗世泽；流传地区：四川汶川。选自孟燕，归秀文，林忠亮主编：《羌族民间故事选》，上海文艺出版社，1982年，第115—116页。

65. 时比成仙 讲述者：王贵生；采录者：昂旺斯丹珍；流传地区：四川理县。选自孟燕，归秀文，林忠亮主编：《羌族民间故事选》，上海文艺出版社，1982年，第117—118页。

66. 羌族巫师和张天师 讲述者：肖德升；采录者：罗世泽；流传地区：四川汶川。选自孟燕，归秀文，林忠亮主编：《羌族民间故事选》，上海文艺出版社，1982年，第119页。

67. 阿巴格基 讲述者：祁道清；采录者：阿强、蓝寿清；流传地区：四川羌族地区。选自孟燕，归秀文，林忠亮主编：《羌族民间故事选》，上海文艺出版社，1982年，第120—122页。

68. 木古基历险 讲述者：贝子；采录者：谭良琦。选自谭良琦整理：《羌族民间故事》，四川人民出版社，2001年，第20—24页。

69. 摇钱树　讲述者：贝子；采录者：谭良琦。选自谭良琦整理：《羌族民间故事》，四川人民出版社，2011年，第41—46页。

70. 芭哈子　讲述者：贝子；采录者：谭良琦。选自谭良琦整理：《羌族民间故事》，四川人民出版社，2011年，第77—81页。

71. 露丝基和露丝满　讲述者：桃香；采录者：谭良琦。选自谭良琦整理：《羌族民间故事》，四川人民出版社，2011年，第144—147页。

72. 端午传歌　讲述者：保英子；采录者：谭良琦。选自谭良琦整理：《羌族民间故事》，四川人民出版社，2011年，第159—163页。

73. 白银飞了　讲述者：贝子；采录者：谭良琦。选自谭良琦整理：《羌族民间故事》，四川人民出版社，2011年，第212—215页。

74. 财主和百姓　讲述者：贝子；采录者：谭良琦。选自谭良琦整理：《羌族民间故事》，四川人民出版社，2011年，第216—220页。

75. 藤缠藤　讲述者：保英子；采录者：谭良琦。选自谭良琦整理：《羌族民间故事》，四川人民出版社，2011年，第221—223页。

76. 衍经足和眼镜足　讲述者：王天龙；采录者：阿坝羌族民间文学采风队；采录时间、地点：1987年8月12日于四川茂县赤不苏区雅都通河坝。选自中国民间文学集成全国编辑委员会，《中国民间文学集成·四川卷》编辑委员会编：《中国民间故事集成·四川卷》（下册），中国ISBN中心，1998年，第1142—1143页。

77. 豹子的来历　讲述者：余大娘；采录者：罗世泽；采录时间、地点：1980年4月于四川汶川县雁门乡下白水村。选自中国民间文学集成全国编辑委员会，《中国民间文学集成·四川卷》编辑委员会编：《中国民间故事集成·四川卷》（下册），中国ISBN中心，1998年，第1149页。

78. 夫妻鸟　讲述者：麦麦；采录者：江国荣；采录时间、地点：1985年6月于四川黑水县瓦钵乡。选自中国民间文学集成全国编辑委员会，《中国民间文学集成·四川卷》编辑委员会编：《中国民间故事集成·四川卷》（下册），中国ISBN中心，1998年，第1150—1151页。

79. 耳环的来历　讲述者：王子蝗；采录者：阿坝羌族民间文学采风队；采录时间、地点：1987年于四川茂县维城乡前村。选自中国民间文学集成全国编辑委员会，《中国民间文学集成·四川卷》编辑委员会编：《中国民间故事集成·四川卷》（下册），中国ISBN中心，1998年，第1154页。

80. 溜索的起源　讲述者：王长富；采录者：阿坝羌族民间文学采风队；采录时间、地点：1987年8月9日于四川茂县雅都乡。选自中国民间文学集成全国编辑委员会，《中国民间文学集成·四川卷》编辑委员会编：《中国民间故事集成·四川卷》（下册），中国ISBN中心，1998年，第1161—1162页。

81. 锦鸡和老鸹画毛　讲述者：苏体明；采录者：余少方；采录时间、地点：1987年9月1日于四川汶川县。选自中国民间文学集成全国编辑委员会，《中国民间文学集成·四川卷》编辑委员会编：《中国民间故事集成·四川卷》（下册），中国ISBN中心，1998年，第1168页。

82. 熊家婆　讲述者：高远明；采录者：周辉枝；采录时间、地点：1985年4月于四川汶川县威州乡。选自中国民间文学集成全国编辑委员会，《中国民间文学集成·四川卷》编辑委员会编：《中国民间故事集成·四川卷》（下册），中国ISBN中心，1998年，第1180—1181页。

83. 石狮子吐金　讲述者：夺吉；采录者：阿坝羌族民间文学采风队；采录时间、地点：1987年7月25日于四川松潘县埃溪村。选自中国民间文学集成全国编辑委员会，《中国民间文学集成·四川卷》编辑委员会编：《中国民间故事集成·四川卷》（下册），中国ISBN中心，1998年，第1182页。

84. 义狼案　讲述者：余向汤；采录者：阿坝民间文学采风队；采录时间、地点：1987年11月1日于四川汶川县龙溪乡布南村。选自中国民间文学集成全国编辑委员会，《中国民间文学集成·四川卷》编辑委员会编：《中国民间故事集成·四川卷》（下册），中国ISBN中心，1998年，第

1188—1189页。

85. 青山绿水打官司 讲述者：王兴国；采录者：李冀祖；采录时间、地点：1984年11月于四川茂县。选自中国民间文学集成全国编辑委员会，《中国民间文学集成·四川卷》编辑委员会编：《中国民间故事集成·四川卷》（下册），中国ISBN中心，1998年，第1205页。

86. 蝴蝶和蜜蜂 讲述者：袁驶；采录者：李明；采录时间、地点：1982年于四川汶川县绵池乡。选自中国民间文学集成全国编辑委员会，《中国民间文学集成·四川卷》编辑委员会编：《中国民间故事集成·四川卷》（下册），中国ISBN中心，1998年，第1205—1206页。

87. 虎豹比武 讲述者：袁驶；采录者：李明；采录时间、地点：1987年8月于四川汶川县绵池乡。选自中国民间文学集成全国编辑委员会，《中国民间文学集成·四川卷》编辑委员会编：《中国民间故事集成·四川卷》（下册），中国ISBN中心，1998年，第1206—1207页。

88. 牛王会的起源 采录者：周巴、昂旺·斯丹珍、理平。选自四川省理县文化馆，理县文学工作者协会编：《理县羌族藏族民间故事集》，第9—11页。

89. 搭 桥 讲述者：王久清等；翻译者：韩香芝；采录者：周巴、理平、昂旺·斯丹珍。选自四川省理县文化馆，理县文学工作者协会编：《理县羌族藏族民间故事集》，第12—15页。

90. 卡噶余木吉 讲述者：王定湘；采录者：冯传登。选自四川省理县文化馆，理县文学工作者协会编：《理县羌族藏族民间故事集》，第35—38页。

91. 同心帕 讲述者：李云龙；采录者：赵宇、安明。选自四川省理县文化馆，理县文学工作者协会编：《理县羌族藏族民间故事集》，第39—42页。

91. 野人偷西瓜 采录者：杨少云。选自四川省理县文化馆，理县文学工作者协会编：《理县羌族藏族民间故事集》，第75—77页。

93. 狗和粮食的故事 采录者：周巴、昂旺、斯丹珍、理平。选自四川省理县文化馆，理县文学工作者协会编：《理县羌族藏族民间故事集》，第78—79页。

94. 吴箭爷射蟒蛇　采录者：李冀祖。选自省四川省茂汶羌族自治县文化馆主编：《羌族民间故事》，第11—13页。

95. 岐山岩的传说　采录者：李冀祖。选自四川省茂汶羌族自治县文化馆主编：《羌族民间故事》，第14—16页。

96. 牛王拉犁　采录者：李冀祖。选自四川省茂汶羌族自治县文化馆主编：《羌族民间故事》，第17—21页。

97. 龙　女　采录者：蒋宗贵、孟汝南。选自四川省茂汶羌族自治县文化馆主编：《羌族民间故事》，第21—25页。

98. 阔依"许"　采录者：杨保生。选自四川省茂汶羌族自治县文化馆主编：《羌族民间故事》，第26—29页。

99. 云云鞋的传说　采录者：周绍华。选自四川省茂汶羌族自治县文化馆主编：《羌族民间故事》，第30—31页。

100. 狡猾的娃沙　选自四川省茂汶羌族自治县文化馆主编：《羌族民间故事》，第34—36页。